उपन्यास

एक चिथड़ा सुख

लेखक की कृतियाँ

कहानी-संग्रह

परिन्दे (1959), जलती झाड़ी (1965), पिछली गर्मियों में (1968), बीच बहस में (1973), कव्वे और काला पानी (1983), प्रतिनिधि कहानियाँ (1988), सूखा तथा अन्य कहानियाँ (1995), थिगलियाँ (2024)

उपन्यास

वे दिन (1964), लाल टीन की छत (1974), एक चिथड़ा सुख (1979), रात का रिपोर्टर (1989), अन्तिम अरण्य (2000)

यात्रा-संस्मरण/डायरी

चीड़ों पर चाँदनी (1963), हर बारिश में (1970), धुंध से उठती धुन (1997)

निबन्ध/व्याख्यान

शब्द और स्मृति (1976), कला का जोखिम (1981), ढलान से उतरते हुए (1985), भारत और यूरोप : प्रतिश्रुति के क्षेत्र (1991), इतिहास स्मृति आकांक्षा (1991), शताब्दी के ढलते वर्षों में (संचयन, 1995), दूसरे शब्दों में (1997), आदि, अन्त और आरम्भ (2001), साहित्य का आत्म-सत्य (2006), सर्जना पथ के सहयात्री (2006)

नाटक

तीन एकान्त (1976)

अनुवाद

पराजय : अलेक्सांद्र फ़देयेव (1954), बचपन : लियो टॉल्स्टॉय (1954), कुप्रीन की कहानियाँ : अलेक्सांद्र कुप्रीन (1958), रोमियो जूलियट और अँधेरा : यान ओत्चेनाशेक (1964), खेल-खेल में : चेक कहानियाँ (1966), इतने बड़े धब्बे : चेक कहानियाँ (1966), झोंपड़ीवाले और अन्य कहानियाँ : मिहाइल सदौवेन्यु (1966), कारेल चापेक की कहानियाँ (1966), बाहर और परे : इर्शी फ्रीड (1969), आर.यू.आर. : कारेल चापेक (1972), एमेके : एक गाथा : जोसेफ़ श्कवोरेस्की (1973)

पत्र

प्रिय राम, प्रिय निर्मल (2006), देहरी पर पत्र (2010), चिट्ठियों के दिन (2010)

साक्षात्कार

संसार में निर्मल वर्मा (2006)

संचयन

दूसरी दुनिया (1978)

एक चिथड़ा सुख

निर्मल वर्मा

राजकमल पेपरबैक्स

पहला **राजकमल** संस्करण 1979 में प्रकाशित
पहला **राजकमल** पेपरबैक संस्करण 1984 में प्रकाशित

पुनर्नवा संस्करण : फरवरी, 2024
तीसरा संस्करण : मई, 2025

राजकमल पेपरबैक्स : उत्कृष्ट साहित्य के जनसुलभ संस्करण

राजकमल प्रकाशन प्रा. लि.
1-बी, नेताजी सुभाष मार्ग, दरियागंज
नई दिल्ली-110 002
द्वारा प्रकाशित

शाखाएँ : अशोक राजपथ, साइंस कॉलेज के सामने, पटना-800 006
पहली मंजिल, दरबारी बिल्डिंग, महात्मा गांधी मार्ग, प्रयागराज-211 001
1, अनमोल सोराबजी सन्तुक लेन, मरीन लाइंस, मुम्बई-400002
वेबसाइट : www.rajkamalprakashan.com
ई-मेल : info@rajkamalprakashan.com

विकास कंप्यूटर एंड प्रिंटर्स
ट्रॉनिका सिटी-201 102
द्वारा मुद्रित

मूल्य : ₹299

EK CHITHDA SUKH
Novel by Nirmal Verma

ISBN : 978-93-6086-472-9

There is always a part of man that refuses love.
It is the part that wants to die.
It is the part which needs to be forgiven.

—Albert Camus

1

सुबह के वक़्त कोई नहीं आता था। यह उसे अच्छा लगता था। वह अपने कपड़े उतार देता—सिर्फ़ अंडरवियर पहनकर छत पर चला आता। लेट जाता। लम्बी-लम्बी साँसें खींचने लगता। हवा उसके फेफड़ों में घूमने लगती। रात की बची-खुची नींद उन साँसों में बह जाती।

"तुम फिर नंगे बैठे हो?" भीतर से आवाज़ सुनाई देती।

"मैं वर्ज़िश कर रहा हूँ।"

"आड़ू।"

पता नहीं चलता, वह सोते हुए कह रही है या सचमुच जाग गई है। मज़ाक़ में वह उसे 'आड़ू' कहती थी—जब उसकी बेवक़ूफ़ियों से तंग आ जाती थी। छत पर नंगे लेटना सचमुच आड़ूपन था। पर उसे यह अच्छा लगता था। वह लेटा रहता और भीतर सन्नाटा छाया रहता।

वह रात को देर से लौटती थी। कभी अकेले, कभी दोस्तों के साथ। लेकिन वे ज़्यादा देर नहीं ठहरते थे। अपना थिएटर का सामान

कोने में रख देते, खड़े-खड़े कॉफ़ी पीते—फिर अँधेरे में ग़ायब हो जाते। वह सो रहा होता था। बीच में जाग जाता, फिर सो जाता।

कभी-कभी डैरी भी आते थे, डायरेक्टर, लेकिन सब उन्हें डैरी कहते थे, वह उसके माथे पर हाथ रखते और तकिये के पास बैठ जाते। उनकी लम्बी दाढ़ी उसे सपने में भी दिखाई देती थी। वह उससे बोलते थे और वह ऊँघता हुआ हूँ-हाँ करता रहता। वह सबसे बाद में जाते थे—बिट्टी उन्हें नीचे ज़ीने तक पहुँचाने जाती थी। फिर दरवाज़े की साँकल चढ़ाई जाती, फिर डैरी अपना स्कूटर स्टार्ट करते। बहुत दूर तक वह उसकी इंजन की गड़गड़ाहट सुनता रहता।

सबसे छुट्टी पाकर बिट्टी कमरे में आती। कमरे में आते ही उसे चूमती थी, उसके मुँह को—और फिर उसके बालों को—और तब उसे गुदगुदी-सी होने लगती और वह हँसने लगता। बिट्टी कपड़े उतारकर उसके पास ही लेट जाती। बरसाती का दरवाज़ा खुला रहता—हवा में हिलता रहता।

वे मार्च के दिन थे और हवा दिन-रात चलती थी।

"पता है, कितना टाइम हुआ है?"

वह दरवाज़े पर आकर खड़ा हो गया।

"सब पता है, मुझे सोने दो।"

"बाद में मुझसे मत कहना कि जगाया नहीं।"

वह ज़रा-सी हिली। नींद की यात्रा में वह घिसटते हुए अपने बिस्तर से उसके बिस्तर तक चली आती थी। जब वह यहाँ आया था, तो उसे काफ़ी धक्का-सा लगा था कि बिट्टी फ़र्श पर सोती है। इलाहाबाद के घर में सबके अलग-अलग पलंग थे। सिर्फ़ नौकर फ़र्श पर सोता था।

अब वह ख़ुद फ़र्श पर सोने लगा था। अब उसे कोई परेशानी नहीं होती थी।

अभी नहीं उठेगी, उसने सोचा। वह उसके उठने के आसार जानता था। उठते ही आधी नींद में वह रिकॉर्ड लगाती थी—कोई-सा भी रिकॉर्ड जो बहुत धीमा हो—फिर तकिये के नीचे से सिगरेट का पैकेट निकालती थी। वह भागकर रसोई से माचिस लाता था। हर रोज़ धड़कते दिल से पूछता था, 'बिट्टी, मैं जलाऊँ?' और वह उसका हाथ पकड़ लेती थी और तब तक पकड़े रहती थी जब तक तीली की लौ उसकी उँगलियों तक नहीं सरक आती थी। वह उसे वहीं छोड़ किचन में भाग जाता था।

वह एक छोटे क़द का लड़का था—दुबला-पतला, बिट्टी का कज़िन। बिट्टी के दोस्त उसे इसी नाम से बुलाते थे। जब स्टूडियो में रिहर्सल ख़त्म हो जाता और शाम ख़ाली होती तो उनमें से कोई ज़रूर कहता था, 'लेट अस गो टु द कज़िंस।" और वे बिट्टी की बरसाती में चले आते, बियर पीते, काफ़ी शोर मचाते और तब तक जमे रहते जब तक बिट्टी उन्हें बाहर नहीं निकाल देती थी।

वह किचन में चला आया।...स्टूल पर खड़ा होकर बाहर देखने लगा। पहले क्षण कुछ भी दिखाई नहीं दिया। मार्च की हल्की धुंध पर सिर्फ़ एक गुम्बद दिखाई देता था—पेड़ों के ऊपर अटका हुआ। वह उन खँडहरों का हिस्सा था, जो मकानों की पीठ-से-पीठ लगाए दूर तक चले गए थे। पहले दिन जब यहाँ आया था तो उसे बहुत हैरानी हुई थी। दिल्ली भी कैसा शहर है! मुर्दों के टीलों-तले लोग ज़िन्दा रहते हैं।

पानी उबलने लगा। उसने जल्दी से केतली नीचे उतार दी, पत्ती डाली और स्टूल से नीचे उतर आया।

पीछे मुड़ा, तो बिट्टी बैठी थी, चीज़-क्यूब को कुतर रही थी, गिलहरी की तरह। आँखें भी उसी तरह घूम रही थीं।

"सुनो..." उसने कहा, "मैं आज ही तुम्हें इलाहाबाद भेज दूँगी..."

"क्यों?"

"ऐसे ही। मैं अकेले रहना चाहती हूँ। तुमसे तंग भी आ गई हूँ।"

वह उसके पास आया, उसके हाथ में चाय का कप दिया और अपना कप लेकर वहीं बैठ गया—फ़र्श पर, बिट्टी के पैरों के पास।

"क्या मैंने तुम्हें जगा दिया? कल से मैं वर्ज़िश ग़ुसलख़ाने में करूँगा।"

बिट्टी उसके बालों से खेल रही थी। ध्यान कहीं और था, उँगलियाँ कहीं और। निगाहें कहीं न थीं। वह उसकी छुअन से जान गया कि वह उसे नहीं सुन रही। वह अधिकांश समय नहीं सुनती थी। कई बार ऐसा होता था कि दोनों चुपचाप किचन में बैठे रहते थे। गरमाई में सिकुड़े हुए। बिट्टी की बरसाती में रसोई ही एक ऐसी जगह थी, जो इलाहाबाद की याद दिलाती थी।

"आज क्या करोगे?" बिट्टी ने पूछा।

"तुमने कहा था, मुझे रिहर्सल में ले चलोगी।"

"आज बहुत लम्बा चलेगा...ऊब नहीं जाओगे?"

"मैं बाहर घूमता रहूँगा," उसने कहा।

वह घर में अकेला नहीं रहना चाहता था। दिन-भर बिट्टी के साथ घिसटता रहता था, स्टूडियो में, कैंटीन में...जहाँ-जहाँ बिट्टी जाती थी, वहाँ-वहाँ वह भटकता रहता। कभी मन उखड़ जाता तो घर लौट आता। बिट्टी उसे चाभी दे देती। किन्तु सीधा घर जाने के बजाय वह मक़बरे के बाग़ में बैठ जाता। उन लड़कों को देखता रहता, जो घास

पर बैठे परीक्षाओं की तैयारी में जुटे रहते। अँधेरा होते ही चिमगादड़ उड़ने लगते—और वह जल्दी-जल्दी घर लौट आता। ताला बन्द रहता। कभी-कभी उसके बीच काग़ज़ का पुरज़ा फँसा होता : 'मैं आई थी—तुम नहीं थे। खाना बना दिया है—अगर देर से लौटी तो खाकर सो जाना, बस।' वह आख़ीर में 'बस' लिखना नहीं भूलती थी।

वह बिना दरवाज़ा खोले टैरेस पर लेट जाता। उसे कोई परीक्षा नहीं देनी थी। जब इलाहाबाद में था, तो बाहर भी नहीं निकलता था। छाती के भीतर घुमड़न-सी होती थी—रात के वक़्त साँस चढ़ जाती और वह औंधा होकर बैठा रहता। बाबू मालिश करते तो धीरज मिलता। साँसें पटरी पर लग जातीं। फिर बिट्टी की चिट्ठी आई थी : 'इसे दिल्ली भेज दो। जब स्कूल नहीं जाता, तो जैसे वहाँ, वैसे यहाँ—कोई अन्तर नहीं।'

नहीं, अन्तर बहुत था। यहाँ बिट्टी मालिश नहीं करती थी। न रात को साँस चढ़ती थी। घर बहुत दूर था और बिट्टी, जो इतनी पास थी, उसे अकेला छोड़ देती थी। उसे यह अच्छा लगता था कि कोई उसके आसपास नहीं मँडरा रहा—हालाँकि वे एक ही बरसाती में रहते थे; फिर भी उसे पता नहीं चलता था कि वह क्या कर रही है, क्या सोच रही है। उन्होंने कमरे को दो देशों में बाँट लिया था—बीच में मूढ़ों का फरन्टियर था—एक तरफ़ बिट्टी का बिस्तर, दूसरी तरफ़ उसका। वे एक-दूसरे को देख भी नहीं सकते थे।

वे सिर्फ़ सुन सकते थे। बल्कि यह कहना ठीक होगा कि वह बिट्टी को सुनता था। वह अपनी सरहद में घूमती जाती और बोलती जाती—ऐसे शब्द, जो उसने पहले कभी नहीं सुने थे। कभी-कभी उसे भ्रम होता कि वह किताब पढ़ रही है—किन्तु जब वह मूढ़ों के बीच झाँककर देखता तो वह बिस्तर पर लेटी दिखाई देती, छत की तरफ़ ताक रही होती, जैसे कोई आदमी ऊपर बैठा है और वह उससे बात कर

रही है—बोल रही है, एक-एक शब्द को हवा से निकालकर खींच रही है—वह अपना सिर अपनी सरहद में खींच लेता। लेट जाता।

"कैसा लगता है?" बिट्टी हमेशा पूछती थी।

"तुम चीख़ती बहुत हो।"

"मेरी आवाज़ आख़िरी सीट तक जानी चाहिए।"

"बिट्टी, तुम जब स्टेज पर जाती हो, तो घबरातीं नहीं—इतने लोगों के सामने?"

"मैं उन्हें देखती नहीं।"

"किसी को भी नहीं देखतीं?" उसने कुछ हैरानी से पूछा।

बिट्टी सोचने लगती—और सोचने का मतलब होता—सचमुच सोचना, जैसे वह अपने भीतर के अँधेरे में बाहर का उजाला ढूँढ़ रही हो। एक छाया चेहरे पर बैठ जाती। उसने कभी किसी को ऐसे सोचते नहीं देखा था—न माँ को, न बाबू को! वह सहम-सा जाता और अपना मुँह मोड़ लेता।

एक बार वह सचमुच आतंकित हो गया था। उस दिन उसे हल्का-सा बुख़ार चढ़ आया था। दो कम्बलों में लिपटकर वह ऊँघ रहा था। यों भी बुख़ार में उसे सोने और जागने के बीच कुछ भी पता नहीं चलता था। तब सहसा कम्बल के अँधेरे में उसे एक कौंध दिखाई दी थी—एक आवाज़, न तेज़, न धीमी—किन्तु एक ज़िद्दी-सी लय में जकड़ी हुई, जैसे कोई धीरे-धीरे आरे से लकड़ी रेंद रहा हो! कुछ देर सन्नाटा घिरा रहा। फिर उसने दुबारा वही आवाज़ सुनी—इस बार बिलकुल पास से। एक गोल और गीली आवाज़, पहिए की तरह घूमती हुई। वह रेंगता हुआ दूसरी सरहद तक सरक आया—मूढ़ों के बीच देखा—और देखता रहा।

बिट्टी अपने घुटनों पर बैठी थी। सामने एक डेस्क था—जिस पर उसके हाथ थे, मुट्ठियों में भिंचे हुए। माथा डेस्क पर टिका था, वह उसका चेहरा नहीं देख सकता था।

"बिट्टी..." उसने कहा।

कुछ देर तक उसका सिर डेस्क पर टिका रहा—गर्दन पर भूरे बाल हवा में उड़ते रहे—फिर उसने अपना सिर उठाया। उसकी आँखें—आँखों के नीचे कपोल—चमक रहे थे। एक भीगी रोशनी में, जो सिर्फ़ पानी था—किन्तु चेहरे पर ढुरककर जो रोशनी-सा दिखाई देता था।

"तुम रो रही हो?" उसने कुछ ऐसे कहा, जैसे स्वयं बिट्टी को उसके रोने की सूचना दे रहा हो।

बिट्टी ने सिर हिलाया।

"सचमुच नहीं," बिट्टी ने कहा। "मेरे पार्ट में रोना बदा है।"

उसका ऊपरी होंठ ज़रा-सा सिकुड़ गया, जैसे वह आधा मज़ाक़ हो, आधा सच...

"फिर क्या तुम्हारे आँसू असली नहीं थे?"

"तुम्हें वे बनावटी लग रहे थे?"

"बनावटी की बात नहीं...लेकिन अगर तुम पार्ट में रो रही थीं, तो वे असली कैसे हो सकते हैं?"

"यह मुश्किल नहीं है। मैं कोई बात सोचने लगती हूँ और वे अपने-आप चले आते हैं।"

"कौन-सी बात?"

"कोई भी," उसने कहा।

"क्या घर के बारे में?"

वह उसकी ओर देखने लगती, जैसे वह किसी दूसरे ग्रह का प्राणी हो!

"कहाँ जा रही हो?"

वह अपना बिस्तर समेट रही थी।

"मैं किचन में सोऊँगी।"

जाने दो, वह सोचता, अगर इतनी-सी बात पर वह भन्नाकर जा सकती है, तो जाने दो। वह मिन्नत नहीं करेगा। लेकिन जब बिट्टी

सचमुच अपना बिस्तर एक हाथ में और किताबों का थैला दूसरे हाथ में लेकर जाने लगती, तो उसका दिल डूबने लगता। उसे एक और दुपहर याद आने लगती; सर्दियों की धूप और इलाहाबाद का स्टेशन, जब वे उसे छोड़ने आए थे। वे सब वहाँ मौजूद थे, उसके पिता और बिट्टी के माँ-बाप, जिन्हें वह चाचा-चाची कहकर बुलाता था। वे सब प्लेटफ़ार्म पर खड़े थे। तब दिल्ली सिर्फ़ एक दूर का शहर था, एक नाम, जहाँ बिट्टी जा रही थी। वह अलग-थलग खड़ी थी— तबेज़प रंग का कुर्ता और नीली जींस पहने, एक ब्राउन खुला स्वेटर जो घुटनों तक आता था। 'भिखारियों-से कपड़े पहनती है', पीठ-पीछे चाची कहती थीं। भिखारियों की तरह? नहीं, उसे इसकी कोई ख़बर नहीं थी। वह सबसे बेख़बर खड़ी थी, एक हाथ में स्लीपिंग-बैग का बंडल, दूसरे में सूटकेस। वह कभी कुली नहीं लेती थी, चाहे प्लेटफ़ार्म पर कितनी दूर ही न घिसटना पड़े।

आज उसे लगता है, यह कभी बहुत पहले हुआ था, किसी पिछले जन्म में—इलाहाबाद की दुपहर, स्टेशन, बिट्टी का सूटकेस...

और चाची—वह बिट्टी की आँख बचाकर रो रही थीं।

वह बाहर लेटा था। बिट्टी ग़ुसलख़ाने में थी। पानी आ रहा था। वह कपड़े धोने का दिन था।

जब बुख़ार नहीं आता, तो वह खुली छत पर चला आता था। असली छत भी नहीं—सिर्फ़ हथेली-भर का टैरेस, जो बरसाती के मुँह से एक लम्बे दाँत की तरह निकला रहता था। वहाँ तीन-चार बेंत की कुर्सियाँ पड़ी रहतीं—जिन पर सेमल के फूल झरा करते थे। पेड़ की

डालें मक़बरे पर झूला करतीं—लाल सुर्ख़—जैसे कोई आग की लपट हवा में लहरा रही हो।

उसकी आँखें खुल गईं—इतना सन्नाटा। ग़ुसलख़ाने में कोई आवाज़ नहीं थी—न कपड़े धोने की, न पानी बहने की। वह रसोई में आया, तो देखा, गैस पर कॉफ़ी का पर्कोलेटर रखा था। उसने बन्द ग़ुसलख़ाने का दरवाज़ा खटखटाया :

"बिट्टी!"

"क्या?"

"पानी उबल रहा है।"

वह टब के आगे बैठी थी। हाथ साबुन में सने थे—लेकिन बाँहें नंगी थीं। पानी में सफ़ेद मछलियों-सी पसरी हुई। नल रह-रहकर खाँसने लगता था, लेकिन पानी की एक बूँद बाहर नहीं आती थी।

उसने सिर उठाया—माथे पर पसीने की बूँदें चमचमा रही थीं।

"बुख़ार देखा?" उसने अपना भीगा हाथ उसके माथे पर रख दिया।

"आज बिलकुल नहीं है," उसने कहा।

वह उसकी ओर देखती रही।

"ज़रा साबुन डालो..." उसने कहा।

उसने सर्फ़ का डिब्बा उठाया और टब के पानी में उलटा कर दिया। पाउडर झरने लगा, कुछ कपड़ों पर, कुछ उसके हाथों पर और वह कपड़ों को रगड़ने लगी, उसकी बनियानें और जाँघिए, बिट्टी के ब्रा और रूमाल और अंडरवियर। वह टब के सामने ऐसे बैठती थी, जैसे वह लड़ाई का मैदान हो—कपड़े दुश्मन हों, उनका मैल काला ख़ून, जिसे वह आख़िरी बूँद तक निचोड़ लेती थी।

"बस!" उसने कहा। फिर उसकी ओर देखा, "मेरे हाथ गन्दे हैं—तुम कॉफ़ी बनाओगे?"

वह हिचकते हुए कहती थी—इसलिए नहीं कि वह छोटा था, या बुख़ार में था—बल्कि एक अलग कारण से...और वह कारण हमेशा अँधेरे में छिपा रहता था।

उसने पर्कोलेटर उतारा, गैस बुझा दी और दो प्यालों में पानी डालता हुआ खिड़की के बाहर देखने लगा—गुम्बद के ऊपर दो चीलें उड़ रही थीं, दुपहर के सन्नाटे को गहराते हुए—एक चुप उड़ान—जो उसके भीतर एक कुआँ-सा खोदने लगती थीं।

भीतर आया, तो नल गड़गड़ाता हुआ बह रहा था। उसने चौकी पर प्याले रख दिये। "ठंडी हो रही है," उसने कहा।

"बस—एक मिनिट।"

उसने कुहनी से अपने बालों को पीछे किया—तो तिकोना सफ़ेद चेहरा बाहर निकल आया—गालों पर दो सुर्ख़ गोलियाँ चमक रही थीं। वह पटरे पर उकड़ूँ बैठी थी, जिसके कारण जींस के पायँचे ऊपर खिंच आए थे, और घुटनों की सीवन एकदम कस गई थी। उसने अपना कप घुटने पर ही रख लिया। वह हमेशा ऐसे ही कॉफ़ी पीती थी—जब कपड़े धो रही होती।

वह सबसे सुखद घड़ी होती थी।

ग़ुसलख़ाने के आधे-अँधेरे में वे आमने-सामने बैठ जाते थे, धीरे-धीरे कॉफ़ी पीते थे। धुले हुए कपड़ों से एक तीखी, नशीली-सी गन्ध ऊपर उठती थी और कॉफ़ी में साबुन का स्वाद आता था।

"आज नहीं पढ़ोगे?" बिट्टी ने उसकी ओर देखा।

"तुम्हें देर तो नहीं हो जाएगी?"

"आज रिहर्सल शाम को है," उसने कहा, "निकालो अपने हंटर साहब को!" मिस्टर हंटर, यह असली नाम नहीं था, वे हँसी में कहते थे। एक आयरिश मिशनरी, जिन्होंने अपने संस्मरण कुमाऊँ जंगलों के बारे में लिखे थे। स्वयं बिट्टी का बचपन घूमते हुए बीता था। चाचा

रेलवे में थे, हमेशा एक शहर से दूसरे शहर तबादला होता रहता था। बाद में जब वह स्कूल जाने लगी, तो उसे नैनीताल के एक हॉस्टल में रहना पड़ा। उन दिनों हिन्दुस्तानी अफ़सर अपने बच्चों को किसी कॉन्वेंट में जमा करके छुट्टी पा लेते थे। बिट्टी की यह किताब उसी ज़माने की थी—द मैमोयर्स ऑफ़ ए मिशनरी—ऐसे मिशनरी, जिनका ज़्यादा समय परमेश्वर की खोज में उतना नहीं, जितना पशुओं की तलाश में गुज़रता था।

वे भी उनके साथ भटकते थे। जब कपड़े धोने का दिन आता, वह ग़ुसलख़ाने में किताब लेकर चला आता, वह कपड़े धोती रहती और वह पढ़ने लगता।

Last night the panther came...

बिट्टी का सिर कुछ टेढ़ा-सा हो जाता और गर्दन की नसें चमकने लगतीं, जैसे वह भी अल्मोड़ा और रानीखेत के जंगलों में चली गई हो; हंटर साहब के पीछे-पीछे; चारों तरफ़ सिर्फ़ पेड़ दिखाई देते, पेड़, घास और झाड़ियाँ और पैरों के नीचे पत्ते चरमराने लगते और उसके नीचे सबकुछ दब जाता, नल का बहता पानी, साबुन और मैल की गन्ध, पिटते कपड़ों की कराहट—सिर्फ़ हवा सुनाई देती, हवा और घास और अँधेरे के बीच चार पैर और दो चमकती आँखें...Last night the panther came and my dog whined for a long time.

"ह्वाइन का मतलब?" उसने आँखें ऊपर उठाईं।

"रिरियाना," बिट्टी ने कहा।

"रिरियाना?"

"रोना...सुबक-सुबककर रोना।" बिट्टी के हाथ टब में निश्चल पड़े थे। वह हवा में ताक रही थी।

"सुना तुमने?"

"क्या?" वह बिट्टी को देखने लगा।

"कोई दरवाज़ा खटखटा रहा है।"

"कोई नहीं—हवा है।"

वह अब भी जंगल में घूम रहा था।

दुबारा खटखटाहट हुई, तो कोई भ्रम नहीं रहा। उसने किताब बन्द कर दी और उसके साथ पैन्थर की चमकती आँखें भी मुँद गईं।

वह बाहर चला आया। ज़ीने का दरवाज़ा खोला।

"आप?"

ज़ीने की सबसे ऊपरी सीढ़ी पर डैरी खड़े थे।

"कहाँ थे तुम लोग?" उन्होंने कहा, "मैं दस मिनिट से दरवाज़ा पीट रहा हूँ।"

"हम बाथरूम में थे," उसने कहा। "बिट्टी कपड़े धो रही है।"

वह अपनी दाढ़ी को खुजलाने लगे। उन्होंने एक नीली कमीज़ पहन रखी थी, आस्तीनें ऊपर चढ़ा रखी थीं, जिनके नीचे बाँहों के बाल बाहर झाँका करते थे। कन्धे पर एक थैला लटका था, गर्म और भूरा, जो एक तिब्बती झोला-सा दिखाई देता था।

वह भागता हुआ भीतर आया।

"डैरी आए हैं," उसने भीतर झाँककर कहा।

"कौन?" बिट्टी ने टब से सिर ऊपर उठाया।

उसे जवाब नहीं देना पड़ा, क्योंकि इस बीच डैरी कमरे में आ गए—वह बाथरूम की देहरी पर खड़े थे, जेब से रूमाल निकाला था, वह अपनी ऐनक के शीशे साफ़ कर रहे थे।

बिट्टी ने सिर उठाया। होंठ खुल गए थे—हँसी में या विस्मय में—वह जान नहीं सका।

"कहाँ से आ रहे हो?"

"इरा से—उसने फ़ोन किया था।"

"हॉस्टल से?"

"और कहाँ?"

उन्होंने ऐनक दुबारा पहन ली—वह बहुत थके दिखाई देते थे। दाढ़ी पर धूल की हल्की-सी परत चिपकी थी। बग़लों में पसीने के दायरे आधे-चाँद-से उभर आए थे।

"कॉफ़ी पियोगे—अभी बनाई है?"

बिट्टी नल के पानी में हाथ धोने लगी।

डैरी ने उसके कन्धे को छुआ, "कैसी तबीयत है?"

"ठीक।" उसने सिर हिलाया और कपड़े समेटने लगा। एक-एक करके बाल्टी में डालने लगा।

अब वे उसकी पीठ के पीछे थे और वह उन्हें नहीं देख सकता था। बिट्टी ने गैस पर पानी रखा था और वह स्टूल पर बैठ गए थे। रसोई की खिड़की खुली थी—बाहर सन्नाटा था। दुपहर की डूबती घड़ी का मौन, जो हर मकान की चौखट पर सुस्ताने बैठ जाता था। मन में आया, कमरे में जाकर लेट जाए—फिर बैठा रहा। ग़ुसलख़ाने के शान्त, शीतल अँधेरे में।

"कुछ खाने को है?" डैरी का स्वर सुनाई दिया।

"तुमने अभी तक कुछ नहीं खाया?"

"मैं सुबह ही घर से निकल आया था।"

उन्होंने कुछ और कहा—लेकिन वह नहीं सुन सका। गैस पर कॉफ़ी का पानी सिरसिरा रहा था।

वह कपड़ों की बाल्टी लेकर छत पर आया, तो बिट्टी की छाया दिखाई दी।

"तुम बैठो—मैं और डैरी सब टाँग लेंगे," उसने कहा।

"तुम जाओगी नहीं?"

"अभी नहीं।" उसने बाल्टी उसके हाथ से लेकर कोने में रख दी। "मैं अंडे की भुजिया बना रही हूँ...डैरी को भूख लगी है।"

मन में आया, कहे, वह हमेशा भूखे रहते हैं। उनकी भूख और फटेहाली को देखकर कभी-कभी बहुत दया आती थी। कोई अनुमान भी नहीं लगा सकता था कि वह असल में कौन हैं, कहाँ रहते हैं। जब उसने बिट्टी से पूछा था, तो वह काफ़ी देर तक हँसती रही थी। उसने सोचा था, वह कोई बेरोज़गार क़िस्म के आदमी हैं, जो थिएटर करते हैं। "तुम्हें नहीं मालूम, अकबर रोड पर इनके पिता का बँगला है—बहुत बड़ा लॉन है, जहाँ कभी-कभी हम रिहर्सल करते हैं।" तब भी उसे कुछ समझ में नहीं आया था। उन दिनों उसके लिए जैसा अकबर रोड—वैसा बाबर रोड—कोई ख़ास अन्तर नहीं दिखाई देता था।

अन्तर आया था—तो सिर्फ़ देखने में—अब वह कभी आते थे, तो वह उन्हें बहुत ध्यान से देखता था—अचानक क्षणों में—जब वह बिट्टी से बातचीत करते थे। वह अचानक बड़े-से दिखाई देने लगते थे, जब वह बोलते थे। लेकिन चुप्पी के क्षणों में सहसा छोटे हो जाते थे—जैसे यह कोई जादू का खेल हो! खेल नहीं, यह सच था। उनकी उम्र हमेशा घटती-बढ़ती रहती थी—लेकिन वे ख़ुद एक जगह ठहरे-से दिखाई देते थे। वह ठहरी हुई जगह कहीं ऊपर थी—उसे हमेशा सिर उठाकर डैरी को देखना होता था—और तब उसे अकसर भ्रम होता था, जहाँ डैरी हैं, वहाँ से दुनिया बिलकुल विचित्र दिखाई देती होगी...

क्या बिट्टी ने उस दुनिया को देखा था?

वह अपने बिस्तर पर आकर बैठ गया। वहाँ से सब दिखाई देता था—डैरी चुपचाप खा रहे थे—टोस्ट और अंडे की भुजिया। दूसरे हाथ से वह हंटर की किताब के पन्ने पलट रहे थे।

बाहर सेमल का पेड़ साँय-साँय सरसरा रहा था।

"मेरी एक छोटी बहिन है..." डैरी ने उसे देखा, "मैंने उसे तुम्हारे बारे में बताया है।"

"मुझे मालूम है," उसने कहा।

"कैसे?"

"बिट्टी ने कहा था।"

डैरी अपनी दाढ़ी पर चिपके टोस्ट के टुकड़े हटाने लगे।

"तुम उससे मिलना चाहोगे?"

वह चुप रहा। उसकी कोई इच्छा नहीं थी—लेकिन वह यह बात डैरी से नहीं कहना चाहता था।

"कुछ दिनों में हम रिहर्सल बाहर किया करेंगे..." बिट्टी ने कहा, "तब यह भी आ सकता है।"

"तुमने नित्ती भाई से बात की थी?" डैरी ने पूछा।

"वह नाराज़ हैं।" बिट्टी ने कहा, "वह 'सी-गल' का सेट बनाना चाहते थे...उन्होंने सब नक़्शे बना लिये थे।"

"इतने ऐक्टर कहाँ से आएँगे?" डैरी अपने टोस्ट से तश्तरी साफ़ कर रहे थे।

"वह कुछ और भी कह रहे थे।" बिट्टी उसके पास बिस्तर पर बैठ गई थी।

"क्या?" डैरी ने उसकी तरफ़ देखा।

"कहते थे—तुम डिक्टेटर की तरह काम करते हो—जब तुमने स्ट्रिनबर्ग चुना, तो किसी से पूछा भी नहीं।"

"इरा को मालूम था, उसने उन्हें नहीं बताया?"

"इसीलिए वह नाराज़ थे। कहते थे, हर बात उन्हें तीसरे आदमी से पता चलती है।"

डैरी बेसिनी के आगे खड़े हो गए—नल खोला—लेकिन हाथ धोने के बजाय आईने में देखने लगे, जहाँ बिट्टी बिस्तर पर बैठी थी।

"मैं उनके दफ़्तर जाता हूँ—वहाँ पता चलता है, वह किसी साइट पर गए हैं...घर में होते नहीं—इरा के हॉस्टल जाता हूँ, तो पता चलता है, वे दोनों कहीं बाहर गए हैं...फिर कहते हैं—मैं उनसे मिलता नहीं।"

उनकी आवाज़ नल की धार में खो-सी गई। वह मुँह धो रहे थे।

"तुमने रिकॉर्ड छाँट लिए हैं?" उन्होंने पीछे मुड़कर देखा।

"कौन-से रिकॉर्ड?"

"मैंने तुमसे कल कहा था।"

वह तौलिए से मुँह पोंछते हुए कमरे में चले आए। कोने में रिकॉर्ड-प्लेयर रखा था—वह वहीं फ़र्श पर बैठ गए।

"तुम कपड़े सुखा लो—मैं छाँट लेता हूँ।"

बिट्टी अपनी जगह पर बैठी रही। कमरे में हल्का-सा अँधेरा घिर आया था—क्षण-भंगुर—बाहर कोई बादल सूरज को ढक गया था। मार्च की दुपहर ढलने लगी थी।

"इरा ने क्यों बुलाया था?" बिट्टी का स्वर बहुत धीमा-सा हो आया।

"पागल है!" डैरी चुपचाप रिकॉर्डों को पलट-पलटकर देख रहे थे। "कहती थी—इस प्ले के बाद वह लन्दन लौट जाना चाहती है।"

"इसमें पागलपन क्या है?"

डैरी के हाथ रुक गए—बिट्टी को देखा।

"तुम्हें सब ठीक लगता है?"

"सब तुम्हारे जैसे नहीं हैं।" बिट्टी का स्वर कुछ ऊपर खिंच आया।

"क्या मतलब?"

"अगर मैं इलाहाबाद लौट जाती हूँ—तो तुम मुझे भी पागल समझोगे..."

डैरी कुछ नहीं बोले, सिर्फ़ हँस दिये।

"तुम सबको शक की निगाह से देखते हो," बिट्टी ने कहा।

"शक की निगाह से?"

"जब से तुम लौटे हो, तुम्हें..."

"बिट्टी!" डैरी ने उसे बीच में ही रोक दिया। फिर दोनों ने सहसा एक साथ उसकी ओर देखा।

वह बिस्तर पर लेटा छत को ताक रहा था।

वे लड़ रहे थे। वे ऐसे ही बात-बात पर लड़ने लगते थे। उसे हमेशा बिट्टी पर आश्चर्य-सा होता था। पता नहीं, कौन-सा ग़ुस्सा उसके भीतर दबा रहता था, जो ज़रा-सा छूते ही मवाद की तरह बहने लगता था!...

बिट्टी ग़ुसलख़ाने में चली गई लेकिन डैरी वहीं बैठे रहे—चारों तरफ़ बिखरे रिकॉर्डों के बीच। क्या वह उनसे कुछ कह सकता है? वह कहाँ गए थे? कहाँ जाकर वापिस लौट आए थे?

अचानक हवा का एक झोंका आया और दरवाज़ा खुल गया। बाहर की रोशनी भीतर आ रही थी, भूरा-सा आलोक, जो मार्च के दिनों में चमकीली चाँदी-सा झरता था। बिट्टी तार पर कपड़े टाँग रही थी। वह साफ़ और खुली शाम थी। बिट्टी के बाल भी खुले थे। हवा में फड़फड़ाता हुआ कोई गीला कपड़ा उसके चेहरे पर लिपट जाता, उसकी देह को ढक लेता था। वह हल्के-से सिर को झटका देती और चेहरा बाहर निकल आता—खुले हुए बालों के बीच एक सफ़ेद, नंगी फाँक-जैसा—और वह आगे बढ़ जाती, बाल्टी से एक दूसरा कपड़ा निकालती, और जब तक उठाती, बाक़ी कपड़े फड़फड़ाते हुए उससे लिपट जाते...

यह मुझे याद रहेगा, उसने सोचा, यह मैं अपनी डायरी में लिखूँगा, 'बिट्टी कपड़े टाँग रही थी, कमरे में पीला-सा अँधेरा था। डैरी दीवार के सहारे बैठे थे, बाहर बिट्टी को देख रहे थे। और मैं...'

वह अपने बिस्तर पर लेटा था। कितनी बार वह यह खेल अपने से खेलता था—जैसे वह दुनिया को कहीं बाहर से देख रहा है, शाम, छत, बिट्टी और डैरी—वह उन्हें नहीं जानता। वह उन्हें पहली बार देख रहा है। उसके ड्राइंग मास्टर क्लास में कहते थे—'देखो, यह सेब है। यह सेब टेबल पर रखा है। इसे ध्यान से देखो। सीधी आँखों से'—एक सुन्न निगाह सुई की नोक-सी सेब पर बिंध जाती। वह धीरे-धीरे हवा में

घुलने लगता, ग़ायब हो जाता। फिर, फिर—अचानक पता चलता—सेब वहीं है, मेज़ पर, जैसे-का-तैसा—सिर्फ़ वह अलग हो गया है, कमरे से, दूसरे लड़कों से, मेज़ और कुर्सियों से—और वह पहली बार सेब को नई निगाहों से देख रहा है। नंगा, साबुत, सम्पूर्ण...इतना सम्पूर्ण कि वह भयभीत-सा हो जाता, भयभीत भी नहीं—सिर्फ़ एक अजीब-सा विस्मय पकड़ लेता, जैसे किसी ने उसकी आँखों से पट्टी खोल दी है। "मास्टर साहब," वह कहना चाहता, "आप जो दिखाना चाहते हैं, क्या यह वही चीज़ है?"

कौन-सी चीज़? कैसी चीज़?

यह शाम, यह बिट्टी की बरसाती, छत पर फड़फड़ाते हुए कपड़े, यह अँधेरा, यह उठते बुख़ार के चमकते चहबच्चे, जिसमें वह धँसता जाता।

"मुन्नू—मैं जा रही हूँ।"

बिट्टी का चेहरा दिखाई दिया। बाल बँधे थे। माथा ख़ाली था, न बिन्दी, न कुछ। बिलकुल ख़ाली।

"कब लौटोगी?"

"आज रिहर्सल देर तक चलेगा...मैंने तुम्हारा खाना बनाकर रख दिया है।"

"एक काम करोगी?" उसे कुछ याद आया, और वह उठकर बैठ गया। "मेरी एक चिट्ठी डाल दोगी?"

बिट्टी उसे देखती रही।

"कैसी चिट्ठी?"

"बाबू को लिखी है," उसने कहा।

वह अपनी रैक के पास गया, जहाँ उसकी किताबों का गट्ठर था। अपनी नोटबुक से एक लिफ़ाफ़ा बाहर निकाला और बिट्टी के सामने रख दिया। बिट्टी एक क्षण लिफ़ाफ़े को देखती रही, फिर उसकी ओर देखा।

"सुनो—अगर तुमने यह लिखा है, कि तुम इलाहाबाद लौटना चाहते हो, तो यह मैं तुम्हारे सामने फाड़ दूँगी।"

कमरे के धुँधलके में दोनों एक-दूसरे को घूरते रहे।

"जानते हो, चाचा ने क्या कहा था?"

बिट्टी का स्वर एकाएक बहुत कोमल-सा हो आया।

"क्या कहा था?"

"जब तक तुम बीमार हो, मेरे पास रहोगे।"

"सुनो बिट्टी..." उसने रुँधे स्वर में कहा, "मुझे अब बुख़ार नहीं आता।"

वह हँसने लगी—अजीब-सी हँसी—जिसका न उससे, न इलाहाबाद से, न उसके बुख़ार से कोई ताल्लुक़ था। फिर वह अचानक उसके पास आकर बैठ गई, दोनों हाथों से उसके गालों को समेट लिया।

"और अगर मैं हूँ तो?"

"तुम?"

"हाँ, अगर मैं बीमार हूँ, तो तुम रुक जाओगे?"

नीचे डैरी की आवाज़ सुनाई दी। वह मोटर-साइकिल का हॉर्न बजा रहे थे।

वह खड़ी हो गई। अपना पर्स उठाया और जाने लगी। फिर एक क्षण कमरे की देहरी पर ठिठक गई।

"मुझे देर हो गई, तो जागना मत। खाना खाकर सो जाना..."

2

काफ़ी ऊँची हवा रही होगी। तार पर सूखते कपड़े बेतहाशा फड़फड़ा रहे थे। छतों पर पीली धूल की छत थी और आकाश कहीं न था।

नीचे कुत्ते भौंक रहे थे। मकान की मालकिन मिसेज़ पन्त लहँगा पहनकर पेड़ों के नीचे घूम रही थीं, कुत्तों के पीछे दौड़ रही थीं, उन्हें अपने पास बुला रही थीं। वे बदहवास-से होकर कभी फाटक की ओर भागते थे, कभी पेड़ों की तरफ़—जैसे आँधी कोई हमलावर हो, जिसे वे मकान की सरहद पर रोक लेंगे, दाँतों में भींचकर टुकड़े-टुकड़े कर देंगे। किन्तु हवा उन्हें चिढ़ाती हुई पेड़ों पर चढ़ जाती, भड़ाभड़ घर के दरवाज़े खोल देती, सहसा मुड़कर बरामदे में लपक आती और पत्तों के साथ पागल-सी घूमने लगती। उसके साथ कुत्ते भी घूम रहे थे, कभी-कभी अचानक ठहर जाते, हैरानी से मिसेज़ पन्त के लहँगे को देखने लगते, जो हवा में गुब्बारे-सा फूल रहा था—और वे आँधी को छोड़कर ख़ुद अपनी मालकिन पर भौंकने लगते।

वह मार्च की हवा थी। उसमें कोई बोझ नहीं था, जैसा गर्मी के अंधड़ में होता है। वह धूल के साथ नहीं आई थी, स्वयं धूल उसका सहारा लेकर ऊपर उठी थी। वह जल्दी-जल्दी तार से कपड़े उतारने लगा—एक ठंडी-सी बूँद उसके गालों पर गिरी—तो उसने ऊपर देखा, बादलों के बीच तारे टिमटिमा रहे थे। कुत्ते सहसा शान्त हो गए थे, हवा में झरती बारिश की अफ़वाह को उन्होंने भी सूँघ लिया था।

उसने दरवाज़े बन्द कर लिये। रसोई की खिड़की खुली रहने दी। उसके पीछे रोशनियों का एक द्वीप अँधेरे पर टिका था—एक लाइट-हाउस की तरह। वह निज़ामुद्दीन का स्टेशन था। कभी-कभी कोई ट्रेन अँधेरे की कोख से बाहर निकलती, आसपास के खँडहर चमचमा जाते, और फिर अपनी नींद के गूदड़ में लिपटकर ग़ायब हो जाते।

वह ठिठुरने लगा। वह काँप रहा था। बुख़ार नहीं था, न ठंड थी, फिर भी शरीर में कँपकँपी-सी दौड़ रही थी। खिड़की के शीशों पर पानी बह रहा था, भूरा और मटियाला; उसे याद आया, बहुत दिन पहले उसने ऐसा ही पानी देखा था। वे बारिश में भीग रहे थे, भीगते हुए भाग रहे थे। दुकानों की रोशनियाँ गँदले चहबच्चों में चमक रही थीं। वे शुरू-शुरू के दिन थे।

वह इलाहाबाद से आया था। ड्रामे के रिहर्सल अभी शुरू नहीं हुए थे और बिट्टी ख़ाली थी। वे सारा दिन घूमते रहते थे—कुतुब और जामा मस्जिद, हुमायूँ का मक़बरा और पुराने क़िले में वह ज़ीना भी, जहाँ हुमायूँ बादशाह गिरे थे। बिट्टी और उसके दोस्त उसे हर जगह ले जाते थे।

लेकिन उस दिन वे कहीं न जा सके। कनॉट प्लेस पहुँचते ही बारिश गिरने लगी; सर्दियों की सफ़ेद और महीन झड़ी, जिसे वे दोनों गलियारे से देख रहे थे। बिट्टी ने एक लम्बा, ब्राउन स्वेटर पहन रखा था, गले में काला मफ़लर लिपटा था...कन्धे पर चमड़े का थैला था,

जिसमें उसने दिल्ली का नक़्शा ठूँस रखा था। वह हमेशा नक़्शा लेकर बाहर निकलती थी।

अँधेरा होने लगा, तो बारिश ओझल हो गई। सिर्फ़ लैम्पपोस्ट की रोशनी में पता चलता था कि बूँदें अब भी झर रही हैं।

वे ओडियन सिनेमा के पीछे चले आए। वहाँ बहुत-से रेस्तराँ और ढाबे थे। फ़ुटपाथ पर मेज़ें लगी थीं। हवा में एक तीखी गन्ध उठ रही थी, जिसमें गीली मिट्टी और भुनते मांस का मिला-जुला स्वाद चिपका था।

अचानक बिट्टी ने उसका हाथ खींच लिया।

"खाना खाओगे?"

"कहाँ?"

"यहीं," बिट्टी ने कहा, "देखो, कितने लोग बैठे हैं!"

मन में हिचक हुई, इस फ़ुटपाथ पर? लेकिन बारिश रुक गई थी, दिन-भर घूमते रहने के कारण वह निढाल-सा हो गया था। अगर बिट्टी वहाँ बैठ सकती है, तो वह भी बैठ सकता है।

वे एक ख़ाली मेज़ के पास चले आए। फ़ुटपाथ के नीचे बारिश का पानी बह रहा था, जिसमें खाने की जूठन, पत्तलें और अख़बार के काग़ज़ एक-दूसरे का पीछा कर रहे थे—लेकिन खाने में जुटे लोग उसे नहीं देख रहे थे।

बिट्टी भी कहीं और देख रही थी। बीच सड़क पर कोई मोटर आती, तो उसकी हैडलाइट का घूमता हुआ दायरा उसके चेहरे पर थिर हो जाता...वह शायद अपनी ग़लती महसूस कर रही थी, लेकिन वेटर पहले ही ऑर्डर लेकर जा चुका था। अब वे चाहते, तो भी उठकर जाना असम्भव हो जाता।

उसके लिए यह एक विस्मयकारी एडवेंचर था—इस तरह बाहर बैठकर खाना। भट्ठी जल रही थी, सिकती रोटियों की गन्ध, आग का

सेक, भागते हुए वेटर...वह असीम कौतूहल में सबकुछ देख रहा था, और तब अचानक उसकी भटकती आँखें ढाबे की छत्ती पर अटक गईं। वहाँ एक क़तार में लोहे की सलाख़ें लटक रही थीं, हर सलाख़ पर मुर्ग़े लटक रहे थे—पैर ऊपर, धड़ नीचे— उन जाँघियों की तरह जिन्हें सुखाने के लिए तार पर टाँग दिया जाता है। छोटे-छोटे सफ़ेद मांस के लोथ, जो सूली पर लटकते हुए भी जीवित जान पड़ते थे...उसने जल्दी से आँखें हटा लीं।

वह शुरू फरवरी की शाम थी और लोगों ने अभी तक सर्दियों के कपड़े पहन रखे थे। ढाबे से भट्ठी का सेक आ रहा था। जब वह इलाहाबाद लौटेगा, अपने दोस्तों से कहेगा, कैसे लोग अपनी मोटरों में आते हैं, फ़ुटपाथ की मेज़ों पर खाते हैं, अँधेरे में तारों के नीचे—और तारों पर मुर्ग़े लटके रहते हैं।

"क्या सोच रहे हो?" बिट्टी ने उसे देखा। मेज़ पर खाना रखा था। रोटी और मीट की गन्ध में पहली बार उसे अपनी भूख पता चली। वे दोनों इतने भूखे थे कि कुछ देर तक चुपचाप खाते रहे—न कुछ बोले, न एक-दूसरे की तरफ़ देखा।

लेकिन कुछ देर बाद उसने देखा, बिट्टी खा नहीं रही है— एकटक आँखों से ढाबे की भट्ठी को देख रही है। भट्ठी के नीचे राख और कोयले और जूठे बर्तनों का ढेर लगा था। पास में दो लड़के बैठे थे—बीच में एक बच्ची, जो मुश्किल से पाँच बरस की रही होगी। वे चुप बैठे थे। भट्ठी के मैले आलोक में उनकी चुप्पी उनके अधनंगे शरीरों से कहीं अधिक बड़ी दिखाई दे रही थी।

उनकी निगाहें पासवाली मेज़ पर गड़ी थीं—छह चमकती आँखें। वेटर बिल लेकर आया था और वे लोग पैसे निकाल रहे थे। बच्ची ज़रा-सी हिली और उसके हिलते ही दोनों लड़के खड़े हो गए। वे एक साथ उठे थे, जैसे उन्होंने कोई सिग्नल देखा हो। वे धीरे-धीरे उस मेज़

के पास सरकने लगे, जो अभी-अभी ख़ाली हुई थी। वेटर पैसे गिन रहा था। कोई हलचल नहीं। न कोई छीना-झपटी। आँख झपकते ही सबकुछ हो गया। जूठी प्लेटें अब साफ़ पड़ी थीं, ख़ाली और साफ़। सिर्फ़ जल्दी में बच्ची की कुहनी से एक गिलास गिर गया था, मेज़पोश पर से बहता पानी नीचे बूँद-बूँद टपक रहा था।

वे लौट गए थे। वे दुबारा भट्ठी के नीचे दुबक गए थे और अपनी लूट का माल राख के ढेर के पास जमा कर रहे थे। आधी चबाई हुई हड्डियाँ, गोश्त के टुकड़े जिन पर इक्के-दुक्के चावल सफ़ेद चींटियों-से चिपके थे। लड़की ने अपनी फ्रॉक में अल्यूमिनियम का बर्तन छिपाया था, जिसमें से शोरबा नीचे बह रहा था, उसकी नंगी, धूल-सनी टाँगों पर एक लम्बी सुर्ख़ लकीर खींचता हुआ, बूँद-बूँद टपकता हुआ। किन्तु उन्हें उसकी चिन्ता नहीं थी। वे मुस्करा रहे थे। वे निश्चिन्त थे। उन्हें कोई जल्दी नहीं थी, जैसे कोई जंगली जानवर अपने शिकार को पंजे में दबाकर बेफ़िक्र हो जाता है, अपने आहार के अलावा चारों तरफ़ देखने लगता है। वे देख रहे थे—बिट्टी की तरफ़ और उसकी तरफ़ एक निरासक्त ठंडी प्रतीक्षा में; अब उनकी बारी थी।

बिट्टी उठ खड़ी हुई। उसका चेहरा भट्ठी की आग में दहक रहा था। राख-सा सफ़ेद। "चलो," उसने कहा और वह जड़ पुतले-सा उठ खड़ा हुआ; उसे कुछ पता नहीं चला, कब वे ढाबे से बाहर आए, कब बिट्टी ने बिल चुकाया। जब याद करता है तो सिर्फ़ वे आँखें याद आती हैं, भट्ठी के नीचे से उनकी ओर निहारते हुए, एक अन्तहीन कौतूहल में, बारिश के गीले अँधेरे को भेदती हुई, उनका पीछा करती हुई।

बस-स्टैंड, फ़ायर ब्रिगेड की बिल्डिंग, स्टेट्समैन का चौराहा, जलती-बुझती ट्रैफ़िक लाइट...। बिट्टी चलती जा रही थी, और वह उसके पीछे भाग रहा था, हाँफ रहा था और तब उसे लगा, जैसे यह असली दुनिया नहीं है, यह कोई स्वप्न है, ये गीली सड़कें, ये भीड़, ये

बारिश के चहबच्चे, बारहखम्भा रोड के पेड़...कुछ भी वास्तविक नहीं था। सिर्फ़ हाँफती हुई साँसें सही हैं, बिट्टी की सिसकियों से बँधी हुई, जिन्हें वह कीचड़ में भागते हुए अपने साथ घसीटे ले जा रही थी...

वे पेड़ों से बाहर निकल आए। ऊपर आकाश दिखाई दिया—बारिश में धुला दिल्ली का आकाश—जहाँ बहुत-से तारे एकसाथ निकल आए थे। चलते-चलते वह सहसा बीच फ़ुटपाथ पर ठिठक गई, जैसे आगे पाँव बढ़ाना निरर्थक हो। वह एक रोड-साइन के सहारे खड़ी हो गई—टॉल्स्टॉय मार्ग का सफ़ेद बोर्ड, जो बारिश में भीगा अलग कोने में खड़ा था।

"बिट्टी," उसने कहा।

"बिट्टी," उसने दुबारा कहा।

"बिट्टी, बिट्टी, बिट्टी..." वह उसे हिला रहा था।

सड़क पर चलते लोग एक क्षण उन दोनों को देख लेते थे—बोर्ड पर सिर टिकाए एक लड़की और उसे झिंझोड़ता हुआ एक लड़का। वे ठिठक जाते, आश्चर्य से उन्हें देखते और आगे बढ़ जाते।

"बिट्टी..." उसका स्वर रुआँसा हो आया, "लोग देख रहे हैं।"

उसने सिर उठाया, मफ़लर से चेहरा पोंछा, जैसे वह किसी गहरी स्याह नींद से जागी हो!

"चलो," उसने कहा। वह एक क्षण उसका चेहरा देखता रहा, सपाट और सूखा—अजीब-सा कठोर, जैसे एक दिन इलाहाबाद के स्टेशन पर देखा था, जहाँ वह सबसे अलग अपना सूटकेस लेकर खड़ी थी।

वे कुछ दूर चले होंगे, कि सहसा बिट्टी को कुछ याद आया।

"ज़रा ठहरो," उसने पर्स से दो रुपये निकाले।

"मेरे लिए सिगरेट ले आओगे?"

उसने पैसे लिये, और दौड़ता हुआ सप्रू हाउस के आगे चला आया। वहाँ हमेशा एक ढिबरी की रोशनी में पान-सिगरेटवाला बैठा करता था।

वह पैकेट लेकर लौटा, तो बिट्टी कुछ क़दम आगे बढ़ गई थी, एक सँकरी अँधेरी गली में झाँक रही थी।

"इधर आओ।" उसने पीछे मुड़कर उसे बुलाया। दोनों तरफ़ झाड़ियाँ थीं, ऊपर ईंटों की एक दीवार, जो किसी मकान का पिछवाड़ा थी। बीच में बजरी की सड़क, जिस पर बारिश का पानी चमक रहा था।

"तुम्हें कुछ याद आता है?"

वह उसकी तरफ़ देखने लगा।

"क्या ऐसा नहीं लगता, हम कहीं इलाहाबाद में हैं—और गली पार करते ही अपना घर आ जाएगा!"

उसने पहली बार देखा, बिट्टी की आँखें गीली हैं, लैम्पपोस्ट के आलोक में चमकती हुई, जैसे बारिश के बाद वह गली दिखाई दे रही थी।

ढाबे की उस रात के बाद उसमें विचित्र परिवर्तन हुआ था। वह कभी-कभी मुँडेर पर घंटों खड़ी रहती, और वह कमरे में बैठा उसे देखता। कुछ लोग अपने अकेलेपन में काफ़ी सम्पूर्ण दिखाई देते हैं—उन्हें किसी चीज़ की ज़रूरत महसूस नहीं होती। किन्तु बिट्टी में कोई ऐसा मुकम्मिलपन नहीं दिखाई देता था—वह जैसे कहीं बीच रास्ते में 'ठिठकी-सी' दिखाई देती थी, जबकि दूसरे लोग आगे बढ़ गए हों। बीच में जो लोग ठहर जाते हैं, उनमें अकेलापन उतना नहीं, जितना अधूरापन दिखाई देता है—जैसे वे सड़क पर कुछ देख रहे हों और यह देखना भी चलने का ही हिस्सा जान पड़ता था।

पता नहीं, वह क्या देखती थी।

उसकी नींद बहुत हल्की थी, ज़रा-सा खटका सुनते ही वह जाग जाता था। लेकिन उस रात उसे कोई खटका नहीं सुनाई दिया था, फिर भी वह हड़बड़ाकर उठ बैठा था। खटके से नहीं, सन्नाटे से, जब पासवाला व्यक्ति भी जाग जाता है और दोनों के बीच अँधेरे की दीवार ढह जाती

है। सिर्फ़ साँसें सुनाई देती हैं, गूँगी, साफ़ और अकेली, एक के बाद दूसरी, तीसरी, भूखी और तरसती हुई...

"मुन्नू...तुम जाग रहे हो?"

"क्या बिट्टी?"

वह उठकर बैठ गया—मूढ़ों के बीच देखा, सिर्फ़ बिट्टी का आधा धड़ दिखाई दिया, घुटनों के बीच उसका सिर, दरवाज़े की तरफ़ उठा हुआ।

"तुमने उन्हें देखा?" उसका स्वर बहुत धीमा हो आया, जैसे वह किसी से छिपकर उसके कानों में फुसफुसा रही हो।

"वे दरवाज़े पर खड़े थे।"

"कौन...कौन खड़े थे?"

"वे हँस रहे थे।"

"बिट्टी!"

"वह बच्ची भी!" बिट्टी ने कहा, "वे तीनों!"

उसे अचानक ध्यान आया, बिट्टी पागल है; उसे मालूम था, लेकिन अब कोई सन्देह नहीं रहा था। उसने बीच के मूढ़े हटा दिये और बिट्टी के बिस्तर की तरफ़ झुक आया।

"बिट्टी—क्या बात है?"

वह कुछ देर चुपचाप अँधेरे में उसे ताकती रही।

"मुन्नू, हमें यह सब छोड़ देना चाहिए।"

वह उसकी ओर देखता रहा।

"क्या छोड़ देना चाहिए?" उसने चारों तरफ़ देखा, बिट्टी की बरसाती, किताबें, रिकॉर्ड-प्लेयर—यह उसकी गृहस्थी थी। उसे छोड़कर वह कहाँ जाना चाहती थी?

क्या प्रश्नों के जवाब होते हैं? यह हमेशा सच नहीं होता। आधी नींद की बुड़बुड़ाहट में हम कितना कुछ पूछते हैं, ख़ाली दीवारें उन सब

प्रश्नों को सोख लेती हैं। दूसरे दिन—सुबह की चकमकाहट में—कुछ भी याद नहीं रहता; हम सोचते भी नहीं, पिछली रात कौन-से शर्म और पछतावे ने सिर उठाया था।

वह उस रात बिट्टी के साथ न होता, तो शायद पता भी नहीं चलता, उसने क्या पूछा था, वह क्या जानना चाहती थी?

वह कोशिश करता तो भी शायद कुछ नहीं समझ पाता। उसकी उम्र भी ज़्यादा नहीं थी...वह बिट्टी से सिर्फ़ सात-आठ साल छोटा था लेकिन छोटी उम्र में यह अन्तर भी बहुत होता है। वह सिर्फ़ झलकें-सी पाता था; रेगिस्तान में मरीचिका के टापू चमकते थे—वह उनके पीछे भागता और देखता, जहाँ पानी की चमक थी, वहाँ रेती का चूरा है।

वह लौट आता था। बिस्तर के अपने हिस्से पर लेट जाता था। वहाँ से दीवार पर एक बहुत बूढ़ी औरत का फ़ोटो दिखाई देता था। बिट्टी से पता चला, वह कोई मदर टैरेसा हैं, कलकत्ता में कोढ़ियों और भिखारियों के बीच रहती हैं। लेकिन फ़ोटो में वह मुस्करा रही थीं, दो बंगाली लड़कियों के पास बैठी थीं। बिट्टी ने वह चित्र किसी अख़बार से काटकर दीवार पर चिपकाया था। जब बाहर हवा चलती, फ़ोटो फड़फड़ाने लगती; अँधेरे में आँखें मूँदे वह चुपचाप उसकी फड़फड़ाहट सुनता रहता, जैसे कोई चिमगादड़ बार-बार उड़ता हुआ दीवार से टकरा जाता हो।

3

किन्तु उस रात कोई हवा नहीं थी। धूल का झक्कड़ बहुत जल्दी उड़ गया। उसने दरवाज़े-खिड़कियाँ खोल दीं, बारिश के बाद तारे निकल आए थे, बिलकुल साफ़ और धुले हुए। आँधी एक धोखा थी, अब उसका कहीं पता नहीं था। सेमल का पेड़ सीधा खड़ा था और उसकी टहनियाँ पानी में भीगी हुई चाँदी की झालरों-सी चमक रही थीं।

वह लेट गया। बहुत देर तक नींद नहीं आई, लेकिन वह जाग भी नहीं रहा था, नींद के हाशिए पर घूम रहा था, जहाँ इलाहाबाद की चीज़ें दिल्ली में और दिल्ली की घटनाएँ इलाहाबाद में लेन-देन करती थीं; नींद की सीमा पर स्मृतियों की यह स्मगलिंग उसे हमेशा अजीब जान पड़ती थी...न कोई रोक-टोक, न कोई सिपाही, न पासपोर्ट की परेशानी; वे एक सरहद से दूसरी सरहद पार करती रहतीं...फिर दरवाज़े पर खटखटाहट सुनाई दी और वह फ़ैसला नहीं कर सका, यह सपने की खटखटाहट है या असली; वह आँखें खोलकर प्रतीक्षा करने लगा,

जब तक उसे दुबारा खटखटाहट सुनाई नहीं दी। सिर्फ़ बिट्टी हो सकती है, उसने सोचा। वह अकसर दरवाज़े की चाभी ले जाना भूल जाती थी।

उसने बत्ती जलाई और बाहर छत पर चला आया। ज़ीने पर बहुत-सी आवाज़ें सुनाई दे रही थीं। नीचे डैरी की मोटरसाइकिल खड़ी थी। उसकी जलती हुई हैडलाइट में पड़ोस के मकान जगमगा रहे थे। इंजन अँधेरे में घुरघुरा रहा था।

सीढ़ियों में कोई लड़की हँस रही थी।

उसने दरवाज़ा खोला तो सबसे ऊपरी सीढ़ी पर नित्ती भाई दिखाई दिये। उनका चेहरा नहीं, उनकी टाँगें। वह इतने लम्बे थे कि ज़ीने की रोशनी उनकी हाफ़-पैंट और पेशावरी चप्पलों पर गिर रही थी, जिन्हें देखकर ही उसे पता चल गया, वह कौन है, हालाँकि उनका चेहरा अँधेरे में छिपा था।

"माफ़ करना, हमने तुम्हें जगा दिया।"

वह झेंप गया, दरवाज़े से हट गया। वह बहुत दिनों बाद घर आए थे, इसलिए पाइप के तमाखू की गन्ध बिलकुल नई जान पड़ी। वह गन्ध हमेशा उनकी देह से चिपकी रहती थी।

"बुख़ार कैसा है?" उन्होंने नीचे झुककर अपने दोनों हाथों से उसके गालों को समेट लिया...गुनगुने-से हाथ, जिन पर हमेशा पसीने की नमी रहती थी।

"अब ठीक हूँ," उसने कहा।

"कौन है ऊपर?" ज़ीने से इरा की आवाज़ सुनाई दी। वह हाँफती हुई ऊपर आई थी। उसके दोनों हाथों में बड़े-बड़े थैले थे, दोनों ही अटाअट भरे थे। रात के समय जब वे आते थे, तो अपने साथ हज़ारों चीज़ें ले आते थे, सलामी, चीज़, सासेजेज़, बियर, और ब्राउन डबलरोटी, जो उसे सबसे अच्छी लगती थी।

"मुन्नू, ज़रा इन्हें सँभालो!"

इरा ने दोनों थैले उसे पकड़ा दिये; फिर उसे रोक लिया, एक

थैले से अपना पर्स निकाला, चेहरे को रूमाल से पोंछा, फिर उसकी ओर देखा, "कैसी तबीयत है?"

उसने सिर हिलाया।

"सिर हिलाने से पता नहीं चलता, बोलते क्यों नहीं?"

"ठीक हूँ," उसने कहा।

"ठीक हो—तो बाहर क्यों नहीं निकलते?"

"कहाँ?" उसने उत्सुकता से इरा को देखा।

वह आगे कुछ नहीं कह सकी। सीढ़ियों पर बहुत-से लोग ऊपर आ रहे थे। वह दरवाज़े से हट गया, रसोई में आकर साँस ली। दोनों थैलों को मेज़ के नीचे रख दिया। बिट्टी के दोस्त जब भी आते, वह जल्दी-से-जल्दी कमरे में चला आता। वे एक ऐसी दुनिया से आते थे, जिसका उससे कभी वास्ता नहीं पड़ा था। वह उससे हँसी-मज़ाक़ भी करते तो भी लगता यह भ्रम है, यह सतह है; उसके नीचे गढ़हा-सा दिखाई देता, जहाँ पहुँचते-पहुँचते उसका धीरज छूट जाता। वह मुड़ जाता; उनके सामने से हट जाता; ऐसे मौक़ों पर उसे हमेशा 'इनविज़िबल मैन' की कहानी याद आ जाती; क्या ऐसा नहीं हो सकता, कि जब चाहे वह भी 'अदृश्य' हो सके; वह सबको देखे, लेकिन कोई उसे न देख सके?

उसने कमरे की बड़ी बत्ती बुझा दी; सिर्फ़ टेबल-लैम्प को जलते रहने दिया। वे सोचेंगे, वह सो गया है, और भीतर नहीं आएँगे। किन्तु उसकी नींद बिलकुल उड़ गई थी; वह अपने बिस्तर पर बैठ गया और बाहर देखने लगा।

वह कोई चाँदनी रात नहीं थी, किन्तु छत पर एक उजला, पीला-सा उजाला फैला था। दिल्ली में मार्च की रातें ऐसी ही होती थीं, अँधेरे में भी सबकुछ दिखाई देता था। पता नहीं कितने लोग थे, लोग ज़्यादा नहीं, शोर ज़्यादा था; एक पतले झीने परदे पर उनकी परछाइयाँ घूम रही थीं। वे अकसर रिहर्सल के बाद यहाँ आ जाते थे। वैसे सबके अपने-अपने

ठौर-ठिकाने थे, लेकिन बिट्टी की बरसाती सबसे सुरक्षित जगह थी। यहाँ कोई रोक-टोक करनेवाला नहीं था। मिसेज़ पन्त बहुत जल्दी सो जाती थीं; वैसे भी छत इतनी ऊँची थी कि ऊपर की आवाज़ें नीचे जाते-जाते झर जाती थीं। सिर्फ़ हवा में एक हल्की-सी फुसफुसाहट-सी रह जाती थी।

लेकिन कमरे से उन्हें साफ़-साफ़ सुना जा सकता था। वह अँधेरे में लेटा रहता और अनुमान लगाता, कौन-सी आवाज़ किसकी है। कभी-कभी, कोई बिलकुल अपरिचित स्वर सुनाई दे जाता और वह अपनी उत्सुकता न दबा पाता; दबे-पाँव देहरी तक आता, बाहर झाँकता, कहीं कोई अजनबी दिखाई दे जाता, लेकिन अकसर वही लोग होते थे, जिन्हें वह पहचानने लगा था; इरा मुँडेर के सहारे बैठी होती, आधी लेटी-सी; डैरी और नित्ती भाई पानी की टंकी के पास, जहाँ वह अपने गिलास जँगले पर रख देते और बिट्टी—वह कभी एक जगह दिखाई देती, कभी दूसरी जगह, और उसे लगता, वह हर जगह है, जंगल की उन आत्माओं की तरह जो हवा में उड़ती हुई हर कोने में पहुँच जाती हैं।

किन्तु उस रात बहुत देर तक बिट्टी दिखाई नहीं दी। उसके भीतर एक काँटा-सा कसकने लगा—उसे शायद चिट्ठी की बात लग गई थी; बार-बार उसका वाक्य सुनाई दे जाता, 'अगर मैं बीमार हूँ तो?' शायद वह उसे डराना चाहती थी...वह बेचैन-सा हो गया। वह छत पर जाकर उनसे पूछेगा, बिट्टी कहाँ है; किन्तु तभी बाथरूम का दरवाज़ा खुला और वह किचन में दिखाई दी...वह नहाकर आई थी। कपड़े भी बदल लिये थे, ढीला-ढाला सफ़ेद कुर्ता और खद्दर का पाजामा। बाल खुले थे और वे भी भीगे-से दिखाई देते थे। मौक़े-बेमौक़े बिट्टी कभी इतनी सुन्दर दिखाई देती, कि वह साँस रोके एकटक उसे देखता रहता।

"तुम आज फिर चाभी भूल गईं," उसने कहा।

"मुझे नहीं मालूम था, इतनी देर हो जाएगी।" वह तौलिए से अपने गीले बालों को झाड़ रही थी, पानी की बूँदें बार-बार उड़कर उसके

चेहरे को छू जातीं, "स्टूडियो से निकलते ही आँधी ने पकड़ लिया... यहाँ भी आई होगी।"

"बारिश भी हुई थी," उसने कहा। उसे ख़ुशी हुई, शाम का विषाद अब उसके चेहरे पर नहीं था; वह बहुत हल्की-सी दिखाई दे रही थी। उसने बालों को जूड़े में कस दिया और उसके बिस्तर के कोने में आकर बैठ गई।

"मैंने तुम्हारी चिट्ठी डाल दी," उसने कहा।

"पढ़ी थी?"

"हाँ, मैंने भी कुछ लाइनें जोड़ दी हैं।"

"क्या लिखा है?"

"यही कि तुम्हें बुख़ार रहता है...अभी दो-तीन महीने तुम्हें और रुकना पड़ेगा।"

"कोई तुम्हारे झूठ पर विश्वास नहीं करेगा," उसने हँसते हुए कहा।

वह उठ खड़ी हुई, "सुनो, अब तुम सो नहीं सकते, कुछ मेरी मदद करोगे?"

वह उसके साथ रसोई में चला आया। थैलों से चीज़ें निकालकर बाहर रखने लगा। बिट्टी ने बीच में उसका हाथ रोक लिया...

"यह सब मैं कर लूँगी, तुम बाहर दो चटाइयाँ बिछा आओ।"

वह बाहर चला आया। धूल और अंधड़ के बाद तारे निकल आए थे और वे इतने चमकदार थे कि लगता था, जैसे हवा में एक सुनहरा-सा चूरा झड़ रहा है—न रोशनी, न अँधेरा, बीच की कोई चीज़; अँधेरे को देखो तो वह रोशनी-सा बन जाता, रोशनी को देखो तो अँधेरा-सा। कभी-कभी कोई पक्षी मक़बरे से उड़कर छत पर फड़फड़ाने लगता; लोगों की आवाज़ें उसके पंखों-तले दब जातीं। और जब वह दुबारा हवा में उड़ता, तो बातों की कतरनें फिर आपस में जुड़ जातीं, जैसे कुछ हुआ ही न हो; हवा में सिर्फ़ एक थरथराहट-सी काँपती रहती।

उसे अपने कन्धे पर हाथ का स्पर्श महसूस हुआ। वह मुड़ा तो

डैरी दिखाई दिये। दाढ़ी पर बियर के झाग छितर आए थे। ऐनक के भीतर दो थकी, अधमुँदी-सी आँखें उसे घूर रही थीं।

"बिट्टी कहाँ है?"

"रसोई में...अभी आती होगी।"

वह दो मुड़ी हुई चटाइयों के पीछे छिप-सा गया था।

"मुझे दो, इधर सूखा है।"

उन्होंने अपना गिलास नीचे रख दिया और उसके साथ चटाई बिछाने लगे; फिर ख़ुद ही उसके बीचोबीच बैठ गए।

"क्या करते रहे इतने दिन?"

"मुझे बुख़ार आता था," उसने कहा; वह डैरी से सच बोल सकता था, वह चुपचाप सुन लेते थे; कभी उसकी बात को कुरेदते नहीं थे। इस लिहाज़ से वह बिट्टी से बिलकुल उलटे थे; वह हर चीज़ की तह में जाना चाहती थी; जबकि वह ऊपर रहते थे; शायद वे लोग जो शुरू की ज़िन्दगी में बहुत नीचे जाते हैं, वे ऊपर आकर उदासीन-से हो जाते हैं। डैरी उदासीन नहीं थे, लेकिन चुप रहते थे। वह घंटों उनके साथ चुप बैठ सकता था। बिट्टी के दोस्तों में एक वही थे, जिनके साथ चुप्पी के लम्बे अन्तराल अखरते नहीं थे।

"बिट्टी ने तुम्हें रिकॉर्ड दिखाए?"

"नहीं...कब लाए थे?"

"इस इतवार को," उन्होंने कहा। "इस बार सब पुराने जैज़ के हैं...बहुत सस्ते में मिल गए।"

वह मुस्कराने लगा। उन्हें देखकर कोई कह नहीं सकता था, वह जैज़ के पीछे पागल हैं। हर इतवार को जामा मस्जिद की तरफ़ निकल जाते और दिन-भर रिकॉर्डों और किताबों की दुकानों को छानते रहते। शाम को लौटते तो लगता जैसे कोई ख़ज़ाना खोदकर लाए हों। उसे अचम्भा भी होता था कि ऐसे आदमी जिसका चीज़ों से इतना गहरा लगाव था,

कैसे एक दिन सबकुछ, घर-बार छोड़कर भाग निकले थे! लेकिन यह बहुत पुरानी बात थी। उसके बारे में वह कभी कोई चर्चा नहीं करते थे।

क्या इसीलिए वह इतना चुप रहते थे?

"तुम कभी घर नहीं आए?" कुछ देर बाद उन्होंने पूछा।

"बिट्टी हमेशा बाहर रहती है।" उसने कहा, "आप वहाँ रिहर्सल करेंगे, तब आऊँगा।"

"अभी नहीं...अप्रैल में। कभी लॉन में स्टेज देखा है?"

"घर के बाहर?"

"और कहाँ?" उन्होंने बियर का घूँट लिया और उनके स्वर में एक अजीब-सा उत्साह छलछला आया।

"हमारे लॉन के ऊपर एक छोटा-सा टीला है; पिछली गर्मियों में हम वहाँ रिहर्सल करते थे।"

उसने सोचा, यह असम्भव है—टीले पर थिएटर!

"परदा कहाँ लगाते हैं?"

"इसकी कोई ज़रूरत नहीं; तुम आओगे, तो ख़ुद देखोगे...सिर्फ़ पेड़ और झाड़ियों से ही काम चल जाता है।"

उसे यह चमत्कार-सा जान पड़ा, बाहर हवा में चलता-फिरता नाटक, जैसे वे यहाँ छत पर बैठे हैं, खुले आकाश के नीचे। हवा ऊपर उठी थी और सेमल का पेड़ सरसरा रहा था। छत के दूसरे कोने से आवाज़ें तिरती हुई उनके पास चली आती थीं। मक़बरे के पीछे जंगल से गीदड़ों की रिरियाहट सुनाई दे जाती, फिर वे अचानक चुप हो जाते और ख़ामोशी के क्षणभंगुर दायरे में ट्रेन की सीटी सुनाई दे जाती और तब उसे इलाहाबाद की याद हो आती—वह छत, वह रात, उन लोगों के पीछे छिपी एक टिमटिमाती रोशनी और वह उसे अपने भीतर के भुलावे में दबोच लेता; चारों तरफ़ देखता, कोई उसे देख तो नहीं रहा?

नहीं, कोई नहीं। सब अपनी बातों में मगन बैठे थे। सिर्फ़ नित्ती भाई

खड़े थे, टंकी के नीचे मुँडेर के पास, अपनी बुझती हुई पाइप बार-बार जला लेते थे। अचानक उनकी नज़र उस पर पड़ी और वह हवा में हाथ हिलाने लगे, जैसे यह उनके बीच कोई पुराना सिग्नल हो!

"मैं अभी आता हूँ," उसने डैरी से कहा, किन्तु इस बीच बिट्टी उनके पास आकर बैठ गई थी। वह दीवार से सिर टिकाकर बैठी थी और डैरी उससे कुछ कह रहे थे और उसकी आँखें उनके चेहरे पर टिकी थीं और तब न जाने क्यों, जाने से पहले भीतर एक कमीनी-सी ईर्ष्या उमड़ने लगी, बिट्टी का डैरी के इतने पास बैठना, सफ़ेद कुर्ते का ऊपरी बटन खुला था और उसकी नंगी गर्दन एक साफ़-सफ़ेद डंठल की तरह ऊपर उठी थी और गीले बालों के जूड़े से कुछ बाल उसके कानों पर झूल रहे थे और वह डैरी को एकटक देख रही थी और तब वह ईर्ष्या एक धुँधली-सी पीड़ा में बदल गई और वह पीड़ा भी बहुत कमीनी थी। वह ठहरा नहीं। वह गिलासों और बोतलों से बचता हुआ नित्ती भाई के पास चला आया।

किन्तु नित्ती भाई तब तक उसे भूल गए थे। वह बहस के किसी ऐसे कोने में मुड़ गए थे, जहाँ उसका होना-न-होना बराबर था। थिएटर की दो लड़कियाँ और एक लम्बा-सा हिप्पी लड़का उन्हें घेरकर बैठे थे और वह उन्हें समझा रहे थे, किस तरह हिन्दुस्तान में कम खर्च पर इतने मकान बन सकते हैं कि किसी आदमी को फ़ुटपाथ पर न सोना पड़े। वह जब से इंग्लैंड से लौटे थे, इस एक विषय पर बोलते थे, किन्तु इतने धीमे, शालीन अँगरेज़ी उच्चारण में कि पता नहीं चलता था कि यह विषय उनका एकमात्र पैशन है और वह पीकर बोल रहे हैं...वह इंग्लैंड में बरसों मार्क्सवादी आर्किटैक्ट्स के बीच रहे थे, किन्तु हिन्दुस्तान लौटने पर एक दिन अचानक उन्हें पता चला कि गांधी सबसे ज़्यादा रेडीकल आदमी थे; वह बोलते हुए बार-बार अपनी पाइप सुलगाते थे और तब उन्हें देखते हुए सहसा उसकी पीड़ा बुझ गई, ईर्ष्या भी, इलाहाबाद का अकेलापन भी। नित्ती भाई की बातें सुनते हुए हमेशा अपने दुख छिछोरे जान पड़ते,

शायद इसलिए कि वह इतने अद्भुत ढंग से अधूरे थे; कुछ लोग इतने सम्पूर्ण ढंग से अधूरे होते हैं कि अपना अधूरापन पोंगा-सा जान पड़ता है। उनकी हाफ़-पैंट, नंगी, घने बालों से ढकी टाँगें, उनकी पेशावरी चप्पलें एक तरफ़—उनका साफ़, स्वच्छ ऑक्सफोर्ड उच्चारण दूसरी तरफ़—बीच में वह ख़ुद एक असंगत-से अजीब आदमी—जो चेख़ॅव के सी-गल को स्ट्रिनबर्ग के किसी नाटक से भी ऊँचा मानते थे और डैरी से लड़ते थे; वह खड़ा रहा। उसे बुरा नहीं लगा कि वह उसे बिलकुल भूल गए हैं। वह एकटक उन्हें सुनता रहा, हालाँकि उसे समझ में कुछ भी नहीं आ रहा था।

नित्ती भाई को अचानक महसूस हुआ कि वह लगातार उनकी तरफ़ घूर रहा है। वह आधे वाक्य के बीच रुक गए, उसके कन्धे पर हाथ रखा, "मुन्नू बेटा, देखो, सबके गिलास ख़ाली पड़े हैं!"

उन्होंने प्यार से उसकी ओर देखा, लेकिन उनकी आँखों में कुछ इतनी अशान्त-सी बेचैनी थी कि वह जल्दी से मुड़ गया; उसे मालूम था, वह क्या चाहते हैं, किन्तु उनके हाथ को अपने कन्धे से छुड़ाना असम्भव जान पड़ा। उसने किसी किताब में 'दिल की झाड़ियों' के बारे में पढ़ा था। कुछ लोगों के भीतर झाड़ियाँ उगने लगती हैं और उनका दिल धीरे-धीरे दुनिया से डरकर झाड़ियों में दुबक जाता है, वहीं छिपा रहता है; नित्ती भाई जहाँ भी हों, जैसे भी हों, उसे हमेशा झाड़ियों से घिरे दिखाई देते थे—उसने धीरे से उनका हाथ अपने कन्धे से अलग कर दिया और रसोई की तरफ़ चलने लगा। उसे मालूम था, वह क्या पी रहे हैं।

छत लाँघते हुए वह एक क्षण ठिठक गया। चारों तरफ़ देखा, सब लोग अलग-अलग गुच्छों में सिमट आए थे, एक-दूसरे से बेख़बर। रात की पार्टियों में हमेशा एक क्षण आता था, जब किसी को कुछ नहीं मालूम होता था, बाहर-भीतर क्या हो रहा है। बातों के झिलमिले में बाक़ी दुनिया झर जाती थी। सिर्फ़ एक हल्का-सा शोर अदृश्य लहरों-सा ऊपर उठता था, नीचे गिरता था, एक सफ़ेद तलछट-सा छोड़ जाता था।

ऊपर चाँद निकल आया था, बहुत छोटा, एक सफ़ेद कटे हुए नाख़ून-सा। अब पहले जैसा धुँधलका नहीं था, न कोई परदा, न परछाईं, न धुंध; हर चीज़ अपने में अकेली, ठोस खड़ी थी; गमले, कुर्सियाँ, दरियों पर बैठे लोग। वह सबके बीच रास्ता टटोलता हुआ रसोई में चला आया। बाल्टी के ठंडे पानी में सिर्फ़ बियर की बोतलें डूबी थीं। वह नित्ती भाई की 'चीज़' ढूँढ़ने लगा। नीचे अलमारी का दरवाज़ा खोला, तो खट्-से आवाज़ हुई।

"कौन है?"

वह ठिठक गया। कमरे के भीतर झाँका, तो इरा दिखाई दी। उसे वहाँ देखकर उसे कुछ हैरानी हुई; वह उसके बिस्तर पर लेटी थी; रिकॉर्ड-प्लेयर खुला था। बाक़ी कमरे में अँधेरा था, सिर्फ़ टेबल-लैम्प का प्रकाश उसके चेहरे पर गिर रहा था। वह जिज्ञासा-भरी आँखों से उसे ताक रही थी।

"क्या ढूँढ़ रहे हो?"

"व्हिस्की," उसने कहा।

"कौन माँग रहा है?"

वह एक क्षण झिझका, फिर साहस बटोरकर कहा, "नित्ती भाई ने माँगी थी।"

एक हल्की-सी छाया इरा के चेहरे को लाँघ गई।

"वह अब भी पी रहे हैं?"

उसने कुछ इतने धीमे-से कहा कि वह समझा नहीं, वह उससे पूछ रही है या अपने से कुछ कह रही है।

"वहाँ और लोग भी हैं," उसने कहा।

किन्तु उसने शायद सुना नहीं। वह बिस्तर पर लेटे हुए सिर्फ़ छत को ताक रही थी।

"तुम बाहर नहीं आओगी?" उसने कहा।

"बाहर?" उसने कुछ चौंककर उसकी ओर देखा, "नहीं, मैं यहाँ ठीक हूँ।"

वह हमेशा इरा को 'तुम' कहा करता था। बिट्टी के दोस्तों में वह सबसे छोटी जान पड़ती थी। उसने शायद ही कभी उसे साड़ी पहने देखा हो; वह हमेशा भूरे रंग की कार्डराय की पैंट और बहुत ऊँचा ख़ाकी कुर्ता पहने रहती थी। उम्र का भेद सिर्फ़ आँखों के नीचे झाँइयों पर अटका था, किन्तु जब कभी वह हँसती तो वह भी झर जाता था।

"तुम्हें जल्दी है?" उसने सिर उठाकर उसे देखा।

"नहीं, क्यों?"

"मालूम है, बिट्टी की सिगरेटें कहाँ हैं?"

"ठहरो, मैं अभी देता हूँ।"

वह किताबों की रैक के पीछे चला आया; वहाँ अँधेरा था। वह कुछ देर चुप खड़ा रहा। डैरी का कोई रिकॉर्ड होगा, जैज़ नहीं, कोई दूसरा, एक शान्त, धीमी आवाज़ ऊपर आ रही थी, ठंडी और साफ़, बाहर की आवाज़ों से अलग, किन्तु उनके साथ-साथ एक पहाड़ी नाले की तरह चलती हुई, किसी सुरंग में रास्ता भूलकर दुबारा बाहर निकलती हुई...अचानक एक गहरी उदासी ने उसे घेर लिया, उदासी भी नहीं, सिर्फ़ एक धुँधली-सी चाहना, जो गले तक लबालब भर आती है, न भीतर जाती है, न बाहर निकल पाती है...

"कहाँ हो तुम?" इरा की आवाज़ सुनाई दी और वह सँभल गया; किताबों के पीछे से बिट्टी का पैकेट और माचिस बाहर निकाली और मूढ़ों के आगे चला आया।

"तुम कुछ भी नहीं पी रहीं?" उसने कहा।

वह सिगरेट सुलगाकर बाहर देखने लगी।

"मेरे बदले में वह पी रहे हैं," उसने कहा।

"तुम ग़ुस्सा कर रही हो।"

वह हँसने लगी...उसका हाथ खींचकर अपने पास बैठा लिया। कभी-कभी उसे लगता था, इरा जो कुछ दूसरों से नहीं कह सकती, उससे

कह सकती है। वह ख़ुद भी उससे ऐसी बातें कह देता था, जो कभी बिट्टी से कहना असम्भव जान पड़ता था। इस क्षण भी यह स्वाभाविक जान पड़ा, कि वे सबसे अलग एक-दूसरे के साथ भीतर बैठे हैं; इरा के साथ उसे लगता था, वह कुछ बड़ा हो गया है और शायद इरा को लगता था, वह कुछ छोटी हो गई है। वे अनजाने में बराबर-से हो जाते थे।

"किसका रिकॉर्ड है यह?" उसने पूछा।

"हायडन का...मैंने इसे पहली बार लन्दन के कंसर्ट में सुना था।"

"तुम अकेली जाती थीं?"

वह कुछ देर कुछ नहीं बोली, फिर दोनों आँखें ऊपर उठाईं।

"नित्ती भाई के साथ," उसने कहा। "मैं जब तक उनसे नहीं मिली थी...कहीं भी अकेले जाते हुए डरती थी।"

उसे लगा, उसकी उदासी बहुत कम हो गई है, हालाँकि रिकॉर्ड का स्वर वैसे ही अँधेरी गुफ़ाओं के भीतर बँटता हुआ ऊपर आ रहा था...

"तुम लन्दन में ही रहती थीं?" उसने पूछा।

"और कहाँ?" उसने कौतूहल से उसकी ओर देखा।

"नहीं, ऐसे ही," वह कुछ झेंप-सा गया, "इंग्लैंड में दूसरे शहर भी तो हैं।"

"जैसे?"

"मैनचेस्टर," उसने कहा। "यार्क शायर।"

"रीजेंट पार्क?" उसने कहा।

"वह कोई शहर है?"

वह हँसने लगी, "हम उसके सामने रहते थे। मैंने पहली बार शेक्सपियर का नाटक वहाँ देखा था।"

"पार्क में?"

"गर्मियों में..." वह ठहर गई, चुपचाप सिगरेट पीती रही, एक अजीब-सा ख़याल उसके चेहरे पर चला आया।

"वे बाग़ में कुर्सियाँ बिछा देते थे। हर सीन के बाद स्टेज घूमता था और मैं सोचती थी, पेड़ भी घूम रहे हैं, लेकिन वे एक जगह खड़े रहते थे।"

"तुम बहुत छोटी थीं?"

"मैं उन्हीं दिनों हिन्दुस्तान से आई थी," उसने कहा, "मैं सोचती थी, सारा इंग्लैंड रीजेंट पार्क में फैला है।"

रिकॉर्ड का स्वर बहुत धीमा हो गया था—सिर्फ़ वायलिन की एक अकेली लकीर हवा में घूम रही थी...लन्दन, रीजेंट पार्क, गर्मियों के दिन, दिल्ली की बरसाती में ये सब किसी दूसरी दुनिया की चीज़ें जान पड़ती थीं। उसे कुछ हैरानी-सी हुई कि बिट्टी के कितने दोस्त अपनी आधी ज़िन्दगी बाहर गुज़ारकर लौटे थे।...इसीलिए वे अजीब-से कोनों में पड़े रहते थे...नित्ती भाई का दफ़्तर, जहाँ वह सोते थे और इरा, वह सबसे छिपती रहती थी, हॉस्टल से स्टूडियो और स्टूडियो से हॉस्टल—सिवा उन रातों के, जो वह बिट्टी की बरसाती में बिताती थी...

"तुम्हें यहाँ काफ़ी अजीब लगता होगा," उसने इरा को देखा।

"अजीब कैसा?"

"तुम इतने साल बाद हिन्दुस्तान लौटी हो।"

"पहले लगता था," उसने धीरे से कहा, "अब थिएटर में पता भी नहीं चलता, कहाँ हूँ।"

वह क्षणभर रुकी, जैसे अपनी आँखों से उसकी आत्मा की थाह ले रही हो, "जब मैं लन्दन में थी, तो हमेशा डैडी से कहती थी कि हमें अपने देश लौटना चाहिए और वे कहते थे, इस उम्र में उन्हें कौन नौकरी देगा और तब मुझे काफ़ी डर लगता था कि मैं भी एक दिन उनकी तरह वापिस नहीं लौट सकूँगी...मैं बहुत जल्दी में थी," उसने कहा।

"इरा, तुम्हें पछतावा है?"

"पछतावा कैसा?"

"यहाँ आने का?"

"नहीं, पछतावा नहीं, लेकिन..." वह एक क्षण रुकी और अचानक हँसने लगी, "मुझे लगता नहीं, मैं हिन्दुस्तान में हूँ।"

"फिर कहाँ हो?"

"थिएटर में..." वह अब भी हँस रही थी, "अपने हॉस्टल के कमरे में, यहाँ तुम्हारे पास..."

"मेरे पास?" वह सचमुच उसके इतने पास बैठी थी कि हाथ बढ़ाकर वह उसका चेहरा छू सकता था; दो चोटियों के बीच एक पीला धुला हुआ घेरा, जो उसका मुँह था, झूठी हँसी में खुला हुआ। ऊपरी होंठ पर पसीने की एक बूँद आ टिकी थी और आँखें दरवाज़े पर थिर थीं, निश्चल, एकटक किसी को देखती हुई; हठात् वह पीछे मुड़ा तो वह दिखाई दिये; वह टेबल-लैम्प के पीछे खड़े थे, इसलिए शुरू में पता नहीं चल सका कि वह वहाँ कितनी देर से खड़े थे; वह कुछ आगे आए तो रोशनी में उनका चेहरा दिखाई दिया। उनके हाथ में ख़ाली गिलास था और वह मुस्करा रहे थे।

"कहाँ ग़ायब हो गए तुम?"

उन्होंने धीरे से उसके बालों को झिंझोड़ दिया।

"मैं आ रहा था।"

वह उठने को हुआ कि अचानक उसे अपने कन्धों पर एक ठंडी-सी गिरफ़्त महसूस हुई। इरा ने उसे बिठा दिया, ख़ुद खड़ी हो गई। नित्ती भाई के पास आई और तब उसे लगा, वह उनके सामने बहुत छोटी दिखाई देती है, उसका सिर उठा था, नित्ती भाई की छाती को छूता हुआ।

"सुनो, अब हमें चलना चाहिए," उसने कहा। उसका स्वर बीच में सूखा और संयत था, किन्तु किनारे एक अजीब आत्मीयता में भीगे थे। उसमें आग्रह था, जो बरसों एक-दूसरे को जानने पर आता है।

"चलते हैं; इतनी जल्दी क्या है?" नित्ती भाई ने कहा।

वह दीवार से सटे खड़े थे; टेबल-लैम्प का मद्धिम आलोक उनके चेहरे पर गिर रहा था...और तब पहली बार उसे उनकी उम्र का सफ़ेद

तितीरीपन दिखाई दिया—सुबह की शेव कब की ख़त्म हो गई थी, उसकी जगह, गालों पर दो बासी, नीली छायाएँ उग आई थीं। आँखों पर चकाचौंध-सा भाव था, जो पीने पर दूसरे लोगों पर भी आता है, किन्तु नित्ती भाई पर वह पुरानी बर्फ़-सा जम गया था।

"मुन्नू, थोड़ी-सी लाओगे?" उन्होंने अपना ख़ाली गिलास आगे बढ़ाया तो इरा ने उसे पकड़ लिया।

"तुम और नहीं लोगे?"

"क्या बात है?" उन्होंने अजीब कौतूहल से इरा को देखा। "मैं बिलकुल ठीक हूँ।"

"मुझे मालूम है, तुम कितना ठीक हो।"

"तुम्हें सब मालूम है।" वह एक क्षण रुके, अपने चेहरे पर हाथ फेरा और दुबारा कहा, "तुम्हें सबकुछ मालूम रहता है?"

इरा का चेहरा पीला-सा पड़ गया, सिर्फ़ एक तह तक गुज़रता हुआ, फिर वह शान्त हो गई। उसने बिस्तर से अपना पर्स उठाया और गिलास उनके हाथ में वापिस दे दिया।

"तुम बैठो, मैं चलती हूँ।"

"सुनो..." नित्ती भाई ने कहा।

वह उनके पास आई, उनके चेहरे को हल्के से सहलाया; "जल्दी नहीं है, मैं बाहर बैठी हूँ।"

वह चली गई, और वह चुप खड़े उस ख़ाली जगह को देखने लगे, जहाँ कुछ देर पहले वह खड़ी थी, और तब उन्हें देखते हुए एक अजीब-सा डर उसके भीतर उठने लगा—वह उन्हें नहीं, बल्कि उसे देख रहा है, जो उन दोनों के बीच बीत चुका था और जिसे वह कभी नहीं जान पाएगा, न कभी उसे देख पाएगा, जो आनेवाला है क्योंकि जो कुछ होनेवाला है, वह पहले से ही कहीं घट चुका है, वह कहीं बीच में है, न इधर, न उधर, जहाँ इस क्षण नित्ती भाई खड़े हैं; न वे कुछ

अपने लिए कर सकते थे, न वह कुछ उनके लिए कर सकता था। उसने ख़ाली गिलास उठाया और बाहर चला आया...।

वे अब काफ़ी ज़ोर-शोर से बोल रहे थे; वह हिप्पी-सा दीखनेवाला लड़का छत पर लेटा हुआ कुछ गा रहा था और उसके पास बैठी लड़की बार-बार हँसने लगती थी; उन्हें कुछ पता नहीं है, उसने सोचा, उन्हें कभी कुछ पता नहीं होता।

कुछ देर बाद जब वह गिलास लेकर कमरे में लौटा तो नित्ती भाई वहाँ नहीं थे। बाथरूम भी ख़ाली पड़ा था। वह किचन में आया, सिंक का नल खोला और बहते पानी में भरे हुए गिलास को उँड़ेलने लगा।

ऊपर एक हवाई जहाज़ जा रहा था, साफ़ अँधेरे में एक जुगनू-सा रेंगता हुआ, नीचे की आवाज़ों से बेख़बर, छतों के ऊपर एक चमकीली-सी घुर्र-घुर्र करता हुआ। उसके भीतर धूल-सी उड़ने लगी—न साफ़, न धुँधली, सिर्फ़ एक ज़िद्दी-सी गर्द जो मन के भीतर एक तम्बू-सा तान लेती है। उसकी इच्छा हुई, वह उसके पीछे छिपकर खड़ा रहे, किसी को पता भी नहीं चलेगा, वह कहाँ है, कहाँ गया, कहाँ छिपा है। बिट्टी का कज़िन! उसे अपने पर ग़ुस्सा और हँसी और शर्म-सी आने लगी। वह दर्शक-सा खड़ा रहता है और वे दीवार पर फ़िल्म की छायाओं-से एक क्षण ठिठककर गुम हो जाते हैं, अँधेरे में ग़ायब हो जाते हैं, सिर्फ़ दीवार खड़ी रहती है, जिन पर न उनकी हँसी, न पीड़ा, न बीता हुआ समय, नाख़ूनों की एक खरोंच भी दिखाई नहीं देती, सिर्फ़ दो आँखें बची रहती हैं, तम्बू के बाहर झाँकती हुई, अकेले में उन्हें लीलती हुई जो अभी उसके पास थे, और अब जा रहे हैं...

वे सचमुच जा रहे थे। ज़ीने के पास एक छोटी-सी भीड़ जमा हो गई थी। किसी ने टैक्सी मँगवाई थी और उसका हॉर्न बराबर रात के

सन्नाटे में चीख़ रहा था। मिसेज़ पन्त के कुत्ते जाग गए थे और वे भी बराबर हार्न का साथ दे रहे थे। छत के दूसरे कोने में, जहाँ सेमल का पेड़ था, बिट्टी कुछ कह रही थी, नित्ती भाई से, कुछ बहुत आग्रह के साथ, जैसे अकसर वह बोलती थी, एक अजीब तात्कालिकता में, जैसे यह घड़ी कोई आख़िरी घड़ी है किन्तु वह एक शब्द भी नहीं सुन पा रहा था; बीच छत पर काँच के गिलास, प्लेटें, बोतलें अकेले में चमक रहे थे।

वहीं उसे इरा दिखाई दी, मुँडेर के साथ सटी हुई, और उसे अजीब-सी ख़ुशी हुई, वह अब भी वहाँ है; वह भागता हुआ रसोई में गया, दोनों ख़ाली झोले उठाए, जिन्हें वह अपने साथ लाई थी; वह हमेशा कोई-न-कोई चीज़ पीछे भूल जाती थी। वह मुँडेर के पास आया, धीरे से इरा का हाथ खींचा, वह एकदम चौंक गई, मुड़कर उसे देखा।

"तुम इन्हें भूल गई थीं," उसने कहा और तब उसने देखा, उसका चेहरा आँसुओं से भीगा है। सारा चेहरा।

उसने थैला उसके हाथ से लिया...एक छोटी-सी मुस्कराहट में होंठ खुल गए, कुछ कहा नहीं, सिर्फ़ एक क्षण उसकी ओर देखा और फिर सीढ़ियाँ उतरने लगी।

वह कमरे में लौट आया। कुछ देर बाद टैक्सी के जाने की आवाज़ सुनाई दी, फिर सन्नाटा हो गया। सिर्फ़ हवा चलने से कभी-कभी छत पर पड़ी किसी दरी या चटाई की सरसराहट सुनाई दे जाती। फिर सेमल का पेड़ हिलता और उसकी छाँह बियर की बोतलों पर डोलने लगती।

बिट्टी का बिस्तर ख़ाली पड़ा था।

वह लेट गया। वह रिकॉर्ड अब भी डिस्क में लगा था, जिसे कुछ देर पहले इरा सुन रही थी। क्या नाम बताया था, उसने— हाइडन या हैंडल?

पता नहीं, कितनी देर बाद डैरी की मोटरसाइकिल की घुरघुराहट सुनाई दी। वह जा रहे थे; चाँद सरकता हुआ मक़बरे के गुम्बद पर आ अटका था। सारी छत सूनी पड़ी थी; सिर्फ़ बिट्टी मुँडेर के पास खड़ी नीचे झाँक रही थी।

4

रात बीत गई। दिन आया और फिर दूसरी रात। पैन्थर की आँखें खुलतीं—और मुँद जातीं। वह दिन-भर मिस्टर हंटर के साथ जंगलों में भटकता रहता। अँधेरा होते ही चाँद निकलता—एक-एक इंच बढ़ता हुआ—मार्च के मखमली आकाश पर एक चमकीले कीड़े-सा—छतों पर रेंगता हुआ—और जब आधी रात आँख खुलती, तो वही चाँद निज़ामुद्दीन के स्टेशन पर दिखाई देता, पीला और निष्पाप; वह अपने बिस्तर पर लौट आता। तकिये पर सिर टिकाता तो काग़ज़ की चिप्पियाँ कराहने लगतीं, बिट्टी की स्लिपें, जिन्हें वह हर सुबह स्टूडियो जाने से पहले उसके सिरहाने रख देती : 'मैं आज देर से लौटूँगी, तुम खाना खाकर सो जाना। मेरा इन्तज़ार मत करना।' काग़ज़ की हर चिप्पी पर उसका एक ख़ाली दिन चिपका रहता—उसके अकेलेपन का कैलेंडर—जिसे वह अपने साथ इलाहाबाद ले जाना चाहता था।

लेकिन इलाहाबाद अभी दूर था, दूर की ट्रेनें आती थीं और अलसाए—ऊँघते स्टेशन को एक पल झिंझोड़कर आगे बढ़ जाती थीं। वह अकेला छत पर खड़ा उन्हें देखता था, बिलकुल अकेला नहीं, नीचे फाटक के आगे मिसेज़ पन्त भी खड़ी रहती थीं। हाथ में ट्रांज़िस्टर, दोनों तरफ़ कुत्ते, उनके सफ़ेद बाल हवा में उड़ते रहते। छत से वह बुढ़िया नहीं, गुड़िया-सी दिखाई देती थीं, नीला लहँगा, शोख़ रेशमी दुपट्टा और छोटे-छोटे गुजराती स्लीपर। जब ट्रेन गुज़र जाती तो वह सिर उठातीं, जैसे उड़ते हुए धुएँ को अपनी निगाहों से नाप रही हों—और तब उनकी आँखें उस पर ठिठक जातीं।

"हाऊ आर यू?" वह ज़ोर से चीख़तीं। वह हमेशा अँगरेज़ी में चीख़ती थीं, अपने कुत्तों पर, नौकरों पर, किरायेदारों पर।

वह सिर हिलाता।

"सिस्टर ऐट होम?"

वह दुबारा सिर हिलाता।

"आल ऐलोन?"

वह एक हाथ में ट्रांज़िस्टर पकड़कर दूसरे हाथ को घुमाने लगतीं, जिसका मतलब होता, क्या बिलकुल अकेले हो...? जैसे उन्हें विश्वास न हो कि उनकी तरह कोई दूसरा इतना अकेला हो सकता है। दोनों कुत्ते भी सिर उठाकर सन्देह से उसकी ओर देखने लगते...और वह जल्दी से मुड़ जाता; छत की दूसरी तरफ़ चला आता, जहाँ मिसेज़ पन्त की चील-दृष्टि नहीं पहुँच पाती थी।

वह घर का पिछवाड़ा था। मक़बरे की दीवार से सटा हुआ—इतनी पास—कि वह उसे हाथ आगे बढ़ाकर छू सकता था। कभी-कभी छूता भी था। पुराने, पीले, गर्म पत्थर, जिनके बीच घास के तिनके निकले रहते। कभी-कभार कोई छिपकली दिखाई देती, जिसे देखकर लगता, वह भी मुग़लों के ज़माने की है, जब मक़बरा बना था; वह बिना हिले-डुले

मूर्च्छित-सी लेटी रहती, धूप के नशे में बेहोश, जैसे पत्थर पर चिपका कोई पत्थर हो—वह मुँह आगे करके हल्के-से फूँक मारता और तब छिपकली अपना सिर उठाती, अपनी हरी आँखें उस पर गड़ा देती, धीरे से फूत्कारती, आल ऐलोन?

अँधेरा होते ही वह अपने कमरे में लौट आता, वह रिकॉर्ड-प्लेयर खोल देता। वह हमेशा एक ही रिकॉर्ड बजाया करता था, जिसे डैरी कभी कबाड़ी की दुकान से लाए थे। उसमें एक नीग्रो लड़की पथराई आवाज़ में गाया करती थी; क्या गाती थी, उसे कुछ समझ में नहीं आता था, लेकिन उसकी आवाज़ एक आरे की तरह उसे चीरने लगती और वह अपने बिस्तर पर लेट जाता। कपड़ों की रस्सी भी ख़ाली हवा में झूलती रहती। वह ऊँघने लगता। लड़की का स्वर फटा-फटा-सा बाहर रेंगने लगता, जैसे बदली के दिन पीला-सा सूरज बाहर निकलता है, न रोशनी देता हुआ, न अँधेरा ढकता हुआ; वह आँखें मूँद लेता, और रिकॉर्ड की सुई किसी सुर्ख़, सूजे हुए फोड़े को कुरेदते हुए बूँद-बूँद दर्द बाहर निकालती, धीरे-धीरे उसके नींद के हाशिए पर आकर रुक जाती। बिस्तर के इर्द-गिर्द चक्कर लगाती रहती, धीरे से फुसफुसाती, आल ऐलोन?

वह करवट बदल लेता—और फिर सबकुछ शान्त हो जाता; मिसेज़ पन्त के कुत्ते, हवा में डोलती रस्सी, नीग्रो लड़की की आवाज़; जब रात की आख़िरी ट्रेन आती तो वह नींद के परे होता, लेकिन रेल के पहिए बहुत दूर तक चलते रहते, नींद और पीड़ा की जुड़वाँ पटरियों पर घुरघुराते रहते।

फिर एक दिन चमत्कार हुआ।

वह बहुत देर तक सोता रहा था। जब आँख खुली, बिट्टी जा चुकी थी। वह मुँह धोने बाथरूम में गया, तो देखा, बेसिनी के शीशे पर कुछ अक्षर उसे ताक रहे थे : 'आज दुपहर मैं स्टूडियो में रहूँगी—तुम ज़रूर आ जाना।'

वह कभी-कभी अपनी बिन्दी की रोली से इस तरह के सन्देश लिखा करती थी। वह कभी उन्हें देख लेता था, कभी नहीं...यह बिलकुल क़िस्मत का खेल था। इन गोपनीय सन्देशों के पीछे न कोई नाम लिखा रहता था, न कोई तारीख़। वे किसी दूसरे ग्रह के बुलावे जान पड़ते थे।

"तुम आओगे?"

उसे मालूम था, वह उसे क्यों बुलाती थी। उसे डर था, वह ऊब रहा है। वह अकेला बुख़ार में घूम रहा है। उसे डर था, वह किसी ऐसे ही दिन अपना बोरिया-बिस्तर उठाकर इलाहाबाद की तरफ़ चल देगा। वह पागल थी। उसे नहीं मालूम था, वह कितना व्यस्त है। एक क्षण की छुट्टी नहीं। वह डायरी लिखता है; मिशनरी साहब की बन्दूक़ और बूटों की छाया में जंगलों को छानता है; बिट्टी के दोस्तों के बीच अपने पैन्थर के लहूलुहान पंजों को देखता है, जिसकी छाप आनेवाले दिनों पर छप-छप गड़ती जाती है...

नहीं, वह ऊब नहीं रहा; वह गुनगुना रहा था। उसने अपना सिर नल की धार के नीचे छोड़ दिया था।

सामने एक लम्बा कॉरीडोर था। वह दबे-क़दमों से आगे बढ़ा। दोनों तरफ़ बन्द दरवाज़े थे। वह यहाँ अनेक बार आया था, हर बार स्टूडियो का दरवाज़ा भूल जाता था। शायद ही यहाँ कभी सूरज की किरण आती हो—दिन के समय में भी अँधेरा छाया रहता था। लम्बे-काले गलियारे में सब दरवाज़े एक-जैसे ही जान पड़ते थे।

उसे लगा, वह चलता जाएगा, गलियारे के अन्तिम छोर तक, जहाँ दुपहर की मलिन छाया रोशनदान से गिर रही थी। लेकिन बीच में

फटाक-से एक दरवाज़ा खुला, एक हाथ बाहर आया, झुकी हुई गर्दन से खँखियाती-सी आवाज़ बाहर आई।

"कौन है?" नेकीराम का स्वर था। उसे ढाँढ़स बँधा...जल्दी से कहा, "मैं हूँ, क्या बिट्टी भीतर है?"

"हिश!" नेकीराम ने उसका हाथ पकड़कर भीतर खींच लिया। "धीरे बोलो, रिहर्सल चल रहा है।"

एक क्षण के लिए उसकी आँखें झिपझिपा गईं। वह सचमुच एक तहख़ाना था—नेकीराम का क्यूबिकल—जहाँ वह रिहर्सल के दौरान बैठा रहा करता था। लेकिन वह थिएटर का गोदाम भी था, जिसमें दुनिया-भर की चीज़ें बिखरी रहा करती थीं, पुराने नाटकों की रंग-बिरंगी पोशाकें, कार्डबोर्ड के हैलमेट, मास्क, पेंट और पाउडर के डिब्बे—और एक लम्बा आदमकद शीशा—जिस पर धूल की मोटी परतें जमा होती गई थीं।

नेकीराम ने उसका हाथ पकड़कर स्टूल पर बिठा दिया। यह उसकी दुनिया थी। पता नहीं, उसने कितने नाटक देखे थे। नेकीराम सबसे परिचित था। हर नाटक के बाद उसकी राय पूछी जाती थी। चपरासी से लेकर नाटकों में लाइट बदलने तक की ज़िम्मेवारियाँ उसे निभानी पड़ती थीं—जब नाटक में कोई विपत्ति या दुख का सीन आता था, चाहे वह रिहर्सल में ही क्यों न हो—उससे बर्दाश्त नहीं होता था। वह उस मरीज़ की तरह आँखें मोड़ लेता था, जो इंजेक्शन की पीड़ा जानता हो, किन्तु सुई को नहीं देख सकता था। वह उस समय तक आँखें मोड़े रहता था, जब तक सीन ख़त्म नहीं हो जाता था और जब दुबारा आँखें स्टेज पर उठाता, तो गहरे आश्चर्य में, मानो सोच रहा हो, इतने बड़े भूकम्प के बाद कैसे हर चीज़ ज्यों-की-त्यों क़ायम है।

पहले दिन उसे देखते ही उसने पूछा था, "तुम बिटिया के भाई हो?"

"नहीं, मैं उसका कज़िन हूँ। मैं इलाहाबाद से आया हूँ।" वह एक साँस में कह गया।

"इलाहाबाद से? वहाँ तो रामलीला देखते होगे?"

वह हँसने लगा।

"यहाँ कब से हो?"

"एक महीने से।"

वह कुछ देर गम्भीर, गहरी आँखों से उसे देखता रहा।

"दिल्ली का चिड़ियाघर देखा है?"

"नहीं...क्यों?" उसने आश्चर्य से नेकीराम को देखा।

"फिर तुम्हें यह नाटक कुछ समझ में नहीं आनेवाला है," नेकीराम ने सिर हिलाया। "कभी वक़्त मिले, तो जाकर देखना। वहाँ एक चीता है, दिन-रात पिंजरे के चक्कर काटता है।"

उसने नेकीराम को ध्यान से देखा; कहीं वह ठिठोली तो नहीं कर रहा है? भला चीते का नाटक से क्या रिश्ता? किन्तु उसकी बूढ़ी, ग़मगीन आँखों को देखकर वह चुप्पी साध गया। अगर कुमाऊँ जंगलों का पैन्थर उसके सपनों में आ सकता है, तो जू का चीता क्या बिट्टी के नाटक में नहीं आ सकता?

उस दिन ज़्यादा बात नहीं हुई—नेकीराम ने उसे ऑडिटोरियम की पिछली सीट पर बिठा दिया था। छोटा-सा हॉल, धुँधली, पीली रोशनी में भीगा स्टेज—स्टेज भी नहीं—कुर्सियों के आगे एक ख़ाली-सा प्लेटफ़ार्म—जहाँ बिट्टी और उसके दोस्त आते थे, बातें करते थे, सिगरेट पीते थे। वह काफ़ी निराश हुआ था। उसे लगा, वह कोई स्कूल का क्लास-रूम देख रहा है, थिएटर नहीं। उसके मस्तिष्क में थिएटर की कल्पना कुछ दूसरी थी—जगमगाती बत्तियाँ, चमचमाता स्टेज, तड़क-भड़क पोशाकें पहने एक्टर—लेकिन यहाँ क़िस्सा ही कुछ निराला था। बिट्टी और उसके दोस्त उन्हीं मैले-पुराने कपड़ों में स्टेज पर घूम रहे थे, जैसे वह उन्हें हर रोज़ देखता था। डैरी के हाथ में एक नोटबुक थी। वह एक लम्बे, हृष्ट-पुष्ट युवक को कुछ समझा रहे थे। बिट्टी स्टेज के

एक कोने में कुछ अनजाने लोगों के बीच घिरी बैठी थी। बीच-बीच में कोई चिल्लाने लगता, "नेकीरामजी, एक कप चाय; नेकीरामजी, पानी।" सहसा पाताल से नेकीराम प्रकट हो जाता, चाय-पानी देकर दुबारा अपने क्यूबिकल में ग़ायब हो जाता।

किन्तु आज वह नेकीराम के क्यूबिकल में बैठा था। यहाँ उसे कोई नहीं देख सकता था, जबकि वह दरवाज़े के चौड़े सूराख़ से सबकुछ देख सकता था।

एक नंगा स्टेज और छत के नीचे डोलता हुआ बिजली का बल्ब, जिसकी रोशनी कोने में बैठे एक आदमी पर गिर रही थी। वह उसका चेहरा नहीं देख सकता था—लेकिन उसकी आवाज़ सुनाई दे रही थी। वह सिर मोड़कर कोने में बैठी एक लड़की से कुछ कह रहा था। वह लड़की एक कुर्सी पर बैठी थी, सिगरेट पी रही थी, आदमी की बातों से बेख़बर, बिलकुल बेख़बर नहीं, क्योंकि उसकी आँखें बार-बार ऑडिटोरियम की तरफ़ उठ जाती थीं—और तब अचानक बत्ती का प्रकाश तेज़ हो गया और वह एक कौंध में पहचान गया—सिगरेट पीती हुई लड़की कोई और नहीं, इरा थी।

सहसा वह आदमी पीछे मुड़ा और इरा भी कुर्सी से उठ खड़ी हुई। ऑडिटोरियम की सीढ़ियों से कोई भागता हुआ नीचे आ रहा था, बीच स्टेज पर, रोशनी के दायरे में एक हाँफती हुई औरत, जिसने बरसाती पहन रखी थी, बाल माथे पर बिखर आए थे—सफ़ेद बाल—पानी में लिथड़े हुए—और तब उसका मुँह सूख गया, उसने नेकीराम का हाथ कसके पकड़ लिया। एकाएक उसे विश्वास नहीं हो सका कि बारिश में भीगी, हाँफती हुई वह अधेड़ महिला और कोई नहीं—बिट्टी थी।

वह आगे सरक आया। दरवाज़े के सूराख़ पर अपनी आँख गड़ा दी। वह सचमुच बिट्टी थी, किन्तु उसकी कज़िन नहीं, बरसाती में वह जिस लड़की को दिन-रात देखता था, वह लड़की नहीं। स्टेज की

नंगी, तेज़ रोशनी में उसे लगा जैसे कोई दूसरी आत्मा बिट्टी की पुरानी देह से बाहर झाँक रही है, हालाँकि चेहरा वही था, कपड़े भी वही थे, बरसाती के नीचे सलेटी रंग का खादी का कुर्ता, कुर्ते का पहला बटन खुला था, जिसके ऊपर उसकी नंगी, तपी हुई गर्दन स्टेज के उजाले में बहुत निरीह-सी दिखाई देती थी।

बिट्टी उस आदमी की तरफ़ आगे बढ़ी, जो स्टेज के कोने में खड़ा था, किन्तु इस बीच सिगरेट पीती हुई लड़की ने सिगरेट फेंक दी, अपनी सैंडिल के नीचे कुचल दी (क्या वह सचमुच इरा थी?) और भागते हुए बिट्टी के रास्ते पर आ खड़ी हुई। उसका हाथ पकड़ लिया, घुटनों पर झुकते हुए कुछ कहा, मानो वह उससे कोई भीख माँग रही हो; किन्तु बिट्टी ने उसे देखा भी नहीं, जैसे वह सोते हुए चल रही हो, असीम, नीली धुंध में, उसने इरा को धक्का देकर हटा दिया और कोने में खड़े आदमी के सामने चली आई। एक क्षण उसकी ओर देखा, जैसे वह अचानक जाग गई हो, सिर्फ़ एक क्षण के लिए, किन्तु वह क्षण भी कितना लम्बा था, उन खुली आँखों में न जाने कितना ग़ुस्सा था—कितना पछतावा, कितना आक्रोश और वितृष्णा उनमें छिपी थी। आदमी ने अनायास हाथ आगे बढ़ाया, बिट्टी को रोकने के लिए, या शायद अपने को बचाने के लिए। किन्तु बिट्टी ने झटककर उसके दोनों कन्धे पकड़ लिये, उसे हिलाने लगी। और वह आदमी जड़वत्-सा होकर डोलने लगा—कभी आगे, कभी पीछे—और तब उसने वह आवाज़ सुनी, साफ़, तीखी, बिट्टी की आवाज़, साफ़ और चमकीली, चाकू की चमकीली धार की तरह किसी भीतर के मौन और अँधेरे को काटती हुई, स्वयं उसकी अपनी देह को काटती हुई और वह पसीने में लथपथ ठिठुरने लगा, बार-बार अपने को समझाने लगा कि यह सिर्फ़ ड्रामा है, असली ड्रामा भी नहीं, सिर्फ़ एक ख़ाली दुपहर का रिहर्सल, जिसका असली दुनिया से कोई लेना-देना नहीं, लेकिन मालूम होना एक

बात है, आदमी के कन्धे पर झूलते हुए बिट्टी के बदहवास चेहरे को देखना दूसरी बात—वह एक ऐसी जगह चली आई थी, जहाँ इलाहाबाद का घर था, वह बीच कमरे में खड़ी थी, चाचा गुमसुम-से खड़े उसे ताक रहे थे, चाची कोने में बैठी रो रही थीं और उसे आश्चर्य हुआ कि बिट्टी चाची के आँसुओं को नहीं, अपने पिता के सुन्न चेहरे को देख रही थी, जैसे उनसे क्षमा माँग रही हो, फिर उसने अपना सूटकेस उठाया और बाहर चली आई, घर के बाहर, स्टेज पर, पीली रोशनी के दायरे में, जहाँ वह एक अजनबी आदमी के कन्धों पर सिर टिकाए चीख़ रही थी, बाहर और भीतर की देहरी पर सिर पटकती हुई, एक ऐसी दुनिया में, जहाँ दुपहर हमेशा दुपहर रहती है, जो न असली है, न नक़ली, इसीलिए इतनी भयानक है, क्योंकि वहाँ किसी सीन को नहीं टाला जा सकता, किसी को नहीं बचाया जा सकता...

लेकिन वह क्षण टिका नहीं—डैरी स्टेज पर आए और सब ठिठक गए—ठिठका हुआ समय बहने लगा। वे सब डैरी के इर्द-गिर्द जमा हो गए, जैसे मैदान में खिलाड़ी ट्रेनर के आगे-पीछे खड़े हो जाते हैं, उत्सुक और उत्तेजित, क्या कोई चीज़ छूट तो नहीं गई? क्या वे उसे पकड़ने में सफल हो पाए थे जो मुद्दत पहले किसी लेखक ने अपने अकेले कमरे में खोजा था?

डैरी कुछ बोल रहे थे, समझा रहे थे, किन्तु अब वह नहीं सुन रहा था। उसकी दिलचस्पी सहसा ख़त्म हो गई थी। स्टेज पर खड़े लोग अब हास्यास्पद-से दिखाई दे रहे थे, जैसे उनके भीतर कोई क़ीमती आलोक झर गया था, मुरझा गया था, उन्हें नंगे ठूँठ की तरह अकेला छोड़ गया था। उसे विश्वास नहीं हो सका कि स्टेज पर खड़ी इरा वही लड़की थी, जो अभी कुछ देर पहले फटी-फटी आँखों से बिट्टी को देख रही थी—और वह लड़की कहाँ थी, जो बारिश में भीगते हुए आई थी, अँधेरे में चीख़ रही थी?

पता नहीं, वे लोग कौन थे, कहाँ से आए थे, कहाँ ग़ायब हो गए थे?

"सो रहे हो क्या?" नेकीराम ने उसके कन्धों को झिंझोड़ा।

वह चौंक गया, खिसियानी मुस्कराहट में उस बूढ़े आदमी को देखा, जो पाताल के जिन-जैसा बैठा था।

"क्या ख़त्म हो गया?" उसने पूछा।

"नाटक कभी ख़त्म होता है? आज वे इसी सीन को दुहराएँगे।" उसने अनन्त गहराई में जाकर जम्हुआई ली।

नेकीराम जाने के लिए खड़ा हो गया था। वह उसके उठने की प्रतीक्षा कर रहा था। लेकिन वह नहीं उठा। वह उस जादू को नहीं ख़त्म होने देना चाहता था, जो उसने अभी अपनी आँखों से देखा था। लोग कैसे बदल जाते हैं? अचानक उसके मन में एक पुरानी स्मृति कौंध गई—इलाहाबाद में, जब वह बिट्टी के साथ नुमाइश देखने गया था। कितने साल गुज़र गए! उसने कभी नहीं सोचा था, स्टूडियो के उस क्यूबिकल में अतीत का एक टुकड़ा साबुत-का-साबुत बाहर निकल आएगा।

मैं उसे कभी अपनी डायरी में लिखूँगा, उसने सोचा—और तब क्यूबिकल का दरवाज़ा खुला।

शीशे में बिट्टी की छाया झाँक रही थी।

मैं अब भी उसे देख सकता हूँ। उसने हाथ-मुँह धो लिया था। बरसाती उतार दी थी। पसीने में बिखरे बाल अब एक ढीले जूड़े में सिमट आए थे और माथा—वह साफ़ और ऊँचा दिखाई दे रहा था।

यह सब मैंने क्यूबिकल के शीशे में देखा था। वह मेरे पास नहीं आई, मैं ही उठकर उसके पास चला आया।

वह मुस्करा रही थी।

"कैसा लगा?"

मेरे पास पूछने को ढेरों सवाल थे—लेकिन उस समय मैंने सिर्फ़ इतना ही कहा, "मैं तुम्हें पहचान भी नहीं सका।"

"बस, इतना ही?"

"क्या सिगरेट पीती हुई लड़की इरा थी?"

"और कौन होगा?" उसने अपना चमड़े का बैग उठा लिया, "जल्दी चले आओ, वे बाहर खड़े हैं।"

हम बाहर आए, लेकिन गलियारे में कोई दिखाई नहीं दिया—स्टूडियो के भीतर से आवाज़ें सुनाई दे रही थीं। बिट्टी ने कुछ दूर चलकर एक दूसरा दरवाज़ा खोला। वह स्टेज का पिछवाड़ा था। दोनों तरफ़ छोटे-छोटे केबिन थे, नेकीराम फ़र्श पर झाड़ू लगा रहा था। मुझे देखकर उसने मुस्कराते हुए आँख दबाई—फिर बिट्टी से कहा कि वे सब तीन नम्बर में हैं।

मुझे लगा, मैं किसी भूल-भुलैया में आ फँसा हूँ। आधे-अँधेरे कमरे में एक लम्बा-सा लड़का अपने सूटकेस में कुछ कपड़े ठूँस रहा था, बिट्टी से दो-चार बातें करके वह फिर अपने काम में जुट गया—और तब मुझे अचानक याद आया कि यह वही लड़का है, जिसके कन्धे को पकड़कर बिट्टी चीख़-चिल्ला रही थी। वह हिप्पी-सा दिखनेवाला लड़का, जिसे उस रात बरसाती की छत पर देखा था, मुझे हैरानी हुई, उम्र में वह कितना छोटा था, जबकि स्टेज पर वह कोई अधेड़ उम्र का बिगड़ा हुआ अफ़सर दिखाई देता था।

हॉल के कोने में डैरी दिखाई दिये—वह टेपरिकॉर्डर के साथ जूझ रहे थे। पास ही एक थैला पड़ा था, जिसमें पता नहीं, कितने काग़ज़-पत्तर ठुँसे थे। कुछ देर तक उन्हें पता नहीं चला कि हम उनके सिर के ऊपर खड़े हैं।

"तुम अभी यहाँ हो?" बिट्टी ने धीरे से उनके बालों को खींचा। उन्होंने अचकचाकर सिर उठाया।

"मैं इसे साथ ले जा रहा हूँ..." उन्होंने टेपरिकॉर्डर की तरफ़ इशारा किया।

"घर ले जाओगे?"

"नहीं, इसे नित्ती भाई के घर छोड़ देंगे—कल यहाँ आते हुए ले लेंगे।" इस बार उनकी आँखें मुझ पर पड़ गईं, "क्या हाल हैं?"

उन्होंने हँसकर हाथ आगे बढ़ाया—वह हमेशा मुझसे हाथ मिलाते थे, जो शुरू में मुझे बहुत अजीब लगता था, लेकिन चूँकि वह मेरे साथ थोड़ा मज़ाक़ भी करते थे, मुझे वह ज़्यादा खलता नहीं था।

"रिहर्सल देखा?" वह फिर टेपरिकॉर्डर पर झुक गए थे।

"हाँ," मैंने कहा।

"जानते हो, यह नाटक किसने लिखा है?"

"स्ट्रिनबर्ग।"

"गुड," उन्होंने सिर ऊपर उठाया—आधी रोशनी में उनकी दाढ़ी चमक रही थी। "मालूम है, वह कौन थे? पागल—एब्सेल्यूटली मैड!"

"डैरी!" बिट्टी ने कहा।

"क्या नहीं थे?" डैरी ने गम्भीर जिज्ञासा से बिट्टी की ओर देखा।

"तुमसे ज़्यादा नहीं," बिट्टी ने कहा। "इरा कहाँ है?"

"नित्ती भाई के घर—ज़रा देखो।"

डैरी फ़र्श पर ही बैठ गए—थैले से कुछ काग़ज़ निकाले और बिट्टी को दे दिये।

"मैंने कल रात बनाए थे।"

बिट्टी काग़ज़ों को पलटने लगी—मैं भी देखने लगा। पेंसिल से ड्राइंग्स खींची गई थीं, हर ड्राइंग के नीचे पहला सीन, दूसरा सीन लिखा था।

"बहुत काम करते हो?" बिट्टी ने डैरी को देखा—उसमें अजीब-सा स्नेह और लगाव भरा था।

डैरी अपनी दाढ़ी खुजलाने लगे।

"कल रात नींद नहीं आ रही थी—मैंने सोचा, चलो, सेट्स के बारे में ही कुछ सोचा जाए।"

बिट्टी एक-एक करके पेंसिल के स्केच देखने लगी; कभी-कभी डैरी भी काग़ज़ों पर झुक जाते, उससे पूछते, कौन-सा दरवाज़ा कहाँ रखना ठीक होगा, दो कुर्सियों के बीच कितनी स्पेस छोड़नी होगी, बिट्टी कहीं आपत्ति करती या सलाह देती तो वह चुपचाप सुनते रहते, पेंसिल निकालकर कुछ लिखने लगते। मुझे लगा, वे मुझे भूल-सा गए हैं, जैसे मैं वहाँ हूँ ही नहीं; फिर मुझे महसूस हुआ कि जैसे वे एक-दूसरे को भी भूल गए हैं। नहीं, भूले उतना नहीं, जितना खो गए हैं, असली का खोना नहीं, बल्कि ऐसा, जब हमें मालूम हो, दूसरा कहाँ छिपा है और हम खोकर भी दूसरे के साथ जुड़े रहते हैं (मैं इस नोटबुक में उसे नहीं समझा सकता)। बिट्टी के बालों की लट कभी ढीली होकर डैरी के गालों को छूने लगती, और वह उसे छूने देते, ड्राइंग्स पर कुछ समझाती हुई डैरी की उँगलियाँ काग़ज़ पर थमे बिट्टी के हाथों पर ठिठक जातीं और—बिट्टी उन्हें ठिठके रहने देती, यह नहीं कि इसका उन्हें पता नहीं था, किन्तु इस पता होने का सुख—यदि उसे सुख कहा जा सके—ऊपर नहीं आता था, बातों की रौ के नीचे चला जाता था, उसे साफ़ और चमकीला बना देता था—और जब वे काग़ज़ों से अपनी आँखें उठाकर एक-दूसरे को देखते, तो सुख नहीं, इस चमक को देखते थे, जिसमें एक अजीब-सी उदासी और विस्मय छिपा रहा करता था।

उन्हें ख़याल आया, मैं भी वहाँ हूँ। और तभी शायद यह ख़याल भी आया—कि वे एक-दूसरे के साथ थे। वे अलग हो गए, हालाँकि वे एक ही जगह बैठे थे।

बिट्टी ने काग़ज़ों का पैड डैरी को वापिस कर दिया :

"क्या इन्हें नित्ती भाई को दिखाया था?"

"आज वहाँ चलेंगे तो दिखाऊँगा...मुझे मालूम है, वे इन्हें फाड़कर फेंक देंगे," डैरी ने कहा।

बिट्टी हँसने लगी—धीरे-से अपना हाथ डैरी की बाँह पर रख दिया, "क्या वे अब भी तुमसे नाराज़ हैं?"

"मुझसे नहीं—स्ट्रिनबर्ग से।"

डैरी ने ऐनक उतारी और उसके शीशे अपनी कमीज़ के स्लीव से साफ़ करने लगे। वह कुछ सोचने लगे थे। एक बोझिल-सी परेशानी उनके माथे पर सिकुड़ आई थी।

"बिट्टी—क्या तुम इधर नित्ती भाई से मिली हो?"

"नहीं—क्यों?"

"वह पन्द्रह दिन से अपने फ़्लैट में हैं—बिलकुल बाहर नहीं निकलते।"

"घर नहीं जाते?"

"लगता नहीं, पिछले कई दिनों से वहाँ से गुज़रता हूँ तो उनकी बत्ती जलती दिखाई देती है।"

बिट्टी कुछ सोचने लगी और—मुझे याद आया, शुरू के दिनों में जब हम भटकते हुए थक जाते तब अचानक बिट्टी कहती, चलो, नित्ती भाई के पास चलते हैं। तीन मंज़िल सीढ़ियाँ चढ़कर उनका फ़्लैट था, जो उनके ऑफ़िस के काम में भी आता था। वह मज़ाक़ में उसे अपनी वर्कशाप कहते थे। दिन में दो-तीन आर्किटैक्ट मित्रों के साथ वहाँ काम करते थे, लेकिन जब वे चले जाते, तो वही वर्कशाप उनके 'घर' में बदल जाती, जहाँ वह देर शाम तक काम करते रहते थे। पहले दिन जब मैं उनके फ़्लैट से लौटा था, तो बिट्टी से यह जानकर बहुत आश्चर्य हुआ था कि यह नित्ती भाई का असली घर नहीं है—वह माल

रोड में रहते थे, अपनी पत्नी और बच्चों के साथ—यहाँ सिर्फ़ अपने काम के लिए आते थे।

मुझे सिर्फ़ इतना मालूम था—लेकिन उस दुपहर स्टूडियो में मुझे लगा, जैसे मुझे कुछ भी मालूम नहीं है। कुछ देर तक बिट्टी ख़ाली आँखों से डैरी को देखती रही—और डैरी अपने टेपरिकॉर्डर, टेप्स, रिकॉर्डों और काग़ज़ों को समेटने में जुटे रहे। मुझे लगा, वह किसी कारण से अपने को बिट्टी की नज़रों से बचा रहे हों। लेकिन क्यों? वह क्या है, जिसे वह छिपा रहे हैं? क्या अपने दोस्तों के दुख एक हद के बाद शर्मनाक-से बन जाते हैं, जिन्हें छिपाना ही बेहतर है?

"इरा ने तुमसे कुछ कहा था?" बिट्टी ने कहा।

"कब?" डैरी ने आँखें ऊपर उठाईं।

"उसने तुम्हें अपने हॉस्टल में बुलाया था।"

"कुछ नहीं।" डैरी फिर अपने काम में जुट गए। "उसे सनक आती है—कहती थी, इस नाटक के बाद वह इंग्लैंड जाना चाहती है।"

"तुमने क्या कहा?"

डैरी ने सब चीज़ें समेटकर कोने में रख दीं—सिर्फ़ अपना थैला और टेपरिकॉर्डर उठाकर खड़े हो गए।

"चलो...।" उसने बिट्टी को देखा।

बिट्टी बैठी रही।

"तुमने क्या कहा?"

"मैंने कहा—यह सबसे बड़ी बेवक़ूफ़ी होगी—तुम नहीं सोचतीं?"

इस बार उन्होंने कुछ विश्वास के साथ बिट्टी को देखा, "सुनो, तुम्हें उसे कुछ समझाना चाहिए। इस तरह वे लोग नहीं चल सकते।"

वे लोग; इरा और नित्ती भाई? बिट्टी की आँखें ऊपर उठीं, एक अजीब हताशा में। सब चल सकते हैं; चल रहे हैं; न तुम उन्हें रोक

सकते हो, न वापिस बुला सकते हो। वापिस, अपने पास; उसे कोई ख़याल आया और वह मुस्कराने लगी, "डैरी, सब लोग तुम्हारे जैसे नहीं होते," उसने कहा।

"मैं कैसा हूँ?" डैरी ने बिट्टी को देखा।

"जैसे भी हो, तुमने अपने को पा लिया है। सब लोग तुम्हारे जैसे सौभाग्यवान नहीं होते।"

पता नहीं, बिट्टी के स्वर में व्यंग्य था या सिर्फ़ एक कोरा वक्तव्य, लेकिन डैरी के हाथ टेपरिकॉर्डर पर ठिठक गए। उन्होंने सिर उठाकर बिट्टी को देखा, "मैंने क्या पा लिया है?"

"तुम सोचते हो डैरी, दूसरे लोगों की तकलीफ़ें झूठी हैं।" बिट्टी अजीब ढंग से मुस्करा रही थी, "सिर्फ़ तुम्हारा काम असली है।"

"तुम मुझसे तकलीफ़ों की बात मत करो," डैरी ने कहा, "बरसाती में रहकर तकलीफ़ें पता नहीं चलतीं।"

"नहीं, सरकारी बँगले में रहकर पता चलती हैं..." बिट्टी का स्वर एकदम बदल गया, "लेकिन तुम बिहार के गाँवों में भी घूमे हो... वहाँ लोगों के बीच रहे हो; अब तुम पर कोई उँगली नहीं उठा सकता।"

डैरी ने बिट्टी को देखा, जैसे वह कोई अजनबी लड़की हो, जिसके बारे में उन्हें कुछ भी नहीं मालूम। और बिट्टी? वह अजीब हैरानी से डैरी को देख रही थी, क्या वे इतनी नीची सतह पर उतरकर एक-दूसरे को यातना दे सकते हैं? लेकिन अभी कुछ देर पहले वे एक-दूसरे के साथ बैठे थे, बिट्टी उनके डिज़ाइन देख रही थी और उनके हाथ बिट्टी को छू रहे थे...इन दस मिनिट में क्या हुआ, कि अचानक दोनों एक-दूसरे से इतना दूर छिटक गए हैं, कि सारी दुनिया उनके बीच से निकल सकती है; हम दूसरों की तकलीफ़ों के बारे में क्या इसलिए लड़ते हैं, क्योंकि अपने सुख का कहीं पता नहीं होता?

बिट्टी अपना बैग लेकर उठ खड़ी हुई।

"चलो," उसने मुझसे कहा, डैरी भी उठ खड़े हुए। लेकिन एक क्षण के लिए दोनों ठिठके रहे, जैसे कोई चीज़ पीछे छूट गई है, स्टूडियो के बासी, बोझिल धुँधलके में; कोई घाव, कोई ख़ून की खरोंच, जिसकी पीड़ा बरसों बाद सिर उठाती है, माफ़ी-सी माँगती हुई, जबकि उसका कोई फ़ायदा नहीं था। बीती हुई स्मृति आनेवाली पीड़ा को कभी माफ़ नहीं करती, यह उसने बरसों बाद जाना था।

इसीलिए माँ ने यह नोटबुक मुझे दी थी। कहती थीं, देखते हुए हम जो भूल जाते हैं, लिखते हुए वह एक बार फिर याद आ जाता है; लेकिन 'याद करना' देखना नहीं है; वह अलग करना है; जैसे अब नोटबुक पर मैं बिट्टी की हैरानी और डैरी की चौंकी-सी आँखें देख रहा हूँ, और वह स्मृति सफ़ेद पन्ने पर अचानक सबसे अलग हो गई है; वह अपने में अकेली है, समूची दुनिया से अलग, काग़ज़ पर चिपकी हुई एक तितली की तरह, लेकिन वह मरी हुई तितली है, उड़ते हुए रंग की निर्जीव लोथ। यह एक तरह का सौदा है...देखने, मरने और याद करने के बीच। हम स्मृति में उसे पकड़ते हैं, जो मृत और मुरदा हैं; जब वह जीवित थी, हम उसे ओझल कर देते हैं, हाथ से निकल जाने देते हैं, भूल जाते हैं।

मैं भी उसे बहुत जल्दी भूल गया। हम स्टूडियो से बाहर आए और टैक्सी में बैठ गए। डैरी जल्दी में थे—वह अपना टेपरिकॉर्डर नित्ती भाई के कमरे में रखकर घर लौटना चाहते थे। बिट्टी खिड़की से बाहर देख रही थी।

बाहर तोते उड़ रहे थे, शाम के धुँधलके में चक्कर काट रहे थे। पेड़ों की फुनगियाँ आख़िरी धूप में सुलग रही थीं, समूचा कनॉट प्लेस एक चमकीला टापू-सा दिखाई देता था।

यह मुझे याद है। इसके बाद सिर्फ़ अँधेरा ज़ीना याद आता है। सीलन और घरेलू गन्धों की बासी हवा में साँस लेते हुए हम ऊपर आए थे। डैरी ने दरवाज़ा खटखटाया, लेकिन बहुत देर तक भीतर से कोई आवाज़ सुनाई नहीं दी।

"शायद दूसरे कमरे में हैं," डैरी ने बिट्टी से कहा।

"बत्ती तो जल रही है।"

तभी भीतर पैरों की आहट सुनाई दी। दरवाज़ा खुला तो नित्ती भाई नहीं, इरा खड़ी थी।

मैं एकटक उसे देखता रहा। उसने कपड़े बदल लिये थे और अब साड़ी पहने थी। चेहरा बहुत उजला दीख रहा था। थिएटर में जो धूल-मैल चेहरे पर दिखाई दी थी, अब वह कहीं न थी।

"भीतर आओ।" उसने कहा।

"नहीं—मुझे जाना है; मैं सिर्फ़ यह छोड़ने आया था।" डैरी ने टेपरिकॉर्डर और रिकॉर्डों का गट्ठर भीतर रख दिया। अपने थैले से पैड निकालकर इरा को दे दिया।

"ये नित्ती भाई को दे देना।"

"क्या है?" इरा ने पूछा।

"वह समझ जाएँगे," डैरी ने कुछ परेशानी में कहा। "मैं अब चलता हूँ।"

वह पीछे मुड़े और बिट्टी को देखा—उसका आधा चेहरा अब भी ज़ीने के अँधेरे में छिपा था। वह शायद कुछ कहना चाहते थे, लेकिन बीच में ही रुक गए और फिर सीढ़ियाँ उतरने लगे।

"क्या बात है?" इरा ने बिट्टी को देखा।

"कुछ नहीं...नित्ती भाई कहाँ हैं?"

"चलो।" इरा ने मेरे कन्धे को छुआ, "अपना स्वेटर उतार दो—यहाँ बहुत गर्मी है।"

वही कमरा था, जिसमें मैं और बिट्टी कई बार आए थे। वे सर्दियों के दिन थे जब बिट्टी के रिहर्सल शुरू नहीं हुए थे और हम दिल्ली की धूल छानते थे और जब थक जाते थे तो नित्ती भाई के फ़्लैट के नीचे आकर ऊपर झाँकते थे और अगर उनके कमरे की बत्ती जल रही होती थी तो कुछ मिनिट उनके कमरे में साँस लेने के लिए रुक जाते थे।

यही वह कमरा है, जहाँ मैं अब खड़ा था। दीवार पर सिर्फ़ एक तसवीर थी—आइंस्टाइन की—जिनकी सफ़ेद दाढ़ी और चमकती आँखें हर मेहमान पर जम जातीं, मानो पूछे रही हों—किस प्लेनेट के प्राणी हो? तसवीर के नीचे फ़ायरप्लेस थी, जहाँ सर्दियों में नित्ती भाई आग जलाते थे—किन्तु अब वह ख़ाली और ठंडी पड़ी थी। चारों तरफ़ ड्राइंग-बोर्ड थे, किताबों की एक रैक—और कोने में खिड़की के पास एक मेज़ थी—जिसके परे, अगर मौसम साफ़ हो, कनॉट प्लेस की छतें दिखाई देती थीं।

किन्तु, अब वहाँ अँधेरा था—सिर्फ़ मकानों की बत्तियाँ झिलमिला रही थीं।

"तुम यहाँ खड़े हो? चलो, मैंने चाय बनाई है।"

नित्ती भाई मेरे पीछे खड़े थे। वह इतने लम्बे थे कि मुझे सिर उठाकर उन्हें देखना पड़ता था। उन्होंने वही हाफ़-पैंट पहन रखी थी—जिसे देखकर मुझे हमेशा हैरानी होती थी—वह स्काउट मास्टर-से दिखाई देते थे।

"अब आप यहाँ काम नहीं करते?"

मैंने ख़ाली मेज़ की तरफ़ इशारा किया।

"यहाँ नीचे से बहुत शोर आता है।" उन्होंने मेरी ओर देखा, दाढ़ी बढ़ी थी, वैसे नहीं, जिसे बढ़ाया जाता है, जैसे डैरी की दाढ़ी थी, बल्कि जिसे देखकर लगता था, जैसे वह शेव करना भूल गए हों; नीले गालों पर छोटे-छोटे सफ़ेद उगे हुए बाल। मैंने कभी किसी आदमी को

अपने प्रति इतना लापरवाह नहीं देखा था—मानो उनका अपने शरीर से कोई रिश्ता न हो।

किन्तु आज जो चीज़ मुझे सबसे अच्छी तरह याद रह गई है, वह उनकी आवाज़ थी—पतली और तीखी—जो पहले क्षणों में काफ़ी चुभती थी, पर यदि उसे देर तक सुनते रहो तो उसके कोने झर जाते थे और वह सिकुड़कर एक लौ की तरह मेरे भीतर अपना रास्ता टटोल लेती थी।

नित्ती भाई ने मेरा हाथ पकड़ा और हम दूसरे कमरे में चले आए।

वह कमरा पहले से कहीं छोटा था—और ख़ाली भी। वहाँ नित्ती भाई की एक काउच थी—और उससे सटा हुआ ऊँचा डेस्क। पीछे एक बड़ी मेज़ थी, जहाँ एक हाट-प्लेट, कुछ बर्तन और चाय-कॉफ़ी का सामान रखा रहता था। डेस्क के पास ही एक तिपाई थी, जिस पर टेबल-लैम्प जल रहा था।

क्या उस दिन मुझे मालूम था, कि एक बार फिर मैं इस कमरे में आऊँगा, ऐसा ही साधारण-सा दिन होगा, ऐसी ही शान्त घड़ी, लेकिन सबकुछ एक काले दु:स्वप्न की तरह दुहराता हुआ लौटेगा?

क्या हम उसे याद कर सकते हैं, जो अभी हुआ नहीं है, लेकिन होनेवाला है? एक दिन जो होगा—होनी को? मुझे मालूम है, यह असम्भव है—लेकिन उस शाम जब मैं नित्ती भाई के साथ उनके कमरे में आया तो मैं एक क्षण ठिठक गया—मुझे एक पागल-सा ख़याल आया, यह मैंने कभी पहले देखा है और यह फिर कभी होगा—हू-ब-हू ऐसा जैसा मैं देख रहा हूँ—चाय बनाती हुई इरा और काउच पर बैठी बिट्टी—डेस्क पर पिन किया हुआ ड्राइंग-पेपर, खिड़की से भीतर आती हुई मार्च की हवा; जब नित्ती भाई भीतर आए तो इरा कुछ कहते हुए रुक गई और बिट्टी...उसने आँखें ऊपर उठाईं—एक फफकती-सी जिज्ञासा में...लेकिन नित्ती भाई ने आँखें मोड़ लीं, कुछ नहीं बोले, काउच पर बैठ गए और मुझे अपने पास बिठा लिया—थोड़ा-सा मुस्कराए।

"इसका मन लग गया?" उन्होंने बिट्टी से पूछा, "अब तो इलाहाबाद जाने की ज़िद नहीं करता?"

इरा पीछे मुड़ी, मेरी तरफ़ देखा।

"याद है, पहले दिन कैसे रोया था?"

"रोया कहाँ था?" मैंने कहा।

इरा चाय के प्याले हमारे पास ले आई। "तुम स्टेशन से ही वापिस इलाहाबाद लौट जाना चाहते थे।"

मैं हँस दिया—हालाँकि जब मैं प्लेटफ़ार्म पर खड़ा था तो सचमुच रोना आ रहा था। दिल्ली का स्टेशन—सुबह की धुंध और बारिश में कुछ भी दिखाई नहीं देता था। मैं भीड़ में बिट्टी को ढूँढ़ रहा था, लेकिन जिस लड़की ने मेरा हाथ पकड़ा, वह बिलकुल अजनबी थी। वह मेरा हाथ पकड़कर बिट्टी के पास ले गई, "देखो, यही तो तुम्हारा कज़िन नहीं है?" तब पहली बार बिट्टी ने मेरा परिचय इरा से कराया था। किन्तु तभी मैंने देखा, एक दूसरा अजनबी आदमी मेरा सूटकेस उठाकर ले जा रहा है। मैं उसके पीछे भागनेवाला ही था कि बिट्टी ने हँसते हुए अपने पास खींच लिया, "डरो नहीं, यह मेरे दोस्त हैं।" और मैं उन्हें देखने लगा, जो मुझे चोर-जैसे मालूम हुए थे, रूखे बाल, ख़ाकी हाफ़-पैंट, साधुओं-सी खोई-ख़ब्ती आँखें—बारिश में भीगते हुए मेरा सूटकेस उठाकर ले जा रहे थे।

वह नित्ती भाई थे। और इरा—वह पहले दिन से ही मेरी दोस्त-सी बन गई थी—शायद इसलिए कि बिट्टी के दोस्तों में वह सबसे छोटी थी। मुझे कभी-कभी काफ़ी हैरानी होती थी कि कोई लड़की इतने बरस बाहर गुज़ारकर हिन्दुस्तान आ सकती है—थिएटर के लिए।

सिर्फ़ थिएटर के लिए? मैंने यही बात एक बार बिट्टी से पूछी थी। क्या वह सचमुच थिएटर से इतना प्यार करती है?

"पता नहीं," बिट्टी ने टालते हुए कहा, "वह किससे प्यार करती है?"

बिट्टी कभी अपने दोस्तों के बारे में उसे नहीं बताती थी। वह उतना ही बताती थी, जिसके सहारे मैं ख़ुद ढूँढ़ सकूँ, ख़ुद अपनी आँखों से देख सकूँ...

देखना—वैसे ही, जैसे मैंने बिट्टी के साथ हुमायूँ का मक़बरा देखा था। पुराना क़िला। अँधेरी सीढ़ियाँ जहाँ बादशाह लुढ़कते हुए गिर गए थे। मर गए थे। बिट्टी उतना ही बताती थी जितना टूरिस्ट गाइड—यह इरा है, यह मैं हूँ, वहाँ डैरी हैं जो एक ज़माने में कॉलेज छोड़कर भाग गए थे और अब थिएटर करते हैं, और यह हैं नित्ती भाई, आर्किटैक्ट, जो हमारे नाटकों के सैट भी बनाते हैं...इन सूचनाओं के आगे चुप्पी के खोखल खुल जाते थे, सड़कों पर मुँह फाड़ते 'मेनहोल्स' की तरह, जिनसे बचकर मैं आगे निकल जाता था।

मैं सचमुच बचकर निकल गया। वे बातें कर रहे थे, मुझे भूल गए थे। मैं अकेला छूट गया था। मैं धीरे-धीरे सरकता हुआ कमरे के दूसरे छोर पर चला आया। एक दरवाज़ा दिखाई दिया—आधा खुला हुआ। भीतर झाँका, तो कोई नहीं था—मैं चुपके-से भीतर चला आया। एक छोटी-सी कोठरी थी, रेल के डिब्बे की तरह— दीवार से जड़ी एक अलमारी थी, जिसमें ताला लगा था। उसके पास ही एक सोफ़ा था जिसके सिरहाने एक कुशन और कुछ किताबें रखी थीं। सम्भव है, जब नित्ती भाई काम करते-करते थक जाते होंगे तो यहाँ कुछ देर सुस्ताने लेट जाते होंगे। कोठरी से सटा बाथरूम था। बत्ती खुली थी—और उसकी रोशनी में टब की सफ़ेद चिकनी तह चमक रही थी। एक कमोड और कुछ बाल्टियाँ—पीछे एक खिड़की खुली थी, जहाँ से कनॉट प्लेस के पिछवाड़े की गलियाँ दिखाई देती थीं।

सोचा, वापिस मुड़ जाऊँ। किसी अकेले घर में घूमना, जब उसके मालिक साथ न हों, एक अनाथ-सी वीरानी ले आता है। एक सूखी-सी प्यास गले में कुड़कने लगी। नल सिर्फ़ टब में लगा था। टूटी खोलने

के लिए झुका, तो आँखें खूँटी पर अटक गईं। टब के पीछे हैंगर लगे थे—उन पर धुले हुए पेटीकोट, ब्रा और अंडरवियर लटके थे। कगर पर क्लिप रखे थे—पाउडर का एक डिब्बा, इत्र की छोटी-सी शीशी। सिगरेट और माचिस की डिब्बी और डिब्बी के ऊपर रखे दो क्लिप, जिन पर अब भी इरा के बालों की गन्ध चिपकी थी, वही सिगरेट जिन्हें वह पीती थी, वही पैंटी, वही साये, वही गन्ध, ख़ास औरतों की गन्ध जो पुरुष के मर्दाने मकान में अपने कोने ढूँढ़ लेती है, ग़ुसलख़ाना, टब, गीले कपड़ों के हैंगर, पम्प का पानी; यह रोशनी है, उसने सोचा, वह यहाँ आती होगी, नहाती होगी, खिड़की के बाहर बारहखम्बा के बौराए पेड़ों और हवा और बत्तियों को देखती होगी। मुझे क्या मालूम था, एक दिन मैं दुबारा इस ग़ुसलख़ाने में आऊँगा, सुबह की मैली रोशनी टब पर उतरेगी, सुर्ख़ और लिसलिसे पानी पर एक लोथ ऊपर उठेगी और पानी नीचे बहता रहेगा...

यह बहुत आगे का दृश्य है, किन्तु पुरानी नोटबुक पढ़ते हुए अकसर समय की रील गड़बड़ा जाती है, जो बाद में हुआ था, वह पहले दिखाई देने लगता है और हम दीवार पर भविष्य को उल्टी तरफ़ से आता हुआ देखते हैं, उन पेड़ों और खम्बों की तरह जो रेल की खिड़की से विपरीत दिशा में भागते हुए दिखाई देते हैं और हम एक क्षण के लिए भूल जाते हैं कि वे हमारी तरफ़ नहीं, हम उनकी तरफ़ जा रहे हैं।

किन्तु उस दिन 'मैं' वहाँ था, मैं ख़ुद अपनी नोटबुक पर अपने को लिखता हुआ, दर्ज करता हुआ, भविष्य से कोरा अनभिज्ञ, वर्तमान की रोशनी के कोनों को कुतरता हुआ, बाथरूम में खड़ा हुआ, टूटी खोलकर पानी पीता हुआ, देखता हुआ, उन आवाज़ों को सुनता हुआ जो दूसरे कमरे की देहरी लाँघकर मेरे पास आ रही थीं। मैं शब्दों को नहीं सुन सकता था—इसीलिए वे इतनी आदिम, इतनी साफ़, इतनी नंगी थीं कि मैं सीधे-सीधे उन्हें पहचान सकता था, यह इरा है, यह बिट्टी, यह

नित्ती भाई; वे शान्त जल में हिलती छायाओं-सी दिखाई देती थी, पहली बार मुझे पता चला कि शब्दों को तुम सुनते हो, लेकिन आवाज़ों को देखा जा सकता है, सन्नाटे की दीवार पर वे फ्रिस्कोज हैं, जिनके बीच ग़ुस्से, पीड़ा, पछतावे का पलस्तर झरता रहता है, जहाँ चुप्पी के अपने रंग हैं, हँसी की अपनी रोशनी, सोचने की अपनी स्पेस; बरसों बाद जब मैं अपनी डायरी पढ़ूँगा, तो शब्दों के सहारे नहीं...इन्हीं अदृश्य सुराग़ों को छूता हुआ इस शाम तक चला आऊँगा, और तब मुझे पता चलेगा कि वह शाम कुछ भी नहीं है, वह हमेशा के लिए चली गई है, और मैं बीते हुए समय को नहीं, सिर्फ़ उसकी 'याद' को याद कर रहा हूँ जो मेरे भीतर है, टब, कपड़े, सिगरेट की डिब्बी—ये छलनी से छनकर भीतर की बावड़ी में टप-टप टपकते हैं और तब सहसा याद आता है, उस टपटपाहट को सुनते हुए, कि वह मार्च की एक शाम थी, मैं नित्ती भाई के घर गया था; मैं ग़ुसलख़ाने में खड़ा था और वे कमरे में बैठे थे; उनकी आवाज़ों के घोंसले में सुखी और सुरक्षित; दूसरे लोगों से अलग रहकर जो सुख आता है, वह आँख पर पट्टी बाँधकर आता है, कानों में रुई के फाए भरे होते हैं, कहता है, कुछ मत देखो, कुछ मत सुनो, सिर्फ़ लिखते रहो, अपनी उस नोटबुक पर, जो माँ ने मरने से पहले तुम्हें दी थी, तुम्हारी दिल्ली की रिपोर्ट, जिसका एक पन्ना उस शाम से जुड़ा है, एक चीख़ की खूँटी पर टँगा हुआ, एक तसवीर की तरह, जिसे तुम उठाते हो, पीछे मुड़कर देखते हो और तब...

मैं मुड़ गया, उलटे पाँव लौट गया। लेकिन वे आवाज़ें? एक क्षण के लिए मुझे भ्रम हुआ, जैसे पड़ोस के फ़्लैट में कोई बोल रहा है—चीख़, और फुसफुसाहट के बीच में उफनता स्वर, जिसके टुकड़े हर कमरे में सुनाई दे जाते थे; मैं तेज़ क़दमों से बड़े कमरे में आया—वहाँ कोई नहीं था। सिर्फ़ चाय की तीन प्यालियाँ ख़ाली पड़ी थीं। ज़ीने का दरवाज़ा खुला था। बिट्टी वहाँ अकेली खड़ी थी।

उसने मुझे देखा, जैसे मैं कोई प्रेत हूँ, किसी अँधेरे कोने से बाहर निकल आया हूँ! मैं भागता हुआ उसके पास आया। लेकिन पास आते ही पाँव ठिठक गए।

दूसरे कमरे में कोई चीख़ रहा था—एकाएक मुझे पता नहीं चला, यह कौन है। चीख़, जिसका नाता किसी से नहीं होता, जो अकेले में अपने-आप गूँजती है। मैंने अनायास बिट्टी का हाथ पकड़ लिया—और तुरन्त छोड़ दिया।

सबकुछ शान्त हो गया था। कुछ देर तक कोई आवाज़ नहीं सुनाई दी—मानो सारा घर ख़ाली हो! फिर हल्की-सी खटखटाहट हुई—और मैंने देखा—इरा दूसरे कमरे से बाहर निकली है। वह जल्दी से ज़ीने के पास आई—और बिट्टी के दोनों हाथ अपने हाथों में ले लिये।

"तुम जाओ...मैं कुछ देर बाद आऊँगी।" उसकी आँखें सूज गई थीं। लम्बे बाल गले में लिपटे थे—साड़ी का पल्ला ज़मीन पर घिसट रहा था—सूखे होंठों के बीच एक बीभत्स-सी मुस्कराहट दिखाई दे रही थी।

बिट्टी देखती रही।

पीछे नित्ती भाई आए थे—अपना हाथ इरा के कन्धे पर रख दिया था। दोनों खड़े थे—हमें देख रहे थे।

बिट्टी चुपचाप ज़ीने की सीढ़ियाँ उतरने लगी।

लेकिन मैं? मैं अब भी वहाँ खड़ा हूँ—नोटबुक के ठहरे समय पर एक ठिठका-ठिठुरता हुआ जीव, जो लिखते हुए ऊपर देखता है, तो हर बार दो शक्लें दिखाई दे जाती हैं, एक-दूसरे में बँधी हुई...मुझे लगता है, वे उस समय तक बँधी रहेंगी, जब तक मैं ऊपर देखता रहूँगा।

5

क्या तुमने उन्हें देखा है—उन बँगलों को? इसे लुटियंस का शहर कहा जाता है, रायसीना के बँगले। वहाँ लम्बे लॉन हैं, झाड़ियों से घिरे हुए, पेड़ों से घिरे हुए। वे जामुन के पेड़ हैं, जो बारिश के दिनों में पकते हैं, टपाटप नीचे गिरते हैं। ज़रा ऊपर देखो, तो बुगुबगोलिया के फूल दिखाई देंगे—लाल और सुर्ख़, बँगलों को अपनी लपटों में लपेटे हुए। लेकिन—भीतर ठंडा अँधेरा है; जाली की हरी, दुहरी खिड़कियाँ हैं; एक उनींदा-सा शोर है, जो झाड़ियों को छूता हुआ भीतर आता है, अकेली नौकरानी को अपनी दुपहरी ऊँघ से जगा जाता है, शोर, जिसे सुनकर चुहिया अलमारी के पीछे दुबक जाती है और छिपकली मुँह उठाकर उसे देखने लगती है, जो हर जगह है—और कहीं नहीं है।

लेकिन वे वहाँ हैं, बाहर पेड़ों में छिपे हुए। तुम सुनते हो? वे हँस रहे हैं। रिहर्सल का कोई टुकड़ा हवा में तिरता हुआ यहाँ चला आता है, जहाँ वह खड़ा है, ख़ाली। घर भी ख़ाली है—डैरी का बँगला—ईंटों

की फेंस से घिरा हुआ, जिस पर घास का मैदान एक जापानी पंखे-सा खुला है।

उसे मालूम है। बिट्टी ने उसे बँगले के बारे में इतना कुछ बताया था, कि वह जहाँ चाहे, जा सकता है—आँखें मूँदकर घूम सकता है, पेड़ों के नीचे, झाड़ियों में, ईंटों की मेंड़ों पर। जब डैरी के पिता टूर पर चले जाते थे, घर ख़ाली हो जाता था, और वे रिहर्सल के लिए यहाँ आ जाते थे—अगर मौसम खुला हो—जैसा कि अकसर मार्च के दिनों में वह हो जाता था।

डैरी की माँ कहाँ रहती है, यह उसे नहीं मालूम था। बिट्टी चुप रहती थी और डैरी भी इसके बारे में कुछ नहीं कहते थे। वह कहते कुछ नहीं थे, सिर्फ़ अपने घर बुलाते थे लेकिन वह बीच में बीमार पड़ता गया और बाद में रिहर्सल होने लगे और बिट्टी देर से घर आने लगी और झगड़े की रातों में डैरी मोटरसाइकिल पर चले जाते और बिट्टी छत के बीचोबीच बैठी रहती और हवा में घास के तिनके बिखरे रहते, जिसमें डैरी बियर की बोतलें लपेटकर लाते थे, ख़ुशी की रौ में कहते थे, यह हमारे लॉन की घास है और उसे उनकी इन बातों पर रोना-सा आने लगा था।

वही घास अब चारों तरफ़ फैली थी। वह शाम की आख़िरी रोशनी को पकड़ रही थी, बँगले की पीली दीवारों पर उतरती हुई—दूर से उनकी आवाज़ें सुनाई देती थीं—रिहर्सल का शोर—एक्टरों की आवाज़ें, झाड़ियों के पीछे पैरों की सरसराहट, हँसी, हवा में उड़ती हुई बातें, चेहरे, जिन्हें वह नहीं देख सकता था क्योंकि वे लॉन के दूसरे छोर पर थे जहाँ ज़मीन का हिस्सा एक पहाड़ी-सा ऊपर उठ आया था—ऊँट के गोमड़-सा—घास का एक टैरेस, चारों तरफ़ अमलतास के पेड़ों से घिरा हुआ, धूप में सुलगता हुआ, एक झिलमिलाता स्टेज, जिस पर नित्ती भाई 'सी-गल' करना चाहते थे लेकिन अब वहाँ स्ट्रिनबर्ग का क़ब्ज़ा था, एक पिंजरा,

पिंजरे में घूमता हुआ अदृश्य चीता, धूप के सींकचों के बाहर झाँकता हुआ—गुर्राता हुआ—क्या तुम उसे सुन सकते हो?

वह सुन सकता था—सुन्न सन्नाटे में अपनी साँसों को, हल्के बुख़ार में तपती और ऊपर उठती हुई; वे बहुत अच्छे लोग थे, बिट्टी के दोस्त और ख़ुद बिट्टी भी, वे उस पर विश्वास करने लगे थे, वे उसे अकेला छोड़ देते थे। वह जहाँ चाहे जा सकता था, घूम सकता था, भटक सकता था। वह घूम रहा था। वह भटक रहा था। वह अकेला था। वह उन्हें भूल-सा गया था। वह पेड़ों के नीचे चल रहा था।

अचानक एक चिड़िया झाड़ियों से उड़ी और पेड़ों के ऊपर चक्कर काटने लगी। फिर दूसरी चिड़िया; फिर तीसरी। हवा में फड़फड़ाते पंखों का रेला उठने लगा। किसी ने ऊपर से एक पत्थर झाड़ियों में फेंका था—फिर एकसाथ ढेलों की बौछार होने लगी। कौन हो सकता है? उसने ऊपर देखा। पत्तों और टहनियों के बीच उसे आभास हुआ, जैसे कोई ऊपर बैठा है, नीचे झाँक रहा है।

"कौन है?" और ऊपर से आवाज़ आई—"कौन?" उसे पता नहीं चला, वह उसकी आवाज़ है—या महज़ एक गूँज। वह दुबारा बोला, "कोई है?" और पत्तों के बीच छनती हुई आवाज़ आई, "है?"

वह हैरानी से ऊपर देखने लगा, लेकिन तभी घास पर छप्प-से कोई नीचे कूदा। पलक मारते ही वह उसके सामने खड़ी थी—एक लम्बी, छरहरी लड़की। धूप के दो छल्ले उसकी बड़ी, भूरी आँखों में चमक रहे थे।

"तुम?"

वह उसके पास चली आई, एक हाथ में गुलेल थी, दूसरे हाथ में पत्थर। पाँव नंगे थे, मिट्टी और कीचड़ में लिथड़े हुए। उसने एक नीली फ्रॉक पहन रखी थी जो घुटनों तक आती थी। फ्रॉक के अगले हिस्से पर दोनों तरफ़ जेबें थीं, जिनमें उसने ढेले भर रखे थे।

उसका मुँह खुला था और आँखें उस पर टिकी थीं।

"मुझे मालूम है, तुम कौन हो?" उसने कहा।

वह हैरत में उसे देख रहा था।

"कज़िन"...वह मुस्कराई और सहसा उसका चेहरा आलोकित हो उठा। "यू आर दि लिटल कज़िन।"

वह उसकी तरफ़ बढ़ी, हाथ आगे बढ़ाकर उसका हाथ पकड़ लिया।

"तुम इलाहाबाद से आए हो?"

"वहाँ मेरा घर है," उसने कहा।

"मुझे मालूम है—मैंने सोचा था, मैं तुम्हें कभी नहीं देखूँगी।"

"क्यों?"

"डैरी कहते हैं, तुम कभी घर से बाहर नहीं निकलते..." वह एक क्षण झिझकी, फिर हल्की उत्सुकता से उसकी ओर देखा...

"तुम बीमार रहते हो?"

उसकी आँखें उस पर टिकी थीं—बनैली, साफ़ और बीहड़।

"मैंने तुम्हें टैक्सी से उतरते देखा था," उसने कहा, "मुझे मालूम था, तुम आओगे। वे चले जाते हैं। वे मुझे देखते भी नहीं। लेकिन तुम पहली बार आए हो..."

"कौन चले जाते हैं?"

"वे सब!" उसने गुलेल का रबड़ झुलाते हुए कहा, "एक्टर, लड़कियाँ, डैरी के दोस्त—जानवर!"

"यहाँ जानवर आते हैं?"

"क्यों नहीं!" उसका हाथ ठिठक गया।

"पैन्थर भी?"

"पैन्थर?" उसने सन्देह से उसकी ओर देखा, "क्या वे तुम्हारे घर आते हैं?"

"नहीं—मैंने सिर्फ़ सोचा था," उसने कहा।

वह उसे ध्यान से देखती रही—जैसे उसे अपनी जंगली निगाहों पर तौल रही हो...एक अदृश्य तराज़ू पर। दुश्मन या दोस्त—या यूँ ही कोई भटकालू लड़का? फिर अचानक उसे याद आया, कोई बहुत पुरानी चीज़। धूप में उसकी भूरी आँखें सुलगने लगीं।

"क्या उन्होंने मेरे बारे में कुछ बताया था?"

"तुम डैरी की बहिन हो।"

"और कुछ नहीं?"

"नहीं," उसने सिर हिलाया।

वह निश्चल खड़ी थी। वह सुन रही थी। उनके बीच सन्नाटा था। और वह इतना गहरा था कि उसे लगा, जैसे वह उसके सुनने को सुन सकता है, जैसे उनकी आवाज़ें पहले उसके पास आती हों और फिर उसके कानों से छनकर उसके पास...

"तुम्हारी कज़िन की आवाज़ है..." उसने कहा।

"क्या नाम है उसका?"

"बिट्टी।" वह हँसने लगी, "मैं उसकी आवाज़ हमेशा पहचान लेती हूँ।"

पता नहीं क्यों—उसे लगा, जैसे उसके स्वर में एक हिकारत-सी भरी थी, एक छिछोरा-सा मज़ाक़—उसका मुँह सूख गया।

"यह उसका पार्ट है।" उसने कमज़ोर लहज़े में कहा, मानो वह इस तरह बिट्टी को बचा लेगा।"

"कैसा पार्ट?" एक अजीब हिकारत में उसके होंठ खुल गए, "वे अपने को धोखा दे रहे हैं।"

"धोखा?"

"दे आर रुइनिंग देयर लाइव्स...'रुइनिंग' का मतलब जानते हो?"

वह हँस रही थी।

"बर्बाद करना, ख़त्म कर देना, तबाह कर देना," उसने कहा।

गुलेल का काला फन्दा उसकी आँखों के सामने झूल रहा था। डरे हुए पक्षी पेड़ों पर घूम रहे थे। वह चौकन्नी आँखों से उसे छू रही थी—और तब उसे पता चला, उसकी आँखों की पुतलियाँ धूप में नहीं, ख़ुद अपनी रोशनी में चमक रही थीं।

"तुम भी ऐक्टिंग करते हो?" उसने पूछा।

"नहीं..." उसने जल्दी से कहा।

"थिएटर जाते हो?"

"एक बार गया था, रिहर्सल देखने," उसने कहा, फिर साहस बटोरकर पूछा, "तुम्हें थिएटर पसन्द नहीं है?"

"वे अपना समय बर्बाद करते हैं," उसका स्वर थका-सा था, ख़ाली, हताश-सा, "मैं कभी वहाँ नहीं जाती।"

"क्यों?"

"वह असली नहीं है," उसने कहा—इतनी धीरे से, मानो उसे कोई गुप्त, गोपनीय रहस्य बता रही हो। "वे बहाना करते हैं।"

"कैसा बहाना?" वह विस्मित-सा होकर उसे देखने लगा—रूखी आँखें, धूल में सने बाल, हिंस्त्र-सी कुलबुलाई मांसलता, जो सिर्फ़ जंगली जानवरों में दिखाई देती है, या जवान होती अकेली लड़कियों में...

'असली क्या है?'

दूर से आवाज़ें आती थीं, ऊपर उठती थीं, नीचे गिर जाती थीं, मर जाती थीं। पीछे-पीछे उनकी गूँज आती थी, हर आवाज़ को जिलाती हुई, हवा में उठाती हुई, वापिस ले जाती हुई...

वे अकेले पड़ गए थे। वह लौटना चाहता था, लेकिन तभी उसे एक दबी फूत्कार-सी सुनाई दी, जैसे कोई गोली सनसनाते हुए कानों के पास से गुज़र जाती है। यह उसकी साँस थी। वह उसके पास चली आई थी, एक बिल्ली की तरह चुप और चालाक क़दमों से; होंठ खुल

गए थे, जिसके बीच उसके दाँत बाहर निकल आए थे। वह मुस्करा रही थी। उसने अपनी गुलेल का अगला हिस्सा ऊपर उठाया और पिस्तौल की नली की तरह उसके गले पर टिका दिया, "हैंड्स अप!"

एक थरथराती-सी कौंध उसकी शिराओं में लपकी, उसने आँखें मूँद लीं; मार्च की हवा, रिहर्सल की आवाज़ें, डूबते सूरज की पीली चमक—सबकुछ गुलेल की काली नोक और गले के भीतर फँसी साँस पर थिर हो गया था—क्या यह असली है?

"हलो, हलो, हलो," वह उसे हिला रही थी। आँखें खुलीं, तो उसकी आँखें दिखाई दीं, उसके चेहरे पर झुकी हुई, बनैली, बीहड़ आतंकित, "मैंने सोचा, तुम सचमुच मर गए।" वह धीरे-धीरे उसके गले को सहलाने लगी, "तुम सिर्फ़ एक्टिंग कर रहे थे!"

वह अपने दिल की धड़कन सुन रहा था। क्या यह लड़की पागल है या सिर्फ़ बहाना कर रही है—उसे चिढ़ा रही है? मुझे यहाँ से चले जाना चाहिए, लेकिन कहाँ? वह उसका रास्ता रोके खड़ी थी।

वह उसके पास आई, धीरे से उसके गालों को छुआ, "तुम बिलकुल ठीक हो," उसने कहा। "क्या तुम चल सकते हो?"

उसने आँखें ऊपर उठाईं, जी कड़ा करके कहा, "मैं घर जाऊँगा।"

"घर?" वह खिलखिलाकर हँस पड़ी। "यह घर नहीं तो क्या है? चलो, मैं तुम्हें घर दिखाती हूँ।"

उसके स्वर में नम्र-सा आग्रह था, जिसमें ज़ोर या ज़बरदस्ती नहीं थी—सिर्फ़ एक भूखा-सा बुलावा—जिसे टालना असम्भव-सा जान पड़ता था।

वह उसके पीछे-पीछे चलने लगा—सूरज अभी नहीं डूबा था और बँगला एक ताश के बँगले की तरह खड़ा था—अकेला, शहर से अलग, धूप में चाँदी-सा चमकता हुआ...और उनकी आवाज़ें दूर पेड़ों के टैरेस से तिरती हुई उसके पास चली आती थीं।

बँगले के पिछवाड़े आकर वह ठिठक गई—एक बरामदे के सामने—जिसके आगे सिर्फ़ नौकरों के 'आउट हाउस' थे—छोटे-छोटे क्वार्टर, जिनकी छतों से धुआँ निकल रहा था।

वह बाईं तरफ़ मुड़ी और चिक उठाकर भीतर चली गई। वह बाहर ठिठका खड़ा रहा—मन में ज़बरदस्त इच्छा हुई कि वह मुड़ जाए, समय रहते उससे अपना पीछा छुड़ाकर भाग जाए—लेकिन वह कुछ निश्चय कर पाता—इससे पहले ही उसने चिक उठाकर बाहर झाँका, "इधर!" उसने कहा और उसका हाथ पकड़कर भीतर खींच लिया।

भीतर अँधेरा था। एक क्षण के लिए वह कुछ भी नहीं देख सका। लड़की ने बत्ती जलाई और अचानक उसकी दोनों आँखों को भींच लिया। वह छटपटाने लगा, लेकिन उसके दोनों हाथ लोहे के पंजों-से उसकी आँखों पर गड़े थे।

वह हँस रही थी। वह सचमुच पागल थी। वह भरसक उसके हाथों को हटाने की कोशिश करने लगा किन्तु उसकी उँगलियाँ उसकी आँखों पर दबती गईं, और तब ग़ुस्से की रौ में उसने अपने नाख़ून उसकी बाँहों पर भोंक दिये।

वह छिटककर अलग खड़ी हो गई, अपनी बाँहों को देखने लगी, जिन पर ख़ून की बुँदकियाँ उभरने लगी थीं।

"ब्रूट!" वह अपनी बाँह के छिले मांस को सहला रही थी।

वह खड़ा था—शर्म में भीगा हुआ। उसके भीतर कोई चीज़ थरथरा रही थी। मैं यहाँ क्या कर रहा हूँ—इस लड़की के साथ, जिसे मैं जानता भी नहीं...इस कमरे में, जिसे कभी देखा नहीं, इस घर में...

लेकिन इस बार लड़की ने सचमुच उसे अकेला छोड़ दिया था—न बैठने का आग्रह किया, न उसे मनाने की कोई कोशिश। उसने चिक का एक सिरा उठा दिया था—पलंग के एक सिरे पर बैठकर वह बाहर ताक रही थी।

कुछ मिनिट ऐसे ही गुज़र गए। लड़की की चुप्पी का फ़ायदा उठाकर उसने चारों तरफ़ देखा—वह कमरा नहीं था। बँगले के पीछे बरामदे में चिकें डाल दी गई थीं। एक पलंग था, जिसके सिरहाने एक लम्बा लैम्प हरे शेड में ढका था। किताबों की अलमारियाँ चारों तरफ़ खड़ी थीं, जैसे वह कोई छोटी-सी लायब्रेरी हो। पलंग के पास ही एक मेज़ थी, जिस पर टाइपराइटर रखा था—एक लम्बा काग़ज़ उसमें अब भी फँसा था, मानो कोई बीच में लिखता हुआ उठकर चला गया हो!

दीवार पर एक खूँटी थी, जिस पर नीली स्लैक्स लटक रही थी।

"तुमने कुछ कहा?" लड़की ने मुड़कर उसकी ओर देखा।

"नहीं," उसने सिर हिलाया। उसने कुछ नहीं कहा था, वह सिर्फ़ बोलने का बहाना चाहती थी।

"तुम अब भी नाराज़ हो?" वह मुस्करा रही थी। "देखो, तुमने क्या किया है?"

उसने अपनी बाँह आगे बढ़ा दी—साँवली नंगी बाँह, छोटे-छोटे रेशों-से बाल—जिनके बीच उसके नाख़ूनों के निशान चमक रहे थे।

वह भयभीत-सा होकर उसे देखने लगा—उस निरीह, ख़ून की खरोंचों से भरी बाँह को—एक क्षण के लिए विश्वास नहीं हो सका, यह उसके नाख़ूनों की करामात है। वह अपने को भूल-सा गया। उसके पास चला आया। अपना हाथ उसकी बाँह पर रख दिया।

वह अपलक उसकी ओर देख रही थी। होंठ चंगुल-भर खुल गए थे जैसे कभी-कभी डैरी के होंठ खुल जाते थे, लेकिन डैरी से अलग—वह कहीं दूर थी। माँद में छिपे जानवर की तरह सतर्क, चौकन्नी, दुनिया की हर आवाज़ को अपनी आत्मा की खाल पर खटखटाती हुई...एक क्षण, दो क्षण, और फिर जैसे अन्तहीन समय बह गया—उसकी बाँह उसकी उँगलियों के नीचे शिथिल और अधर पड़ी रही।

"तुम्हारी आँखें," उसने कहा।

"क्या?"

"वे बिलकुल तुम्हारी बहिन पर गई हैं।"

"वह मेरी कज़िन है," उसने कहा।

"मुझे मालूम है—तुम्हारे चाचा की लड़की।"

वह अपनी बाँह उसके हाथ के नीचे से सरकाकर ऊपर ले आई, लेकिन उसे छोड़ा नहीं, उसकी हथेलियों पर उसके हाथ पड़े रहे— सूखे, धूल में सने हुए, हल्के से गर्म।

गुलेल अब भी उसके गले में लटक रही थी—छाती के दो उत्सुक उरोजों के बीच—एक काले टोटके-सी, तिब्बती लड़कियों की तरह, जो अपने गले में जादू-मन्त्रों की माला लटकाए रहती हैं।

"तुम यहाँ कितने दिन रहोगे?" उसने पूछा।

"कुछ और दिन," उसने कहा।

"फिर?"

"मैं इलाहाबाद लौट जाऊँगा।"

उसकी आँखें ऊपर उठीं, बहुत धीमे स्वर में पूछा, "यहाँ नहीं रहना चाहोगे?"

"वहाँ मेरा घर है," उसने कहा।

"तुम्हारी कज़िन का घर भी वहाँ है, लेकिन वह यहीं रहती है।"

"उसकी बात अलग है," उसने कहा। "वह अपना घर छोड़कर आई है।"

वह धीरे से हँसी।

"वे सब लौट आते हैं।"

"कहाँ से लौट आते हैं?"

"बाहर से..." वह एक क्षण उसे देखती रही, "बाहर की दुनिया से," उसने कहा।

रोशनी उसके बालों पर गिर रही थी। खुले हुए घने बाल दोनों कन्धों पर बिखर आए थे। चेहरा तपा-सा चमक रहा था, लेकिन उत्तेजित नहीं—एक ठंडा, सफ़ेद ताप जो देह की सतह पर भाप की तरह जमा रहता है।

"तुम कहीं बाहर नहीं जातीं?"

"बाहर कहाँ?"

"स्टूडियो में..." उसने कहा, "स्कूल..."

वह आगे कुछ नहीं कह सका। उसे लगा, वह अचानक सहम गई है, पीछे मुड़ गई है, किताबों की अलमारी के पास जाकर ठिठक गई है।

"मैं नहीं जा सकती," उसने कहा।

"क्यों?"

"वे किसी भी वक़्त आ सकते हैं...मैं हमेशा तैयार रहती हूँ।"

वह समझा नहीं—सिर्फ़ एक अजीब डर का स्वाद मुँह में चला आया। वह बिलकुल चिक के पास खड़ा था, कुछ भी होगा, तो वह फ़ौरन बाहर निकलकर भाग सकता है; लेकिन वह अपनी जगह पर खड़ी रही—न हिली, न डुली; एकाएक उसकी ओर देखती रही।

"वे कौन?" उसने साहस बटोरकर पूछा, "कौन आ सकता है?"

"बाहर के लोग," उसने कहा। "वे कुछ भी कर सकते हैं।"

वह धीमे क़दमों से उसके पास आई, उसके हाथ को अपने हाथ में ले लिया, एक क्षण उसकी आँखों में झाँका, "डैरी ने तुम्हें कुछ नहीं बताया?"

"किसके बारे में?"

"वह बाहर गए थे," उसने कहा। "वह एक दिन अचानक चले गए और हमें कुछ भी पता नहीं चला। तुम कभी गाँवों में घूमे हो, लोगों के बीच?"

"नहीं," उसने सिर हिलाया।

"मैं भी नहीं; वह उनका दुख दूर करने गए थे...तुमने कभी उसे देखा है?"

"किसे?"

"दुख को," एक अजीब-सी उलझन उसके चेहरे पर खिंच आई। "मैंने भी नहीं देखा...लेकिन कभी-कभी तुम्हारी कज़िन यहाँ आती है और मैं छिपकर उसे देखती हूँ। वह यहाँ आकर अकेली बैठ जाती है, पता नहीं क्या सोचती रहती है और तब मुझे लगता है कि शायद यह दुख है," वह धीरे से हँस पड़ी। "इसीलिए मैं कहीं नहीं जाती। यहाँ कोई नहीं आ सकता—न दुख, न डर, न बाहर के लोग।"

वह चुप हो गई। उसे लगा, वह अपने ध्यान में है। उसे भूल-सी गई है, अकेले लोग कभी-कभी अपने से बोलने लगते हैं। उन्हें कुछ भी पता नहीं रहता, सिर्फ़ यह पता रहता है कि वे सुरक्षित हैं। अपनी चीज़ों के बीच बैठे हैं किताबों की अलमारी, टाइपराइटर, खूँटी पर टँगी हुई स्लैक्स; कभी-कभी हवा से बरामदे की चिक उठ जाती, बाहर की पीली, धुँधुआती रोशनी भीतर चली आती, उसके साथ रिहर्सल की आवाज़ें, पेड़ों की सरसराहट, बँगले के सन्नाटे को थपथपाकर वापिस लौट जाती, गुम हो जाती। वह उनके साथ घिसटता जाता, बाहर भी, भीतर भी—एक अनहोने मोह की आँच में तपता हुआ। बाहर का अँधेरा जैसे कहीं लड़की की आदिम निडरता से जुड़ा था और वह उससे बँधा था। वह उसके साथ कहीं भी जा सकता था। वह एक क्षण के लिए भूल गया, यह वही लड़की है, जिसे उसने पागल समझा था—जो पेड़ से कूदी थी, गुलेल से उसके गले को दबाया था, आँखों को भींचा था। पागल? दिल की दो धड़कनों के बीच कौन-सी जगह है, जो गैर-पागल है? वह कुछ भी नहीं सोच रहा था, वह सिर्फ़ उसे देख रहा था, जो उसके सामने बैठी थी—गठा हुआ सहमा, साँवला

चेहरा, भूरी और भूखी आँखें, धूल में सने बाल जो कन्धों के नीचे एक काले झक्कड़-से लेटे थे, गले में लटकती हुई गुलेल और जेब में ठुँसे पत्थर...।

वह मुस्करा रही थी। वह दबे क़दमों से उसके पास चली आई थी और उसे पता भी नहीं चला, कब वह बाहर आकर उसके सामने खड़ी हो गई है। उसकी साँसें उसके चेहरे को छू रही थीं, बल खाती हुई साँस, जिसे छूते ही देह बलने लगती है।

"कुछ देखोगे?"

उसने कुछ इतने चुपके से कहा, मानो यह उसका भ्रम हो। उसने उत्तर की प्रतीक्षा भी न की...वह उसके निकट चली आई, लेकिन रुकी नहीं, सीधे किताबों की अलमारी के सामने ठिठक गई। कुर्सी को शेल्फ़ के सामने खींच लिया, उस पर चढ़ गई, फ्रॉक का निचला सिरा ऊपर खिंच गया, जिसके नीचे जाँघिए की सफ़ेद, उड़ती हुई झलक दिखाई दी। वह पंजों के बल खड़ी हुई किताबों के पीछे कुछ टटोल रही थी। कुछ देर बाद उसका हाथ बाहर आया और उसने देखा कि उसमें चमड़े का लम्बा केस है, लकड़ी का हैंडिल बाहर निकला था। वह कुर्सी से नीचे उतर आई, हैंडिल को फटाक-से पीछे खींचा—और तब उसने देखा—सिरसिराते साँप-सा एक चाकू बाहर निकल आया है।

वह बीच कमरे में खड़ी थी—और वह विस्मृत, मन्त्र-मुग्ध-सा होकर उसे देख रहा था—चेहरे और चाकू के बीच उस मुस्कराहट को, जो एक ठंडी कौंध-सी हवा में ठहरी थी।

"तुम देखना चाहोगे?" उसने उसकी ओर देखा। "डरने की बात नहीं है।"

नहीं, वह डर नहीं रहा था; वह अपनी जगह खड़ा था। उसे लगा, यह एक स्वप्न है, जब भीतर का डर अपनी धुँधली हद को लाँघता हुआ बाहर की चीज़ों को आलोकित करने लगता है—चाकू, लड़की, लॉन

का अँधेरा, उसके परे उनकी आवाज़ें; सहसा उसे लड़की की बात याद हो आई, "क्या यह असली है?"

"हाँ, ज़रूर असली है, जैसे मैं हूँ, इस लड़की के सामने खड़ा हुआ; वह चाकू की धार पर अपनी उँगलियाँ फेर रही है, और यह चाकू भी असली है। मैं जब चाहूँ तो हाथ आगे बढ़ाकर उसे छू सकता हूँ, लेकिन मैं ऐसा करता नहीं। मुझे लगता है, ज़रा-सा भी हिलूँगा, तो सबकुछ टूट जाएगा, तार-तार हो जाएगा।"

वह भी निश्चल खड़ी थी। आँखें उठाईं तो उनमें मुस्कराहट नहीं, एक गहरा-सा सोच भरा था। वह कुछ देर तक उसे देखती रही।

"खूबसूरत है या नहीं?" उसमें कितना व्यंग्य था, वह नहीं समझ सका, फिर भी हल्की-सी उत्सुकता जाग गई...

"कहाँ से मिला तुम्हें?"

"मिला नहीं...मेरे पास था।" उसने कुछ सोचते हुए कहा, "मैं इसे हमेशा अपने पास रखती हूँ।"

"बहुत तेज़ लगता है," उसने कहा।

"काफ़ी तेज़ है...देखोगे?"

उसने चाकू उठाकर उसके गले की ओर इशारा किया। वह एक क़दम पीछे हट गया और वह हँसने लगी।

"वे सब डर जाते हैं," उसने कहा।

"कोई यहाँ आता है?" उसने किंचित् विस्मय से पूछा।

"पहले आते थे।" उसके स्वर में बहुत पुराने दिनों की तलछट उभर आई, वह मेज़ के सामने चौकी पर बैठ गई थी—चाकू मेज़ पर रख दिया... अपनी दोनों कुहनियों के बीच—जहाँ वह एक रोशनी के धब्बे-सा लेटा था।

"कौन आता था?" उसने पूछा।

"तलाशी लेने," उसने कहा। "वे किसी भी समय तुम्हारी तलाशी लेने आ सकते हैं...मालूम है, तुम क्या करोगे?"

वह ध्यान से उसकी ओर देख रही थी, मुँह का कोर ज़रा-सा खुल गया था—इतना कम, कि उसे मुस्कराहट नहीं कहा जा सकता था। इतना ज़्यादा भी नहीं कि लगे, वह हँस रही है। अचानक उसने अपना हाथ आगे बढ़ाया और उसकी हथेलियों को सहलाने लगी।

"तुम बीमार रहते हो, तुम्हें कुछ भी नहीं मालूम।"

उसके स्वर में एक अजीब-सी हमदर्दी थी, जैसे वह कहीं ऊपरी मंज़िल से कुछ देख रही हो और वह नीचे खड़ा हो! वह उसे कुछ बता रही है, जिसे वह नहीं देख पा रहा हो!...

"तुम्हें यहाँ से चले जाना चाहिए।"

उसका स्वर सहसा बहुत धीमा हो गया।

"यहाँ से?"

"दिल्ली से..." उसने कहा। "अगर वे तुमसे पूछ बैठे, तुम यहाँ क्यों हो, तो तुम क्या जवाब दोगे?"

वह हतप्रभ-सा उसे देखने लगा।

"यहाँ बिट्टी का घर है..." उसने कहा।

"बिट्टी कौन?" उसका स्वर एकदम ठंडा और अपरिचित-सा सुनाई दिया। "अगर वे तुम्हें बीच सड़क पर पकड़ लें तो? तुम क्या उन्हें स्टूडियो ले जाओगे, यह बिट्टी है, तुम्हारी कज़िन? यह स्टेज़ पर खड़ी हुई लड़की?" वह हँस पड़ी, "वे तुम्हें पागल समझेंगे!"

उसने सशंकित निगाहों से उसे देखा।

"ऐसा नहीं हो सकता," उसने अचकचाते हुए कहा।

"क्यों नहीं हो सकता? अगर तुम बाहर हो, तो कुछ भी हो सकता है...। वे तुम्हें मार सकते हैं...मारकर कहीं भी फेंक सकते हैं। तुम्हारी लाश पड़ी रहेगी और तुम्हें कोई पहचानेगा भी नहीं कि तुम कौन हो, कहाँ से आए हो, कहाँ रहते थे!"

उसकी आवाज़ धीमी पड़ने लगी, एक फुसफुसाहट में बुझने लगी, लेकिन पूरी तरह नहीं—वह एक लौ की नोक पर मोम की तरह जमा हो गई थी, जिसके इर्द-गिर्द बाहर का अँधेरा, मेज़ पर रखा चाकू, अलमारी की किताबें पीली छायाओं-सी सिकुड़ गई थीं—ख़ामोश नहीं, पर ख़ामोशी की तरफ़ झुकती हुई...

"इसीलिए मैं कहीं नहीं जाती। मैं घर में बैठी रहती हूँ। मैं जागती रहती हूँ। वे किसी भी वक़्त आ सकते हैं। वे आते ही घर का कोना-कोना छान डालेंगे, मेरी तलाशी लेंगे, बार-बार मुझसे पूछेंगे—डैरी कहाँ हैं? डैरी कहाँ हैं? मैं उन्हें हर जगह ले जाऊँगी, कमरों में, बाग़ में, झाड़ियों के पीछे; मैं उनसे कहूँगी, यहाँ कोई नहीं है, सारा घर ख़ाली है, यहाँ मेरे अलावा कोई नहीं रहता..."

"यहाँ सिर्फ़ मैं हूँ।"

उसका हाथ चाकू पर था। छोटी, सँकरी छाती ऊपर-नीचे हिल रही थी, साँसों के साथ-साथ सिहरती हुई; गले में लटका गुलेल का चमड़ा हवा में झूल रहा था।

सहसा उसने चाकू ऊपर उठा लिया, जैसे वह कोई आईना हो! उसके नंगे ब्लेड की छाया उसके चेहरे पर गिर रही थी—वह पास आई, और धीरे से फुसफुसाकर कहा, "तुम देखोगे?"

वह बिफराया-सा उसे देख रहा था।

"तुम जानना चाहते थे, डैरी कहाँ गए थे?...यहाँ से, इधर आओ, बस अब देखो...इस तरह नहीं! इस तरह तुम्हें सिर्फ़ अपनी छाया दिखाई देगी...आगे आओ, देखो,...कितनी धूप है, खेतों के पीछे, इधर, नीचे, धूल के नीचे देखो...वे वहाँ छिपे हैं।"

उसने धक्का देकर उसे अपने पास खींच लिया, अपनी गर्म, झुलसती साँसों के नीचे, जहाँ चाकू की धार एक मन्द, मलिन शीशे की तरह झिलमिला रही थी, जैसे उस पर एक सुर्ख़, डबडबाते सूरज की

छाया हो, ज़मीन पर फैले बेमतलब और बेलौस दुख को घेरती हुई, ख़ुद उसकी आवाज़ से घिरी हुई, जो किसी अँधेरे गड्ढे से बाहर आ रही थी, एक चमकीली-सी फुसफुसाहट, जो चाकू की धार से छिलती हुई उसकी आत्मा को छील जाती थी...

वह उसे हिला रही थी—फिर वह ठहर गई, उसे छोड़ दिया, उसकी आँखें हवा में थिर हो गईं, जैसे अचानक फ़िल्म ख़त्म होने पर आँखें ख़ाली परदे पर ठहरी रहती हैं और हम अँधेरे से उठकर खुली और असली दुनिया में आ जाते हैं।

"तुम डर गए?" वह हँस रही थी—उसके चेहरे को सहला रही थी। "तुम बीमार रहते हो; मैं एक्टिंग करती हूँ...लेकिन यहाँ कोई डर नहीं है; यहाँ सिर्फ़ मैं हूँ; तुम मुझसे डरते हो?"

पता नहीं, क्यों, उसके पीले चेहरे को देखकर उसका गला रुँध-सा आया; एक अजीब-सी जिज्ञासा कलपने लगी।

"क्या यह सच है?" उसने डरते हुए उसकी ओर देखा।

"क्या सच है?" उसने पूछा।

"डैरी यहाँ नहीं रहते?"

"तुम्हारा मतलब है—वे?" उसने बाहर लॉन की ओर इशारा किया जहाँ दिल्ली की शान्त, नीरव रात फैली थी।

"हाँ, यह सच है," उसने धीरे से कहा, जैसे उसे कोई बहुत पुराना गोपनीय रहस्य बता रही हो!

"वह बिहार के गाँव में हैं...वह कभी नहीं लौटेंगे।"

"और यह डैरी?" उसने विस्मय से उसकी ओर देखा। "यह तुम्हारे भाई नहीं हैं?"

वह एकटक देखती रही, फिर उसे अपने पास खींच लिया, उसके होंठों, आँखों, कपोलों को चूमने लगी। "नहीं, यह मेरे भाई नहीं हैं।" उसने चुम्बनों के बीच साँस लेते हुए कहा, "वह तुम्हारी बिट्टी के लवर हैं!"

उसने उसे छोड़ दिया, चिक ऊपर उठाई, और धक्का देकर उसे बाहर अँधेरे में धकेल दिया।

"जाओ, वे तुम्हारा इन्तज़ार कर रहे होंगे!"

कोई नहीं था। कोई इन्तज़ार नहीं कर रहा था। घास के टैरेस पर सफ़ेद हँसिया चाँद उग आया था, जिसकी ओट में ख़ुद पेड़ अपनी छायाओं के साथ बँगले की दीवार से सट गए थे। समूचा लॉन एक पीली रोशनी में डूबा था—जहाँ उसकी हँसी उसके पैरों के पीछे भाग रही थी—एक शिकारी जानवर की तरह उसकी आहट को सूँघती हुई, उसकी धड़कनों को अपने खुरों-तले टापती हुई।

वह ठिठक गया। अपने दोनों हाथों से चेहरे को छुआ—अपने बालों को, होंठों को, होंठों के बीच कटकटाते दाँतों को, जैसे उसके चुम्बनों के टुकड़े अब भी वहाँ चिपके रह गए हों! उसे लगा, जैसे उसकी आवाज़ अब भी उसके साथ-साथ भाग रही है, बुख़ार की बेचैनी में बल खाती हुई—उसे अपने पास बुलाती हुई, रोकती हुई; मनुष्य की आवाज़ नहीं, बल्कि झाड़ियों की धौंकी उसाँस की तरह, जब कोई परिन्दा सहसा अँधेरे में उड़ जाता है।...किन्तु वहाँ कोई नहीं था। कोई उसके पीछे नहीं आया था। बँगला, झाड़ियाँ, पेड़—सब निःस्पन्द खड़े थे। और तब एक घनी, टिपटिपाती टीस उसकी आत्मा को मथने लगी। लड़की का चेहरा बार-बार अँधेरे में चमक आता था—उसकी वीरान अकेली आँखें, धूल में सने बाल, किताबों के बीच डोलता चाकू। मन में इच्छा हुई, वह उसके पास लौट जाए, कुछ कहे—जैसे उसके और लड़की के बीच कोई संवाद हमेशा के लिए अधूरा रह गया है...

फिर ख़याल आया, वह बाहर है; लड़की की दुनिया से बाहर, जहाँ सबकुछ हो सकता है; आकाश के नीचे, पेड़ों के नीचे, जहाँ से समूचा लॉन दिखाई देता था, पीली चाँदनी में एक हथेली-सा खुला हुआ। हवा चलती तो घास और पत्ते सिहरने लगते, जिसके परे पेड़ों का टैरेस एक रेत का ढूह जान पड़ता था, नीरव और स्तब्ध।

हल्की-सी खड़खड़ाहट हुई और वह चौंक गया। कोई चल रहा था। नीचे क्यारियों में पड़े पत्ते एकाएक चरमरा उठे। फेंस की झाड़ियों पर एक छाया सरकती दिखाई दी। वह अपने से कुछ कह रही थी, अँधेरे में शब्द खुलते थे और मुँद जाते थे। वह फाड़ती आँखों से देखने लगा। समझ में नहीं आया, लॉन के इस उजाड़ कोने में इरा कहाँ जा रही है?

वह ठहर गई थी। फेंस के अन्तिम छोर पर, जहाँ बँगले की लाइट में उसका सिर दिखाई देता था, जूड़े के बाल छितरकर कानों के पास झूल रहे थे, माथा चमक रहा था और चेहरे पर एक पीली-सी शान्ति थी—एक तन्मय-सी तल्लीनता, जो किसी अदृश्य आवाज़ को सुनने में उघड़ आई थी।

"Will you let me go?"

किससे पूछ रही है—कौन है वहाँ? क्या यह उसका पार्ट है, रिहर्सल का एक टुकड़ा? या शायद वह कुछ देर के लिए ख़ाली है—नाटक के बीच एक ख़ाली अन्तराल—जिसे लाँघकर वह यहाँ चली आई थी, लॉन के एक कोने में, रिहर्सल की आवाज़ों से दूर, जहाँ उसे कोई नहीं देख सकता था?

वह आगे बढ़ गई, पेड़ों के पीछे छिप गई, रात की हज़ार छायाओं में एक, उस टीले की ओर चढ़ती हुई, जहाँ उठा हुआ घास का मंच था—चाँदनी में झिलमिलाता हुआ, डैरी का स्टेज, जिस पर वे स्ट्रिनबर्ग का नाटक कर रहे थे।

यह असली नहीं है। पागल, देखा नहीं, यह इरा थी, और कौन हो सकता है? वह अपने से बोल रही थी—अपने से? वह शायद असली है, अकेले में बोलना, अपने से बोलना—तुम कुछ भी कह सकते हो। कितने सुननेवाले हैं? पेड़, घास, झाड़ियाँ; वे बाहर हैं, लेकिन बाहर की दुनिया में वे उतने ही अकेले हैं, जितने घर के भीतर लोग। वे सबकुछ सुनते हैं।

"बिट्टी!"

वह चुपके-से पीछे आई थी। वह छाया नहीं थी। वह असली थी। उसके हाथ...उसके कपड़ों की गन्ध; वह उसे पकड़े थी।

"तुम कहाँ थे? मैं तुम्हें हर जगह ढूँढ़ रही थी!"

वह कुछ नहीं बोला; सिर्फ़ उसके हाथ को पकड़े रहा; उसे ख़ुशी थी, वह अँधेरे में उसके चेहरे को नहीं देख सकती।

"देखो, मैं तुम्हारे लिए क्या लाई हूँ!"

खुले लिफ़ाफ़े में सैंडविचेज़ रखी थीं—खीरा और टमाटर और चीज़ में लिपटी हुई।

"घर कब चलोगी?" उसने कहा।

"बस, आधा घंटा और है...तुम ऊब तो नहीं गए?"

वह उसे बताना चाहता था, जो कुछ उसने देखा था; फिर सहसा उसे लगा, यह धोखा होगा; उसे झुठलाना होगा, जो कुछ देर पहले उसने भोगा था। लोग कैसे बीती हुई घटना को सामने रख देते हैं, देखो, मेरे साथ यह घटा था।

"तुम यहाँ हो!" डैरी भागते हुए आए थे, हाँफ रहे थे, "वहाँ सब तुम्हारा इन्तज़ार कर रहे हैं।"

उन्होंने बिट्टी को देखा और बिट्टी ने उनका हाथ पकड़कर अपनी ओर घसीट लिया, "देखो, यहाँ कौन खड़ा है?"

डैरी ने मुँह मोड़ा, जहाँ वह था। वह उसे देखकर कुछ इतना ख़ुश हो गए कि उसके पास आकर उसका सिर अपने पास खींच लिया।

उनकी पेटी का चमड़ा उसके गालों पर गड़ने लगा, सिगरेट और पसीना और मेहनत की गन्ध, यह सब डैरी थे और सामने बिट्टी खड़ी थी, हमें देख रही थी और तब मुझे लगा, यह शायद सुख है—डैरी से सटकर बिट्टी को देखना—यहाँ कोई खेत नहीं, न चिलचिलाती धूप, न चीलें, न चाकू, न अपने से बोले हुए अकेले, अनाथ शब्द...

यह सुख है। सुख में कोई नहीं देखता, तुम रो रहे हो।

"चलना चाहिए," डैरी ने उसे धीरे से अलग कर दिया और तब उसे लगा, सुख कितना छोटा होता है। आता भी नहीं, कि चला जाता है।

"हम अभी आते हैं...सिर्फ़ लास्ट ऐक्ट बाक़ी है," बिट्टी ने कहा।

उसके हाथ में सैंडविचेज़ का लिफ़ाफ़ा था; वह उन्हें जाता हुआ देख रहा था। वे एक क्षण खड़े हो जाते हैं—फेंस के पास—एक-दूसरे पर झुके हुए, कुछ कह रहे हैं, जिसे वह नहीं सुन सकता।

"तुम्हें नहीं मालूम, वे कौन हैं?" कोई झाड़ी से फुसफुसाया है।

"वे प्यार करते हैं; वे पागल हैं; दे आर रुइनिंग देयर लाइव्स!"

रुइनिंग—नष्ट हो जाना, बरबाद हो जाना, ख़त्म हो जाना।

6

"उठो," उसने उसका कन्धा हिलाया, "मुन्नू, ज़रा उठके बैठो, देखो, कौन आया है।"

वह रिहर्सल से बहुत देर रात लौटती थी। वह अकसर सो जाता था। किन्तु उस रात उसने उसे झिंझोड़कर जगाया, तो एक क्षण के लिए उसे पता नहीं चला, वह दिल्ली में है या इलाहाबाद में? दिन है या रात? आधी रात की घुप्प नींद में बिट्टी का चेहरा तैरता-सा दिखाई दिया। कौन? कौन आया है?

वह झपाट-से उठ बैठा। बत्ती जली थी और बिट्टी का बिस्तर ख़ाली पड़ा था।

इरा मूढ़े पर बैठी थी—उसकी ओर देख रही थी।

"हमने तुम्हें जगा दिया," उसने धीरे से कहा।

"मैं सो नहीं रहा था," उसने झूठ बोला। "तुम कब आईं?"

"काफ़ी देर पहले। हम छत पर बैठे थे।" वह थकी-सी दिखाई देती थी। उसने बिट्टी के बिस्तर पर पाँव पसार लिये थे। और पैंट घुटनों तक खिंच आई थी, पैरों में धूल से सनी चप्पलें लटक रही थीं। पास में एक लाल रंग का थैला था, जिसमें एक छोटी-सी छतरी की मूँठ बाहर झाँक रही थी।

"तुमने खाना खा लिया?" किचन से बिट्टी की आवाज़ सुनाई दी।

उसे उठने का बहाना मिल गया—लेकिन देह से चादर उठाते हुए सहसा उसके हाथ ठिठक गए—उसने सिर्फ़ एक जाँघिया पहन रखा था।

"क्या अब भी बुख़ार आता है?" इरा ने पूछा। उसके स्वर में हल्का-सा लगाव था, ज़्यादा नहीं, सिर्फ़ इतना, जिसमें लापरवाही के साथ छोटी-सी चिन्ता दबी रहती है।

"मैं अब ठीक हूँ।" उसने चादर के भीतर अपने पैर समेट लिये। फिर किचन की तरफ़ मुँह मोड़कर ऊँची आवाज़ में कहा, "मैंने सूप बना लिया था।"

बिट्टी गैस जलाने के लिए माचिस ढूँढ़ती हुई भीतर आई—उसने मुँह धो लिया था। बालों की चोटी आधी खुलकर कन्धे पर लटक आई थी। जब इरा ने थैले से माचिस निकालकर उसे दी तो हल्के स्वर में पूछा, "सिगरेट तो नहीं है?"

"तकिये के नीचे होगी—तुम नहाओगी?"

"अभी नहीं।" फिर सिगरेट जलाकर उसकी ओर देखा, "जब सोना चाहो, तो कह देना। मैं बत्ती बुझा दूँगी।"

वह बहुत दिनों बाद घर आई थी। जब कभी आती, रात को बिट्टी के साथ ही सोती थी। ऐसी रातों में वह अपना बिस्तर किचन में ले जाता था। हमेशा नहीं। किसी दिन रिहर्सल देर शाम तक चलता रहता, आधी रात उसकी आँख खुलती तो देखता, वे बाहर छत पर लेटी हैं। सुबह उठकर वह अचानक बहुत ख़ुश होता था। सोचता था, कि अब वह इरा

से बातें कर सकेगा। बाहर आता तो सिर्फ़ बिट्टी सोती हुई दिखाई देती। दूसरा बिस्तर ख़ाली पड़ा रहता—और तब वह जान लेता कि सुबह होते ही वह अपने हॉस्टल चली गई है।

"खिड़की खोल दूँ—या तुम्हें सर्दी लगेगी?" इरा ने कहा।

"ठहरो, मैं खोल देता हूँ।" वह उठ खड़ा हुआ। इस बार उसे अपने जाँघिए का ख़याल ही नहीं रहा। ऊपर एक बनियान पहन रखी थी। बुख़ार ने उसे बहुत दुबला छोड़ दिया था—लेकिन यही कारण था, कि वह अपनी उम्र से कुछ ज़्यादा ही लम्बा दिखाई दे रहा था; और चेहरे पर एक पीली-सी छाया थी, जिसे बीमारी कुछ लोगों पर हमेशा के लिए छोड़ जाती है।

इरा चुपचाप सिगरेट पीते हुए उसे देख रही थी।

"तुम स्टूडियो नहीं आए?"

वह आकर अपने बिस्तर पर बैठ गया।

"मैं आज आया था," वह धीरे से मुस्कराया। "रिहर्सल चल रहा था।"

"सच?" इरा ने आश्चर्य से उसकी ओर देखा।

वह हमेशा उसे आश्चर्य में डालना चाहता था, तब उसके होंठ खुल जाते थे, आँखें फैल जाती थीं और वह एकदम छोटी लड़की-सी दिखाई देती थी।

"सच—मैं आया था।"

"अच्छा, बताओ, क्या देखा था?" उसने आगे झुककर पूछा।

"बारिश हो रही थी," उसने कहा। "बिट्टी कहीं बाहर से भीगती आई थी..."

वह धीरे से हँसने लगी, "और मैं?"

"तुम?" क्या वह कह दे, उसने उसे अँधेरे में देखा था, अपने से बोलते हुए, पेड़ों के नीचे—लेकिन फिर उसे अपने पर ही सन्देह होने

लगा—वह शायद सच नहीं था—वह चाँदनी में भीगा लॉन, अँधेरे में चमकता हुआ चाकू—नहीं, वह कोई सपना था। पैन्थर की पदचाप की तरह, जो सिर्फ़ अकेले में सुनाई देती है...

बिट्टी किचन से आई; हाथ में दो प्लेटें थीं, माथे पर पसीने की बूँदें चमचमा रही थीं।

दोनों नीचे फ़र्श पर बैठ गईं। दरवाज़ा खुला था। बाहर अँधेरे में मक़बरे से उड़ता हुआ कोई चिमगादड़ दीवार से टकराता था—एक अजीब-सी सिरसिराहट होती थी, फिर सबकुछ सन्नाटे में लीन हो जाता था।

"तुम अब भी सोच रही हो?" बिट्टी ने एक क्षण इरा को देखा; उसके हाथ प्लेट पर पड़े थे और वह खाना भूलकर ख़ाली आँखों से हवा में ताक रही थी। उसने जल्दी-से सिर हिलाया और फिर खाने लगी...

"तुम बेकार में घबराती हो..." बिट्टी का स्वर बहुत कोमल-सा हो आया। "लन्दन कोई पास नहीं है—देखना, कल ज़रूर कोई चिट्ठी आएगी।"

इरा की आँखें प्लेट पर जमी थीं, भारी और थकान में लदी।

"मैंने नित्ती से तार भेजने के लिए कहा है..."

"नित्ती भाई से?" बिट्टी की आँखें ऊपर उठीं, "वह हॉस्टल आए थे?"

"जब मैं स्टूडियो से लौटी, वह दफ़्तर में बैठे थे।"

"तुमने उनसे कुछ कहा था?" बिट्टी ने कुछ अजीब निगाहों से इरा को देखा।

"किसके बारे में?"

इरा के हाथ प्लेट पर रुक गए।

"लन्दन लौटने के बारे में?"

इरा की आँखें प्लेट पर जमी थीं। कुछ देर तक बिट्टी उसे देखती रही, एक निरर्थक-सी हताशा में, फिर बहुत धीमे स्वर में कहा, "इरा, यह ठीक नहीं है।"

"मुझे मालूम है..." इरा ने कहा।

इस बार बिट्टी का स्वर कुछ तीखा हो आया, "मालूम है, तो तुम्हें उन्हें धोखे में नहीं रखना चाहिए।"

"धोखे में?" इरा का स्वर सहसा तन गया। "कोई धोखे में नहीं है...मैं कुछ करूँगी, तो उनसे पूछकर नहीं करूँगी।"

वह ख़ुद चौंक गई, जैसे हम ग़ुस्से और निराशा में कोई सच्ची बात कह डालते हैं और फिर हैरानी होती है, वह सच कितना कमीना और ओछा है! उसने बेबसी में बिट्टी को देखा फिर उठ खड़ी हुई।

"कहाँ जा रही हो?"

"मैं खा चुकी।"

वह उठ खड़ी हुई और बिना कुछ कहे किचन में चली गई।

नल का पानी, बाहर छत की नाली में बह रहा था। पौधे नहा रहे थे। मिसेज़ पन्त चाँदनी रात में अपनी बेंच पर बैठी ट्रांज़िस्टर सुन रही थीं। कुत्ते चुप थे, अपनी मालकिन के प्रति बेख़बर गहरी नींद में सो रहे थे।

इरा नहाकर आई, तो चेहरा उज्ज्वल था। आँखें चमक रही थीं। उसने बालों को खुला छोड़ दिया था और वे उसके गालों को छूते हुए कन्धों पर झूल रहे थे।

"बिट्टी, आज रात छत पर सोएँ तो कैसा रहे?" उसने कहा। "आज सर्दी भी नहीं है।"

बिट्टी जूठी प्लेटों को लेकर उठ खड़ी हुई।

"मैं बिस्तर बिछा देती हूँ।" उसने उसकी ओर देखा, "तुम्हें ठंड तो नहीं लगेगी?"

उसकी आँखें उस पर टिक गईं।

"मैं अपनी रज़ाई ले लूँगा।" छत पर सोने का मोह, आनेवाले बुख़ार की आशंका से कहीं बड़ा था।

वे तीनों उस रात छत पर ही सोए थे। पास-पास दरियाँ बिछा ली थीं। वह भीतर से कुशन और चादरें ले आया था। वह उन गर्मियों में पहली बार छत पर सो रहा था—दिल्ली के आकाश-तले, तारों का आलोक पीली रेत-सा हर मकान की छत पर बराबर-बराबर से झर रहा था।

देर तक नींद नहीं आई। हवा ठहरी थी। पेड़ों की फुनगियाँ ख़ुद अपनी छाया-सी दिखाई देती थीं। सिर्फ़ मक़बरे के गुम्बद पर कोई चिमगादड़ सन्नाटे को झिंझोड़ देता और तब अचानक पास सरकती हुई नींद चिहुँककर पीछे हट जाती, अपनी चोंच से अधकचरे सपनों को कुतरते हुए चारों ओर बिखेर देती—और वह चौंक जाता। अपने पास के बिस्तर को देखने लगता, कोई नहीं, कुछ नहीं—और वह फिर आँखें मूँद लेता।

उसे लगा, कोई छाया उठी है, छत की मुंडेर के सामने गई है, सुराही से गिलास में पानी उँड़ेला है, वापिस लौटी तो इरा का चेहरा दिखाई दिया, चेहरा भी नहीं, सिर्फ़ एक पीला-सा आभास, वह पानी पीकर लौटी, तो लेटने के बजाय बिट्टी के बिस्तर की तरफ़ मुँह मोड़कर बैठ गई।

"सो रही हो?"

"नहीं," बिट्टी का धीमा स्वर सुनाई दिया।

"तुमने बुरा तो नहीं मान लिया? मैं आजकल पागल-सी रहती हूँ।"

"सुनो, कुछ दिनों के लिए यहाँ क्यों नहीं आ जातीं?" बिट्टी ने कहा। "हॉस्टल में तुम्हारा मन भटकता रहता है।"

"उससे कुछ होगा नहीं। यहाँ तुम्हें परेशान करूँगी। हॉस्टल तभी छूटेगा, जब दिल्ली छोड़ूँगी।"

बिट्टी तकिये पर कुहनी उठाकर बैठ गई, "पता नहीं, तुम बार-बार लन्दन लौटने के बारे में क्यों सोचती हो?"

इरा अँधेरे में चुप बैठी रही।

"मैं यहाँ क्या करूँगी?"

"तुम जब हिन्दुस्तान आई थीं, तो कितना कुछ करना चाहती थीं!" बिट्टी ने कहा।

"हिन्दुस्तान में?" कुछ देर तक इरा का स्वर अँधेरे में टँगा रहा, "बिट्टी, मैं सच कहूँ, तो इस देश के बारे में मैं कुछ नहीं जानती। मुझे हमेशा डर-सा लगता रहता है।"

"डर?" बिट्टी ने कहा, "कैसा डर?"

"लोगों से। अपने से। अगर डैरी न होते तो मैं थिएटर भी न कर पाती।"

"डैरी?"

"हाँ, सच! उनके सामने मुझे अपनी तकलीफ़ें बहुत छोटी जान पड़ती हैं...उन्होंने बहुत कुछ भोगा है, जिनका हमें पता नहीं है।"

"मुझे मालूम है।"

इरा ने सिर उठाया, "बिट्टी, क्या बात है?"

"कुछ नहीं..." बिट्टी ने कहा। "उन्हें भी तुम पर बड़ा गर्व है।"

"कैसा गर्व?"

"इंग्लैंड में अपना घरबार छोड़कर यहाँ आना...ऐसा कितने लोग करते हैं?"

"तभी वापिस जाने को कहती हूँ," वह धीरे से हँसी। "बिट्टी, मुझे तुम पर बहुत हैरानी होती है; पता नहीं, तुम कैसे इतनी अकेले रह लेती हो, संन्यासियों की तरह!"

"अच्छा!" बिट्टी की हल्की हँसी अँधेरे में चमकने लगी। "एक बरसाती, किचन, रिकॉर्ड-प्लेयर—इतना सुख-आराम। संन्यासिनें इस तरह रहती हैं?"

"यह नहीं," इरा ने धीरे से कहा। "तुम अकेले रह सकती हो।"

"क्या तुम नहीं रहतीं?"

"अगर मैं रह सकती तो उनके पीछे हिन्दुस्तान नहीं आती?"

किसके पीछे? अचानक उसे नित्ती भाई का चेहरा याद हो आया। उनका कमरा, बाथरूम में लटकते इरा के कपड़े, वह सिहरने लगा। कुछ देर तक वे तीनों गुमसुम अपने में लिपटे लेटे रहे। कुछ देर बाद इरा की आवाज़ सुनाई दी :

"तुमने कभी उनकी पत्नी को देखा है?"

"नहीं।" बिट्टी कुछ चौंक-सी गई।

"तुमने देखा है?"

"सिर्फ़ एक बार।"

"एक बार," उसने धीरे से कहा, "मैं कनॉट प्लेस में सुपर बाज़ार गई थी। वह वहाँ कैश-बॉक्स के आगे क्यू में खड़ी थी। मैं भी उसके पीछे जाकर खड़ी हो गई। मुझे बहुत अजीब-सा लगा कि मैं उसके बारे में सबकुछ जानती हूँ जब कि वह मेरे बारे में कुछ भी नहीं जानती। जब वह दुकान से बाहर निकली तो मैं भागकर उसे रोकना चाहती थी..."

उसने मुँह मोड़ लिया, जैसे साँस लेना दूभर हो, "मैं उससे माफ़ी माँगना चाहती थी..."

"इरा, इरा..." बिट्टी उसके कन्धे को हिला रही थी। उसका मुँह तकिये में छुपा था, अँधेरे में हम दुख को सुन सकते हैं, हालाँकि दिखाई कुछ भी नहीं देता—न दुख, न आँसू, न अपने किये का पछतावा। सिर्फ़ तकिया हिलता है और देह सुन्न पड़ी रहती है। न मदद, न ममता, न पुराने दिनों की दोस्ती—कोई कुंजी काम नहीं करती।

फिर भी तुम छूते हो। ताला हिलता है। दरवाज़ा बन्द रहता है। वह खटखटाना चाहता था। खोलना चाहता था। लेकिन वह निश्चल लेटा रहा।

मार्च की रात, सेमल की गन्ध, छतों पर पड़ता तारों का आलोक...क्या खोलोगे? याद है, जब बिट्टी टॉल्स्टाय मार्ग पर खड़ी थी। रोड-साइन पर उसका सिर टिका था। तुम उसे हिला रहे थे—लेकिन उस दिन भी तुम बाहर थे, कुछ भी नहीं कर सकते थे। दिल्ली आने से पहले बाबू ने उससे कहा था, "देखो, तुम बिट्टी के घर जा रहे हो, वहाँ सबसे अलग रहना। बिट्टी की अपनी ज़िन्दगी है, अपने दोस्त—वहाँ ऐसे रहना, जैसे तुम हो ही नहीं।"

होकर भी न होना, यह आसान नहीं था; बिट्टी से बच भी जाओ, उसकी दुनिया चारों तरफ़ फैली थी।

'जब तुम बड़े हो जाओगे, तो दुनिया को पहचानोगे,' यह माँ कहा करती थीं, जब वह जीवित थीं। अब वह जीवित नहीं हैं, और मैं दुनिया में हूँ। मैं उसे पहचानने लगा हूँ, मैं सबकुछ डायरी में लिखता हूँ। उसमें लिखते हुए मुझे उम्मीद रहती है, कि मैं इस दुनिया की रिपोर्ट उन्हें दूसरी दुनिया में दे रहा हूँ।

मुझे लगता है, मैं उनसे बातें कर रहा हूँ। उस रात उसने पहली बार अपनी डायरी को सूटकेस से बाहर निकाला था। इलाहाबाद से चलते हुए उसने दो चीज़ें बड़ी सतर्कता से अपने पास रखी थीं, मिशनरी साहब के संस्मरण और एक लम्बी नोटबुक, जिसे माँ ने उसे बारहवीं वर्षगाँठ पर दी थी। पहले पन्ने पर लिखा था :

Write what you see, but what you see may not be right.

यह शायद उन्होंने हँसी में लिखा था, क्योंकि देखना ग़लत कैसे हो सकता है? तुम देखे को न समझो, यह बात दूसरी है, लेकिन एक बार देख लेने पर दुनिया एक कीड़े की तरह सुई की नोक पर बिंध जाती है, तिलमिलाती है, लेकिन कोई उसे छुड़ा नहीं सकता। देखना तभी ख़त्म होता है, जब मरना होता है, और मरने पर भी आँखें खुली

रहती हैं—जैसे माँ की आँखें थीं—काँच के दो कंचे—जिन पर दुनिया एक पथराई छाया की तरह चिपकी रहती है...

किन्तु वह वही लिखता है, जो देखता है और देखते हुए उसका 'वह' धीरे-धीरे उसके 'मैं' में बदलने लगता है। डायरी का पन्ना जैसे बद्रीनाथ की यात्रा हो, एक दुर्गम चढ़ाई, जिसमें हर पत्थर, हर मोड़, हर बाधा इस 'मैं' का गवाह हो जाता है। मत सोचो, अब तुम वह हो, जो छत के नीचे सोते थे, छिपकर ड्रामा देखते थे, बिट्टी के साथ शहर में भटकते थे। अब तुम काग़ज़ पर बैठे एक अक्षर हो—अलग और अकेले, अँधेरे कोने में एक चूहे की तरह समय को कुतरते हुए, हर कतरन एक शाम है, एक घड़ी, हल्के बुख़ार में जड़ी हुई एक स्टिल लाइफ—बिलकुल स्टिल नहीं, स्मृति की साँस उसके ठहरे पानी पर बह जाती है और वह हिलने लगती है।

लोग मिलते हैं, बातें करते हैं, फिर कमरे से बाहर उठकर चले जाते हैं। रात को सोने से पहले हम भूल जाते हैं, कौन आया था, कौन चला गया। उनसे क्या बातें हुई थीं, कुछ याद नहीं रहता। कुछ याद रह जाता है, जिसे मैं डायरी में बन्द कर लेता हूँ। फिर मैं अपने लिखे को भी भूल जाता हूँ और वे घटनाएँ जो एक शाम हुई थीं, कॉपी के ज़र्द पन्नों के बीच दबी रहती हैं।

वह शाम मुझे अब भी याद है जब हम इरा के हॉस्टल गए थे—बिना किसी तैयारी के, ऐसे ही। हमने सोचा था, उसे बस में बिठाकर घर लौट जाएँगे। किन्तु ऐसा नहीं हो सकता। बस के आते ही इरा ने बिट्टी का हाथ पकड़ लिया, "क्या कुछ देर के लिए मेरे हॉस्टल नहीं आ सकतीं?" उसके स्वर में कुछ ऐसी ज़बरदस्ती थी, कि बिट्टी बिना कुछ कहे बस में चढ़ गई—और मैं पीछे-पीछे।

मैं बहुत ख़ुश था। मैं पहली बार इरा के हॉस्टल जा रहा था। बस की खिड़की से इंडिया गेट के लॉन देख रहा था—दिल्ली की मुलायम धूप में नहाते हुए। मार्च की सफ़ेद हवा पेड़ों के झुरमुट, सरकारी बँगले—मैं उन्हें देखता हुआ अपने बुख़ार को भी भूल गया—या शायद बुख़ार एक तपता आईना था, जिसके भीतर समूचा शहर एक धब्बे-सा चमक रहा था।

हम मंडी हाउस पर उतर गए। पीछे एक सँकरी लेन थी, पेड़ों की लम्बी क़तारों के बीच, जहाँ सफ़ेद क्वार्टर एक-दूसरे से सटे खड़े थे। दो तरफ़ गहरी खाइयाँ थीं, जिनके भीतर पुराने पत्ते सड़ रहे थे। आख़िरी सिरे पर ईंटों की एक इमारत दिखाई दी—पेड़ों की फुनगियों के बीच छिपी हुई—जैसे अँगरेज़ी ज़माने में कॉन्वेंट स्कूलों या मिशनरी अस्पतालों की इमारतें होती थीं। मैं आगे बढ़नेवाला था कि ठिठक गया। इरा ने फाटक खोला था, वह और बिट्टी भीतर जा रही थीं। और तब मुझे आश्चर्य हुआ, वह न अस्पताल था, न स्कूल—मैं इरा के हॉस्टल के सामने खड़ा था।

गेट की दीवार के पास झाड़ियाँ थीं—बीच में लम्बे पेड़ थे, जिनकी शाखाएँ हॉस्टल की छत को छू रही थीं। शाम की धूप में सबकुछ एक ठंडी निश्चल रोशनी में चमक रहा था।

तीन सीढ़ियाँ चढ़कर हम बरामदे में आ गए। सामने रिसेप्शन की एक खिड़की थी। काउंटर पर एक रजिस्टर रखा था—पीछे एक महिला

बैठी थी, जिसका सिर्फ़ सिर दिखाई देता था। अगर मैं पंजों पर खड़ा होकर देखता, तो शायद उसका चेहरा भी दिख जाता—किन्तु मैं कुछ कर पाता, इससे पहले ही इरा खिड़की के आगे खड़ी हो गई, बिट्टी को कमरे की चाभी देते हुए कहा, "तुम चलो, मैं आती हूँ।"

मुझे कुछ नहीं मालूम था, कहाँ जाना है। मैं बिट्टी के पीछे रास्ता टटोल रहा था। देख रहा था, कैसे लम्बे गलियारे में हर कमरे के दरवाज़े पर चिकें लटकी हैं।

पीली दीवारें और काली लकड़ी की छत, कोनों में लटकते मकड़ी के जाले। कभी-कभी किसी दरवाज़े के पीछे हँसी का ठहाका सुनाई दे जाता, कुछ दूर हमारा पीछा करता, फिर हम दुबारा अपने सुन्न-सूने गलियारे में चलने लगते।

अचानक एक कमरे के आगे बिट्टी ठिठक गई। दरवाज़े में चाभी घुमाई तो वह घूमती गई—वह बन्द नहीं था और बिट्टी के हाथ एक क्षण के लिए हैंडिल पर जमे रहे। फिर हल्के-से धक्का दिया, और दरवाज़ा खुल गया।

भीतर बत्ती जली थी। बिट्टी ने पीछे देखकर उसे बुलाया और जब वह भीतर आया, तो देखा, नित्ती भाई भीतर हैं। उन्होंने पीछे मुड़कर देखा और बिट्टी देहरी पर खड़ी हो गई। वह कुछ देर चुपचाप दरवाज़े की ओर देखते रहे, फिर अचानक बिट्टी के पास चले आए, "इरा कहाँ है?"

"रिसेप्शन में—अभी आती है।"

वह कुछ ढीले पड़े, चेहरे पर एक मन्द-सी मुस्कराहट आई, जैसे बोझ का एक पत्थर गिर गया हो; मेरी ओर देखा, लेकिन पास नहीं आए, न ही डैरी की तरह मेरे सिर के बालों को झिंझोड़ा—सिर्फ़ नीरव आँखों से मुझे देखते रहे, मानो याद कर रहे हों—मैं कौन हूँ, मुझे पहले कहाँ देखा है!

वह काले रंग का पुलोवर पहने थे। एक दिन की दाढ़ी में नीला और सफ़ेद रंग घुल-मिल गया था। माथा बहुत पीछे तक बालों को धकेलता चला गया था—एक पीली उठान—जिस पर रेखाएँ पहिए के निशानों-सी अंकित हो गई थीं।

"तुम कब से यहाँ हो?" बिट्टी ने दुविधा में उनकी ओर देखा।

"दुपहर से..." उन्होंने कहा, "मैंने सोचा था, वह कोई नोट या चिट छोड़ जाएगी। यहाँ कुछ भी नहीं था। रिसेप्शन में पूछा तो पता चला, वह कल दुपहर से बाहर है।"

"वह मेरे पास सोई थी," बिट्टी ने कहा।

"मुझे फ़ोन तो कर सकती थी।"

बिट्टी एक क्षण चुप रही, फिर धीरे से कहा, "फ़ोन किया था।"

"कब? मैं कल सारे दिन घर में था।"

"कल दुपहर—रिहर्सल के बाद। तुम्हारी पत्नी ने रिसीवर उठाया था।"

बिट्टी के स्वर में कोई घबराहट नहीं थी—मानो अपनी सहजता से नित्ती भाई को दिलासा दे रही हो। वह चुप थे—इतने लम्बे आदमी—बीच कमरे में खड़े हुए—"मैं अभी आती हूँ।" बिट्टी ने कुछ खीजकर मेरी तरफ़ देखा, "खड़े क्यों हो? बैठ क्यों नहीं जाते?" उसने बाथरूम का दरवाज़ा खोला और भीतर चली गई।

मैं सचमुच खड़ा था, इरा के कमरे में, नित्ती भाई के साथ—बिना यह जाने—कि मैं वहाँ क्या कर रहा हूँ। बिस्तर के सिरहाने तिपाई पर टेबल-लैम्प जल रहा था—जिसे वह शायद बुझाना भूल गई थी। रोशनी सीधे किताबों की शेल्फ़ पर गिर रही थी।

मैं चौंक गया। गलियारे में पैरों की आहट सुनाई दी, दरवाज़ा खोलकर इरा भीतर आई, पहले मुझे देखा, फिर हठात् आँखें नित्ती भाई की ओर मुड़ गईं, जो कोने में खिड़की के पास खड़े थे, और मुझे लगा—जैसे

उसकी आँखें कुछ चौड़ी हो गई हैं। मुस्कराहट अब भी थी, लेकिन वहाँ अब उसके चेहरे पर एक निर्जीव झाँईं-सी उघड़ आई थी—पता नहीं वह क्या भाव था, जो मैं आज भी नहीं भूल सका हूँ—भय नहीं, लेकिन भयभीत; ख़ुशी नहीं, लेकिन भयभीत-सी ख़ुशी, एक उज्ज्वल-सा विस्मय, जिसके हाशिए पर स्याही पुती रहती है।

"कब आए?"

वह उनके पास आई और नित्ती भाई अपनी जगह खड़े रहे। दोनों एक-दूसरे को देख रहे थे और उस 'देखने' में ऐसी रूखी बेचैनी थी, जो तीसरे आदमी को भी भेद जाती है।

"शाम को क्या करते रहे?"

"घर में था..." वह क्षण-भर ठिठके, फिर धीमे-से कहा, "मुझे पता नहीं चला, तुमने फ़ोन किया था।"

"ऐसे ही।"

"मैं घर में ही था।"

"मुझे मालूम है।"

मुझे लगा, वे नींद में बोल रहे हैं, एक-दूसरे के पास पहुँच रहे हैं। अँधेरे गढ़हों को लाँघते हुए, जो बीच में खुल जाते हैं, अगर दो दिन भी तुम एक-दूसरे के साथ न रहो। ऐसा हमेशा नहीं होता। सिर्फ़ कुछ रिश्तों में होता है। कुछ रिश्ते रेगिस्तान-से होते हैं—जिन्हें हर रोज़ लाँघना पड़ता है।

बाथरूम का दरवाज़ा खुला, तो बहते पानी की गड़गड़ाहट सुनाई दी। बिट्टी बाहर आई, तो मुँह भीगा था, तौलिए से चेहरा पोंछते हुए उसने उन तीनों को देखा...

"इतने चुप बैठे हो कि मुझे लगा, कमरे में कोई नहीं है।" वह हँस रही थी—अचानक सब ढीले पड़ गए। मैंने धीरज की साँस ली। घड़ी की टिक-टिक सुनाई दी और मुझे लगा, जैसे वहीं अटका हुआ समय फिर अपनी लीक पर बहने लगा हो।

"खाने में देर है—कुछ पियोगी?" इरा ने पूछा।

"कुछ है?" बिट्टी ने झूठी उत्सुकता में पूछा।

"थोड़ी-सी रम है—बहुत दिनों से पड़ी है।"

"मुझे मालूम था, तुम्हारे पास ज़रूर कुछ होगा," उसने कहा।

"मैंने तुमसे सीखा है—लन्दन में मैं बियर का एक गिलास भी नहीं पी सकती थी।"

वह किताबों की शेल्फ़ के पास गई, जैसे वहाँ कोई छिपा ख़ज़ाना हो! हर कमरे में कितने भेद-भरे कोने होते हैं, वही किताबें होती हैं, जो हर घर में होती हैं। कहीं से चाकू बाहर निकल आता है, कहीं हाथ छुआते ही एक दूसरा घर खुल जाता है, एक बोतल, गिलास, पानी का जग—घर के भीतर एक दूसरा घर, एक रोशनी, एक दरवाज़ा...वह उन तीनों को देख रहा है।

वे बातें कर रहे हैं। वे पी रहे हैं। बीच-बीच में वे हँसने लगते हैं...इरा ने खिड़की खोल दी है; बाहर हॉस्टल का बाग़ दिखाई देता है, बेंचों पर लड़कियाँ बैठी हैं, उनके परे पेड़ों के झुरमुट; मैं सोचता हूँ, वह एक सुखी शाम है—सुख, जो अचानक चला आता है, बातों के बीच, बोतल उठाने और गिलास रखने के बीच, हँसी के टुकड़ों पर, जब बिट्टी के दोस्त सचमुच एक-दूसरे को विश्वास की निगाहों से देख रहे थे। वहाँ कोई सन्देह नहीं, न ख़तरा, न आनेवाले दिनों का भय—और तब सहसा अपने पुराने दिनों की डायरी पढ़ते हुए मुझे लगता है, उन दिनों मैं कितना बेवक़ूफ़ था! सच कहूँ तो मेरी बेवक़ूफ़ी की हद नहीं थी। जब दूसरे लोग एक भयानक जोखिम में फँसे होते हैं, मैं बेख़बर रहता हूँ। मैं सोचता हूँ, वे पी रहे हैं और बोल रहे हैं। एक कमरे में साथ बैठे हैं, तो सबकुछ ठीक है, जैसे अस्पताल के कमरे में माँ चुपचाप लेटी रहती थीं और मुझे देखते ही मुस्कराने लगती थीं और मैं सोचता था, वह ठीक हैं। ठीक कुछ भी नहीं होता—यह मुझे

बाद में पता चलता है, बल्कि जब चीज़ें सबसे ज़्यादा बिगड़ी होती हैं, तभी मुझे यह सुखद उम्मीद बँधने लगती है कि वे सबसे ज़्यादा ठीक हैं। जब मैं इलाहाबाद में था तो कभी-कभी किसी फ़िल्म को दुबारा देखने जाता था और तब मुझे काफ़ी हैरानी होती थी कि पहली बार मैंने कितनी चीज़ों को अनदेखा कर दिया था, दरवाज़े का खुलना, एक ख़ाली दीवार, किसी लड़की का खिड़की से बाहर झाँकना, घड़ी का डायल, मुझे यह चीज़ काफ़ी भयंकर जान पड़ती—देखकर भी न देख पाना—जैसे मैं कहीं बीच-बीच में मर जाता हूँ। ख़ास उन जगहों पर, जहाँ असली सत्य छिपा रहता है—और क्योंकि मैं अपने मरने की याद नहीं करना चाहता था—मैंने फ़िल्मों को दुबारा देखना छोड़ दिया। मैं अपने भीतर यह भ्रम पालने लगा कि जो मैंने पहली बार देखा है, वही अन्तिम है और सम्पूर्ण है, वही सत्य है। तुमने सबकुछ देख लिया, मैं अपने से कहता था, और जो कुछ नहीं देखा, वह भ्रम और भुलावा है। वह धोखा है। वह कुछ भी नहीं है।

मैं उन दिनों दस बरस का रहा हूँगा। फिर बहुत-से साल गुज़र गए और मैं दिल्ली चला आया। फ़िल्मों की जगह मैं बिट्टी के दोस्तों को देखने लगा। वे आते थे और चले जाते थे। वे ठहर जाते थे और मैं उन्हें वैसा ही देखता था, जैसे यह एक थिएटर हो और इसमें कोई शर्म और छिछोरापन नहीं था, क्योंकि वे जानते थे कि मैं उन्हें देख रहा हूँ। सच पूछो, तो कुछ देर बाद उन्हें ध्यान भी नहीं रहता था कि वे मेरे सामने हैं और मैं उनके बीच हूँ। जैसे मेज़ और किताबें और गिलास, खिड़की और पेड़, स्ट्रिनबर्ग और चेख़ॅव के नाटक—वैसे मैं। उनके बीच और उनके बाहर...

बिट्टी मुझे भूल-सा गई थी—और जब इरा ने हँसी-हँसी में थोड़ी-सी रम मुझे दी तो भी वह कुछ नहीं बोली, जैसे उसका मुझसे कोई वास्ता न हो। लेकिन मुझे उसकी परवाह नहीं थी और मुझे अच्छा

लग रहा था कि मैं उनमें से एक हूँ और पी रहा हूँ और जब एक बार नित्ती भाई ने हँसी में कहा कि मैं बिट्टी का 'रमी कज़िन' हूँ तो मुझे कुछ विचित्र-सा लगा कि वे इतने छोटे-से मज़ाक़ पर इतना हँस सकते हैं, इतना ख़ुश हो सकते हैं—लेकिन यह भी सम्भव है कि मैं ग़लत हूँ क्योंकि उस शाम मैं नशे की धुँधली फ़िल्म में उन्हें देख रहा था। मैं बुख़ार में था और वे मेरे पास थे। मैं उन्हें छू सकता था। मैं उनके बीच से गुज़र जाता था मानो वे धुंध हों लेकिन वे ठोस थे, साफ़—और तब मुझे याद आया, मैंने उन्हें ऐसे नहीं देखा था। बुख़ार का असर था या पहली बार पीने का—मुझे लगा, वे मेरे बहुत पास सरक आए थे। वे अकेले नहीं थे। कुछ अदृश्य-सी चीज़ उनके साथ जुड़ गई थी, लेकिन वे उसे नहीं देख सकते थे। जब नित्ती भाई अपना गिलास उठाते तो मुझे लगता जैसे यह गिलास, ये उँगलियाँ किसी दूसरे आदमी की हैं, जो उनके पीछे बैठा था—इरा की आँखें नित्ती भाई पर नहीं, उस आदमी पर टिकी हैं और यह आदमी सुरक्षित नहीं है...फूँक मारते ही उसे उड़ा दिया जा सकता है, नष्ट कर दिया जा सकता है। मुझे यह असह्य-सा जान पड़ा कि नित्ती भाई को, इरा और बिट्टी को—किसी को इसका गुमान नहीं है कि वे कितने बड़े ख़तरे में हैं। मैं उनसे कुछ कहनेवाला था कि सहसा मुझे बिट्टी का स्पर्श महसूस हुआ। वह गिलास पर, मेरे हाथ पर अपना हाथ रखे थी। वह मुस्करा रही थी, "ठीक हो?"

"हाँ," मैंने कहा। मैं बह रहा था जबकि वे एक जगह बैठे थे। मुझे अब उनकी चिन्ता नहीं थी। मुझे अचानक पता चला, कि मेरे भीतर बहुत घनी शान्ति है। मैं उसे तोड़ना नहीं चाहता था।

अचानक इरा उठ खड़ी हुई। गलियारे में डिनर की घंटी गूँज रही थी।

"मैं अभी आती हूँ," इरा ने कहा।

"तुम चल तो लोगी?" बिट्टी ने हँसते हुए कहा।

"मेरी रम अब भी बाक़ी है।" इरा ने सबको देखा, "मैं तुम्हारे लिए खाना पैक करा लाती हूँ।"

"मेरे लिए नहीं—मैं अब जाऊँगा?" नित्ती भाई ने कहा।

इरा ने एक क्षण उन्हें देखा—कहा कुछ नहीं—और फिर दरवाज़ा खोलकर बाहर चली आई।

उसके बाद जो कुछ हुआ, धुएँ की लकीर-सा मुझे याद है। कुछ शब्द, कुछ फिकरे दिमाग़ के किसी कोने में फँसे हैं—फटी हुई चिट्ठी जैसे—जिसकी चिप्पियाँ जोड़-जोड़कर पढ़नी होती हैं। मेरी आँखें मुँद रही थीं, लेकिन मैं सो नहीं रहा था। एक हल्की-सी धुंध में तैर रहा था। कभी-कभी गिलास के खनकने, पानी उँड़ेलने की आवाज़ मुझे चौंका देती थी, आँखें खुल जातीं— देखता, नित्ती भाई कभी अपने, कभी बिट्टी के गिलास में रम डाल रहे हैं—कहीं दूर से उनकी आवाज़ सुनाई देती थी और मैं उसके पीछे-पीछे चला जाता था, बिना यह परवाह किये, कौन बोल रहा है, कौन सुन रहा है। किन्तु एक बार मैं रुक गया, जैसे बातों के बीच कोई एक वाक्य अलग हो गया हो और उसने बीच में मुझे पकड़ लिया हो!

"तुम सोचती होगी, मैं कैसा आदमी हूँ।"

नित्ती भाई ने गिलास से सिर उठाया, "मैं उसे जाने से रोक रहा हूँ, पर ख़ुद वहीं हूँ, जहाँ पहले था।"

"तुम्हारी पत्नी हैं," बिट्टी ने धीरे से कहा। "और बच्चे।"

"यह नहीं।" उन्होंने गिलास से एक घूँट लिया, "मुझमें हौसला नहीं है।"

बिट्टी की आँखें ऊपर उठीं, "हौसला किसमें है?"

"क्यों, तुममें है और डैरी..."

"डैरी?" बिट्टी के होंठ एक विचित्र-सी मुस्कराहट में खुल गए। "मैं उन्हें जानती हूँ।"

"बिट्टी, क्या बात है?"

वह हँसने लगी, ऐसी हँसी, जो उसने पहले कभी नहीं देखी थी, जैसे कोई डूबते हुए ऊपर आ जाता है, पानी के अँधेरे से दिन की रोशनी को देखता है।

"नित्ती भाई, तुमने कभी कुछ सोचा है?"

"किसके बारे में?"

"तुम इंग्लैंड से क्यों लौट आए? तुम हम लोगों को नहीं देखते, जो यहाँ रहते हैं?"

नित्ती भाई कुछ देर तक चुपचाप अपने गिलास को देखते रहे; फिर एक लम्बी साँस ली, जिसमें पता नहीं, कितना बोझ लदा था।

"बिट्टी, तुम सबकुछ छोड़कर यहाँ पड़ी हो। किसके लिए? हिन्दुस्तान में कितने लोग ऐसा करते हैं?"

बिट्टी की आँखें ख़ाली हवा पर ठिठक गईं, फिर बहुत हल्के स्वर में बोली, "हिन्दुस्तान में कोई कुछ नहीं छोड़ता; मैंने कुछ नहीं छोड़ा...पहले मैं बाबू के घर रहती थी, अब यहाँ बरसाती में...और डैरी? वह अपने पिता के बँगले में रहते हैं; हम वही किताबें पढ़ते हैं, जो दूसरे लोग; वही बातें करते हैं...मैंने जब इलाहाबाद छोड़ा था, तो सोचा था कि अब मैं छोटी-छोटी चीज़ों के घेरे से बाहर आ जाऊँगी..." वह धीरे से हँस पड़ी, "अब मैं बड़ी चीज़ों के बीच में हूँ...लेकिन मैं उतनी ही छोटी हूँ, जितनी पहले...मेरे भीतर कुछ भी नहीं बदला है!"

"ऐसा नहीं है—बिट्टी!" नित्ती भाई ने अपना हाथ धीरे से बिट्टी के हाथ पर रख दिया, "जानती हो, जब कभी मैं तुम्हें रिहर्सल करते हुए देखता हूँ तो तुम बिलकुल बदल जाती हो...मुझे विश्वास नहीं होता, तुम वही हो, जिसे मैं जानता हूँ!"

बिट्टी की आँखों में एक असाधारण-सी चमक उमड़ आई...बुख़ार की धुंध में मुझे लगा, जैसे यह चमक देह के किसी ऐसे परदे को छानते हुए आई है, जो सिर्फ़ दुर्लभ क्षणों में उठ जाता है...

उसने बहुत कोमल निगाहों से नित्ती भाई को देखा और फिर अपने को दबाते हुए कहा, "हाँ—ऐसा होता है! स्टेज पर कभी-कभी लगता है, मैं वह नहीं हूँ, जो अपने को समझती आई थी...मुझे कुछ ऐसा भ्रम होता है जैसे मैं अपने बारे में कुछ ऐसा जान गई हूँ, जो किसी को नहीं मालूम, जैसे...जैसे कोई दरवाज़ा खुल गया है जहाँ से मैं गुज़र सकती हूँ...नित्ती भाई, मैं समझा नहीं सकती...बाद में मुझे कुछ भी याद नहीं रहता; क्या ऐसा असली ज़िन्दगी में नहीं हो सकता?"

"हो सकता है, बिट्टी!" नित्ती भाई ने धीरे से कहा, "डैरी वहीं गए थे..."

बिट्टी एक लम्बे क्षण तक खिड़की के बाहर देखती रही, जहाँ पेड़ों की छायाएँ अँधेरे में स्तब्ध खड़ी थीं।

"हाँ, डैरी गए थे...और वह लौट आए। हममें से कोई भी वहाँ ज़्यादा देर तक नहीं रह सकता।"

नित्ती भाई ने उसके गिलास की ओर देखा, पहली बार शायद अहसास हुआ कि वह बहुत पी चुकी है, लेकिन वह स्वयं इतना आगे जा चुके थे, जहाँ दूसरों को रोकना बेमानी-सा जान पड़ता है।

मैं बहुत देर तक उन दोनों को देखता रहा—दो चेहरे, प्रकाश की पीली छाया में सिमटे हुए—फिर सहसा बिट्टी की आँखें दिखाई दीं, नित्ती भाई के चेहरे पर गड़ी हुईं।

"तुम क्या सचमुच उससे प्यार करते हो?"

"तुम क्या सोचती हो?"

"मैं सोचती हूँ—तुम कुछ करते क्यों नहीं?"

"बिट्टी...तुम्हें सबकुछ आसान लगता है।"

"अपने बच्चे को छोड़ना?" बिट्टी ने कहा, "या अपनी पत्नी को?"

नित्ती भाई सुन्न आँखों से उसे देखते रहे फिर बहुत धीमे स्वर में कहा, "तुम्हें कुछ नहीं मालूम...तुम अपने से बाहर कुछ भी नहीं देखतीं।"

"मुझे इतना मालूम है, वह कितना तड़पती है। तुमने...तुमने कभी..."

वह नशे में बोल रही थी। वह हकला रही थी। वह एक ऐसी जगह पहुँच गई थी जहाँ दुख का नाम दुख है, डर का नाम डर, प्रेम का नाम प्रेम...।

"क्या कुछ भी नहीं हो सकता?" इस बार बिट्टी ने अजीब भयभीत आँखों से नित्ती भाई को देखा।

"मैं कोशिश करता हूँ, लेकिन हर बार पीछे हट जाता हूँ।"

बिट्टी फटी-फटी आँखों से नित्ती भाई को देखने लगी—फिर एक भयानक-सी मुस्कराहट उसके चेहरे पर फैल गई।

"जानते हो, यह किसने कहा था?"

"किसने?"

"इसकी माँ ने..."

"बिट्टी!" मैंने उसे रोकना चाहा, पर उसने मुझे देखा भी नहीं।

वह अचानक किसी दूसरे समय में, किसी पुराने दिनों की सुरंग में चली गई थी; कुछ देर बाद जब उसका स्वर सुनाई दिया तो लगा, जैसे वह सोते हुए बोल रही हो...

"मैं आख़िरी बार उन्हें देखने गई थी...अस्पताल के कमरे में...'मौसी, क्या हाल है?' मैंने पूछा। बहुत देर तक वह मुझे निहारती रहीं, फिर मुझे अपने पास बुलाया, धीरे से कान में कहा, मैं कोशिश करता हूँ..."

बिट्टी, चुप ईश्वर के लिए...फिर सहसा मैं रुक गया—वहाँ न ईश्वर था, न माँ की यातना थी—सिर्फ़ बिट्टी के आँसू थे—और वह रोना नहीं था—क्योंकि रोना वर्तमान में होता है, जबकि बिट्टी के आँसू

किसी पुराने रोने के बासी अवशेष थे, जो इस क्षण बाहर निकल आए थे, बह रहे थे और वह उन्हें बहने दे रही थी।

नित्ती भाई कुर्सी से उतर आए, बिट्टी के साथ फ़र्श पर बैठ गए, उसके हाथ से रम का गिलास छुड़ा लिया—वह शायद कुछ कहना चाहते थे, किन्तु उन्हें कुछ समझ में नहीं आ रहा था, कैसे अपनी पीड़ा के दलदल से उबरकर उस दायरे में जा सकें, जहाँ बिट्टी थी; अगर उस समय कोई 'घटना' हो जाती, तो वह अधूरा दृश्य एक मुकम्मिल-सी परिणति पा लेता, जैसा कि उसने थिएटर में देखा था, परदा गिर जाता है और दुख चाहे कितना ही भयानक और असह्य क्यों न हो, अगले ऐक्ट के शुरू होने तक एक रिलीफ़-सी पा लेता है, पीड़ा को हाथ-पाँव फैलाने का एक सिरहाना-सा मिल जाता है—लेकिन यह रिलीफ़, जीने के दौरान नहीं मिल सकती क्योंकि जब हम सचमुच जी रहे होते हैं—मार्च की एक शाम, हॉस्टल के कमरे में, बुख़ार और रम और पछतावे के पसीने में लथपथ, लिथड़े हुए—तो कहीं परदा नहीं गिरता, एक क्रूर, पथरीली-सी रोशनी अपने जबड़े फैलाए रहती है; एक मन्द बुख़ार की तरह, जिसमें मैं तपता हुआ उन्हें देख रहा था।

कुछ भी नहीं हुआ...कुछ देर बाद इरा ने दरवाज़ा खोला, वह हाँफ रही थी। वह दौड़ती हुई आई थी। उसने खाने का पैकेट अपनी छाती से चिपका रखा था। वह मुस्करा रही थी।

हम बाहर आ गए। खुली, स्वच्छ रात के अँधेरे में। मेरी आँखें मुँद रही थीं। मैंने पहली बार शराब पी थी और मुझे लग रहा था, जैसे मैं हवा में चल रहा हूँ। नित्ती भाई मेरे साथ थे और उन्होंने मेरा हाथ पकड़ रखा था।

मैं उनसे कुछ कहना चाहता था—डर के बारे में। मैं उनसे कहना चाहता था कि उन्हें डरना नहीं चाहिए। मैं उन्हें सान्त्वना देना चाहता था। शायद रम पीने का असर रहा होगा, जब ऊपर तारों के बीच अँधेरे में मैं उनके दुख को भी चमकता हुआ देख सकता था—एक चमकीला कीड़ा—जो भीतर रेंगता है, खाता है, सबको डराता है। वह उसे मार सकते हैं, ख़त्म कर सकते हैं—मैं उनसे कहना चाहता था—लेकिन वह ठहर गए। वह बीच सड़क पर खड़े हो गए। उन्होंने मेरा हाथ छोड़ दिया। मैंने सोचा, वह शायद नाले में पेशाब करने जा रहे हैं, इसलिए मैं पीछे खड़ा रहा। किन्तु वह एक पेड़ के पास गए और अपना सिर उसके तने पर टिका दिया। वह वहाँ अँधेरे में पेड़ पर सिर टिकाए खड़े थे। मैं उनके पीछे गया, पर उन्होंने मुझे नहीं देखा। वह पीछे भी नहीं मुड़े—एक भूत की तरह पेड़ से चिपके खड़े रहे। पीछे इरा और बिट्टी आ रही थीं...मैं वहीं खड़ा-खड़ा प्रार्थना करने लगा कि वे कहीं उन्हें इस हालत में न देख लें। मैं उन्हें हिलाने लगा। मैं उन्हें पीछे की तरफ़ खींचने लगा। वह जैसे सो रहे थे, इतने पेड़ों के बीच एक पेड़ की तरह।

मैंने उन्हें छोड़ दिया। कोई फ़ायदा नहीं था। मैं बस-स्टैंड की तरफ़ चलने लगा। हवा उठ रही थी। मंडी हाउस का स्कैयर उजाड़ पड़ा था। रोशनी का एक झीना छिलका मेरे ऊपर लटक आया था... लाखों तारों का निचुड़ा हुआ आलोक—जो हर पत्ते पर बारिश की बूँदों की तरह चमक रहा था।

बस ठहरती है—लोग भीतर आते हैं—घंटी बजते ही वह फिर चलने लगती है। कंडक्टर सोया-सा कुछ पूछता है और बिट्टी का चेहरा आगे की तरफ़ झुक जाता है—जैसे वह भी सोकर जागी हो—दो टिकट निज़ामुद्दीन। ईस्ट या वेस्ट? हार्डिंग ब्रिज की रोशनियाँ, पुराना क़िला, मक़बरे, खँडहर। कंडक्टर ठिठका-सा खड़ा रहता है—दूसरा टिकट किसका है।

मेरा। मैं यहाँ हूँ, मैं बाहर देख रहा हूँ। सबकुछ पीछे भाग रहा था— रोशनी के खम्भे, पेड़, तारे। मैं बस की खिड़की से दिल्ली की बहती दुनिया को देख रहा था। बिट्टी पीछे बैठी थी, लेकिन खिड़की के शीशे पर मैं उसका चेहरा देख सकता था—रोशनी का धब्बा—एक फ्रेम में जड़ा हुआ—और मुझे भ्रम होता था जैसे बिट्टी भीतर नहीं, कहीं बाहर अँधेरे में बैठी है, किसी गुज़रते मकान की खिड़की से मुझे देख रही है। मुझे ख़ुशी हुई, हम अलग-अलग बैठे हैं—अलग पर अकेले नहीं। जिन लोगों को हमने मंडी हाउस के बस-स्टैंड पर छोड़ दिया था, वे अब भी कहीं बाहर थे...इरा अब भी बस के पीछे भाग रही थी खाने का टिफ़िन बिट्टी को देने के लिए, जो भूले से उसके हाथ में रह गया था, उसके हाथ हैंडिल पर चिपक गए थे, नित्ती भाई ने ज़बरदस्ती उसे पीछे खींचा और वह हकबकाई आँखों से हमारी बस को देखती रही—अँधेरे में बीच सड़क पर।

क्या वह अब भी वहाँ खड़ी है? क्या ऐसा हो सकता है कि जब मैं बरसों बाद वापिस लौटूँगा, वह वहीं खड़ी होगी, एक लम्बी छरहरी लड़की, काली शॉल में लिपटी हुई। नहीं, यह असम्भव है, मैंने सोचा। लोग पेड़ नहीं हैं जो एक जगह खड़े रहें, और पेड़ भी मुरझा जाते हैं। 'the woods decay and the woods decay' मुझे बरसों पहले पढ़ी हुई एक लाइन याद आती है और तब मुझे काफ़ी अजीब लगा कि जंगल भी जरज़रा जाते हैं, बूढ़े हो जाते हैं, झर जाते हैं...।

7

वे लम्बी दुपहरें थीं। वह सुबह ही बाहर निकल जाता। मक़बरे के बाग़ में लेट जाता—ऊपर चीलें उड़ती रहतीं, नीचे पत्ते सिर धुनते रहते। सारा शहर एक अदृश्य काली सुई-सा घूमता, मार्च से उतरकर अप्रैल की चढ़ाई पर चढ़ने लगता; और तब उसे लगता (मक़बरे की घास पर लेटे आकाश को ताकते हुए) जैसे समय कोई ऊँचा पहाड़ है और सब लोग अपनी-अपनी पोटलियों के साथ ऊपर चढ़ रहे हैं—हाँफ रहे हैं, बिना यह जाने—कि ऊपर चोटी पर—वे सब हवा में ग़ायब हो जाएँगे—और धूल में लदी-फँदी पोटलियाँ—पता नहीं, उनमें क्या भरा है, प्रेम, घृणा, निराशाएँ, दुख—नीचे लुढ़का दी जाएँगी, जिन्हें दूसरे लोग पकड़ लेंगे और फिर उन्हें पीठ पर ढोते हुए ऊपर चढ़ने लगेंगे...

क्या यह सिलसिला कभी ख़त्म नहीं होगा?

शाम होते ही शहर का सन्नाटा मक़बरे पर उतर जाता—और वह घर की तरफ़ चलने लगता। ख़ाली घर, धूल-भरी मुँडेर, साँकल पर

काग़ज़ की चिन्दियाँ फड़फड़ाती हुई उसका स्वागत करतीं, 'मैं रिहर्सल में हूँ,' दूसरा काग़ज़ : 'मैं आई थी, तुम कहाँ थे?' तीसरा काग़ज़ : 'खाना खा लेना, मैं देर से लौटूँगी।'

वे लम्बी दुपहरें थीं। धूप और धूल और पीला अवसन्न आकाश; किन्तु स्टूडियो के भीतर ठंडा अँधेरा तसल्ली देता था। वह वहाँ अपने को सुरक्षित-सा महसूस करता था। दरवाज़े के सूराख़ से रिहर्सल देखता तो दुनिया बदल जाती और समय ठहर जाता। इरा स्टेज पर आती तो एकदम शान्त और सम्पूर्ण दिखाई देती, जैसे उसने सचमुच अपनी 'पोटली' थिएटर के बाहर छोड़ दी हो—स्टेज पर खड़ी वह और बाहर बहता हुआ समय एक हो जाते—और वह सोच न पाता, यह वही लड़की है, जो उस रात छत के अँधेरे में रो रही थी। नहीं, यह कोई दूसरी आत्मा थी, जो इरा की देह से बाहर झाँक रही थी, उसे सुलाकर ख़ुद बाहर चली आई थी—स्टेज के मद्धिम प्रकाश में एक नंगी, साफ़ लौ की तरह जलती हुई—लेकिन क्या आत्मा वही रहती है? यही तो पुनर्जन्म है, कोई उसके भीतर कहता—एक ही ज़िन्दगी में दूसरी ज़िन्दगी। थिएटर के ग्रीन-रूम में अपनी देह उतारकर दूसरी देह पहन लेना...जैसा बाबू गीता में उसे सुनाते थे...

गीता नहीं बेवक़ूफ़—स्ट्रिनबर्ग। वह स्ट्रिनबर्ग का नाटक था। उसमें दो औरतें थीं और एक आदमी, जिसका पार्ट कोई बहुत लम्बा-सा लड़का करता था। तीनों एक जगह फँसे थे, जिसे नेकीराम जू का पिंजरा कहता था। वह क्यूबिकल में उसके पीछे बैठा रहता और जब कोई सीन बदलता तो वह उसका कन्धा झिंझोड़कर फुसफुसाने लगता।

"देखो, अब बिटिया का पार्ट होगा।"

वह चौंक जाता। आँखें फाड़कर देखने लगता—बिट्टी एक विंग से बाहर निकलकर आती—और एक क्षण अँधेरे ख़ाली ऑडिटोरियम को ताकती रहती—और तब उसे बहुत निराशा होती कि बिट्टी स्टेज पर भी बिट्टी दिखाई देती है, उसकी इलाहाबादी कज़िन—रूखे बालों का जूड़ा

और पीला माथा, मुसी हुई जींस पर खद्दर का ढीला-ढाला कुरता—सिर्फ़ आँखें कुछ बदल जातीं, किसी क्रूर गोपनीय रहस्य में चमकती हुईं—क्रूर और पत्थर जैसी कठोर—और जब वह ऊँचे, फूत्कारते स्वर में कुछ कहती तो वह उस स्वर की अँधेरी जड़ों में चला जाता, एक रस्सी की गाँठ, जो उसके स्वर को खींचते हुए किसी कुएँ में ले जाती और तब उसे लगता, जिस बाल्टी को स्ट्रिनबर्ग ने बरसों पहले अपने भीतर फेंका था, बिट्टी का स्वर उसकी पीड़ा को लबालब अपनी चीख़ में उँड़ेल लाता है।

उसका दिल तेज़ी से धड़कने लगता। दरवाज़े पर चिपकी आँख मुँद जाती। पागल, बेवक़ूफ़ यह नाटक है, कोई झाड़ियों के पीछे फुसफुसाता हुआ कहता। इसमें असली कुछ नहीं है। यह एक माया है, एक मिराज, जो रेगिस्तान में पानी की तरह चमकता है, होता कुछ नहीं। बरसों पहले नाटक के लेखक ने इस चीख़ को अपने भीतर सुना होगा, किसी दुपहर अपने अकेले कमरे में; उसी की गूँज अब तक चली आती है—यह असली नहीं है, इसका यथार्थ से कुछ लेना-देना नहीं, यह झूठ का झिलमिला है, वैसे ही, जैसे बरसों पहले फड़फड़ाते चिथड़ों के बीच तुमने उस बौने को देखा था, क्या उसका 'सुख' भी धोखा था?

लेकिन वह दुपहर असली थी, जिसे वह आज तक नहीं भूल पाता। वह अपने तहखाने में बैठा था—तभी उसे ऑडिटोरियम में हल्की-सी खड़खड़ाहट सुनाई दी। उसने सोचा; शायद डैरी होंगे। वह कभी-कभी ऑडिटोरियम की पिछली सीट पर आकर बैठ जाते थे—और वहाँ से एक्टरों को आदेश देते रहते थे। लेकिन उस दुपहर जो आदमी पिछली सीट पर बैठा दिखाई दिया—उसे एक क्षण विश्वास नहीं हुआ, कि वह नित्ती भाई हो सकते हैं। वह नित्ती भाई ही थे। उन्होंने शेव भी नहीं की थी। कमीज़ के कॉलर मुड़े हुए थे और उन्होंने वही ख़ाकी हाफ़-पैंट पहन रखी थी, जूते और मोज़ों के साथ। मुँह थोड़ा-सा खुला था, जैसे साँस लेना मुश्किल हो।

वह ऑडिटोरियम में अकेले बैठे थे। वहाँ उन्हें कोई नहीं देख सकता था। लेकिन वह अपने सूराख़ से उन्हें देख रहा था। रोशनदान का चौकोर, रोशनी का चकत्ता उनके बालों पर गिर रहा था, चाँदी के छल्ले की तरह, उन्हें दो फाँकों में काटते हुए—एक आदमी, जिसका घर था और पत्नी थी—दूसरे एक प्रसिद्ध आर्किटैक्ट, जो अँधेरे ऑडिटोरियम में बैठे थे, जेब से बोतल निकालकर पी रहे थे और वह अपना होश-हवास खोकर दरवाज़े की आँख से देख रहा था...जब वह बोतल ऊपर उठाते, काँच का एक टुकड़ा छत पर नाचने लगता, उसकी आँखों को भेदने लगता और तब उसे याद आया, कैसे कुछ लोग धीरे-धीरे मदद के बाहर हो जाते हैं, जैसे माँ हो गई थीं, जो घंटों बदहवास-सी बिस्तर पर लेटी रहती थीं—असीम कष्ट में छटपटाती हुई और वह उन्हें वैसे ही देखा करता था, जैसे इस क्षण—दिल्ली की एक दुपहर—नित्ती भाई को देख रहा था; उन्हें कोई मदद, कोई उम्मीद नहीं थी। ऐसे लोग उम्मीद को भी पार कर लेते हैं और उन्हें वह सौभाग्य भी नहीं मिलता, जो कम-से-कम नाटक के एक्टरों को मिल जाता है, जो किताबों में है, जिन्हें बिट्टी के दोस्त पढ़ते थे—'गीता' में है, जिसमें डूबकर बाबू माँ की मृत्यु को भूल जाते थे; वह उस रिकॉर्ड में था, जिसके भीतर से नीग्रो लड़की की फटी-फटी आवाज़ बाहर आती थी...

वह अपने को नहीं रोक सका। झपाट से क्यूबिकल का दरवाज़ा खोला और ऑडिटोरियम में चला आया। वहाँ कोई नहीं था। नित्ती भाई कब के जा चुके थे। उनकी सीट ख़ाली पड़ी थी। अँधेरे में सिर्फ़ व्हिस्की की बासी गन्ध तैर रही थी।

अब कोई अँधेरा नहीं था। वह धूप में चल रहा था। वह दुपहर के उजाले में आ गया था। अब कोई नहीं था, न थिएटर, न माया, न अफ़सोस। यह असली दुनिया थी। वह अप्रैल का दिन था। वह पेड़ों के नीचे चल रहा था और पेड़ असली थे। और उनकी छायाएँ सड़क को लाँघकर बँगलों तक जाती थीं।

उसने मंडी हाउस का स्कैयर पार किया और भगवानदास रोड पर चला आया। कभी-कभी वह रुक जाता। ठहर जाता। सुनने लगता। दिल्ली भी कैसा शहर है। वह सोचने लगता। लाल ईंटों के बँगले, हवा में काँपते टेलीविज़न के पोल, परदे, परदों के पीछे लोगों की अज्ञात ज़िन्दगी—जिसे वह कभी नहीं जानेगा।

वह चलता रहा और फिर बस-स्टैंड पर आकर रुक गया। सब बसें निज़ामुद्दीन होकर जाती थीं। एक हरा शैड और इक्के-दुक्के यात्री—हार्डिंग ब्रिज पर जब कोई ट्रेन गुज़रती, तो धुएँ की लहर उड़ती हुई आ जाती। पीछे बंजर मैदान था। कुछ सोए हुए खँडहर और आधी टूटी दीवारें, ऊपर कव्वे उड़ते थे। पुराने क़िले का चक्कर लगाकर वापिस मुड़ते थे—नुमाइश के मैदान पर उतर जाते थे।

वह उन्हें देख रहा था। एक दिन बिट्टी के साथ यहाँ आएगा, बहुत देर तक घूमेगा। इलाहाबाद में कोई ऐसा मैदान नहीं था, जहाँ नुमाइश बीत गई हो और फिर भी खड़ी हो, क़ायम हो, अपनी जगह जमी हो—पुरानी दुकानों के स्टॉल, टॉवर, धूल में सने खोखल—कंकाल। बाहर से साबुत और ठोस, भीतर जाओ, तो ख़ाली, बासी हवा, और कुछ भी नहीं। ख़ाली और सुनसान—जिस तरह कुछ क़ब्रें ज़मीन में धँस जाती है, घास उग आती है। बच्चे उस पर खेलते हैं और किसी को याद भी नहीं रहता कि भागते पैरों और सरसरी घास के नीचे कोई दबा है, लेकिन अचानक किसी दिन कोई उखड़ा पत्थर पाँवों में घुप जाता है, एक चेहरा बाहर झाँकता है, देखो, मैं वही हूँ, जो तुम्हारे साथ आई

थी। जनवरी के दिन, जब इलाहाबाद में नुमाइश शुरू हुई थी और मेरे इम्तहान पास आ रहे थे...तुम्हें याद है?

उसे याद है। वह उसे घसीटकर लाया था। वह आती नहीं थी। वह महीनों कमरे में पड़ी रहती थी। वह उसे किताबों से खींचकर बाहर लाया था। उसने कपड़े भी नहीं बदले—जैसी थी, वैसी ही उसके साथ चली आई थी—इस एक शर्त पर—कि वे एक घंटे में घर लौट आएँगे। वह मान गया था क्योंकि बदले में बिट्टी ने उसे यह तसल्ली दी थी कि वे रिक्शा में जाएँगे और रिक्शे के पैसे वह देगी।

कैसे याद किया जाता है? आँखें मूँदकर वह दो बरस के अँधेरे को लाँघ गया—और एक टापू पर उतर आया—जहाँ सिर्फ़ रोशनियाँ थीं, रोशनियाँ और हवा में उड़ते गुब्बारे और अँधेरे में घूमता हुआ जायन्ट ह्वील, एक लाल सुर्ख़ सितारा, जिस पर बच्चों की हँसी और चीख़ें गूँज रही थीं। नुमाइश के बीच बड़े मैदान में एक बैंड-मास्टर बेंत घुमाता हुआ चल रहा था—पीछे बैंड बजाते हुए तीन तिलंगे—जो ताश के जोकर जैसे दिखाई देते थे, उदास और ग़मगीन—धूप में लस्तम-पस्तम। वह ठहर जाता, सुनने लगता, बिट्टी उसका हाथ अपनी हथेलियों में दबोच लेती, उसे घसीटने लगती, "जल्दी चलो—आँखें फाड़-फाड़कर क्या देखते हो?"

वह सहम जाता। खिसियाकर हँसने लगता। वह तब काफ़ी छोटा था। वह आँखें फाड़कर देखता था। वह धीरे चलता था। दुनिया का जादू अभी ख़त्म नहीं हुआ था। वह तेज़ी से जी रहा था।

उसे पता नहीं चला, कब और कहाँ उसने बिट्टी को खो दिया। मुट्ठी खोली, तो हाथ ख़ाली था—बिट्टी कहीं न थी। इतनी भीड़, इतना उजाला, धक्के देते हुए लोग। उसने पीछे मुड़कर देखा और बिट्टी वहाँ न थी—कोई और लड़की उसके पीछे चल रही थी। वह भागने लगा। हर लड़की, जिसने सलवार-कमीज़ पहनी होती, उसे बिट्टी-सी दिखाई देती।

तभी उसे अपना नाम सुनाई दिया—वह नाम—जो सिर्फ़ बिट्टी ही पुकार सकती थी। वह एक स्टॉल के सामने खड़ी थी और लोगों के सिरों के ऊपर दोनों हाथ बेतहाशा हिला रही थी। वह भागता हुआ उसके पास आया—और सहसा ठिठक गया।

"मुन्नू..." वह एक क्षण झिझकी और फिर लहककर उसका हाथ पकड़ लिया, "तुम कुछ देखना चाहोगे?"

"तुम थीं कहाँ?" उसका स्वर रुआँसा हो आया, "मैं तुम्हें हर जगह ढूँढ़ रहा था।"

"मैं तुम्हें बुला रही थी—लेकिन तुम आगे-आगे भाग रहे थे।" उसने कहा, "सुनो, एक चीज़ देखना चाहोगे?"

"कैसी चीज़ है?"

उसने कुछ नहीं कहा, सिर्फ़ उसका हाथ पकड़कर नुमाइश की एक सँकरी गली में चलने लगी, जहाँ सिर्फ़ तम्बू दिखाई देते थे—छोटी-छोटी गुफ़ाओं से—जिनके दरवाज़ों पर लाल बल्बों की मालाएँ झूल रही थीं। बल्बों के इर्द-गिर्द पोस्टर लगे थे—राक्षसों के सिर, उड़ती हुई मछलियाँ, मूँछवाली औरत, जिसके दाँत नुकीली चोंचों-से बाहर निकलते थे...माइक्रोफ़ोन पर कोई आदमी चीख़-चीख़कर एक ही वाक्य दुहरा रहे थे—पता नहीं किस बोली में—जिसका एक भी शब्द वह नहीं पकड़ पा रहा था।

यहाँ रोशनी थी और अँधेरा था—और डर था जो एक निषिद्ध मोह के साथ जुड़ा था, एक चमकीला-सा आतंक, एक मैला सैलाब, जिसमें हम पहली बार अपना बेवक़ूफ़ और पवित्र कुँवारापन डुबो देते हैं, इच्छा हुई, घर लौट जाएँ, भाग जाएँ—पर पैरों पर एक जादू साँप की तरह लिपटा था, एक गिलगिला-सा आकर्षण जो उसे अपने में बाँधकर घसीट रहा था। बिट्टी—सूखे गले से उसका स्वर बाहर आया। बिट्टी, कहाँ जा रही हो?

"बोलो नहीं, मेरे साथ चले आओ," बिट्टी ने कहा, वह एक स्टॉल के सामने खड़ी थी। अनिश्चित और बेचैन और झिझकती हुई—तम्बू का दरवाज़ा आधा खुला था—और भीतर से एक भीनी, अगरबत्ती की बू बाहर आ रही थी।

"चलोगे?" उसने पूछा, जैसे उसका आश्वासन पाना चाहती हो।

"क्या कोई सर्कस है?" उसने पूछा।

"सर्कस?" उसने हैरानी से उसकी ओर देखा, "मालूम नहीं... भीतर चलकर पता चलेगा।"

किसी ने उन्हें नहीं रोका। ऊपर कनात की छत थी और नीचे एक फटी-पुरानी दरी, एक मटियाली-सी रोशनी चारों तरफ़ फैली थी। अगरबत्ती की गन्ध हवा में एक बोझिल नशे-सी बैठी थी। दोनों तरफ़ रोशनदान थे—जिसके बाहर ढेर-से तारे थे—पहले क्षण उसे विश्वास नहीं हो सका—कि वे असली हैं।

वे आगे बढ़े, तो एक सिंहासन दिखाई दिया—लाल मखमली कालीन से ढका हुआ—जो नीचे सीढ़ियों तक चला आया था। उसकी आँखें ठहर गईं। सबसे निचली सीढ़ी पर एक आदमी बैठा था। उसने एक जोगिए रंग का चोगा पहन रखा था और आँखें मूँद रखी थीं। सिर मुँड़ा हुआ था। भिक्षुकों की तरह—और नीचे की तरफ़ झुका हुआ था, जब वे भीतर आए तो भी वह नीचे झुका रहा—वह उसे देखता रहता अगर बिट्टी उसे कुहनी मार करके जगा न देती, "ऊपर देखो।" उसने फुसफुसाते हुए कहा।

उसने आँखें ऊपर उठाईं, तो चौंक गया...सिंहासन पर एक औरत का सिर दिखाई दिया—सिर्फ़ सिर और चेहरा—धड़ कहीं न था। पीला चेहरा— असंख्य झुर्रियों में लदा हुआ—जैसे मोम की गुड़िया पर बच्चे नाख़ूनों से लकीरें खरोच देते हैं, मिस्र की ममी जैसा, बैठी हुई पुतली, न हाथ, न पैर, न टाँगें—सिर्फ़ दो आँखें और आधा खुला हुआ मुँह—जैसे वह मुस्करा रही हो!

वह सचमुच मुस्करा रही थी। उन दोनों को देख रही थी। चेहरे की झुर्रियाँ खुल रही थीं। औरत ने जल्दी से आँखें झपकाईं—जैसे यह कोई संकेत हो—कोई सिग्नल—जिसे पाते ही सीढ़ी पर बैठा आदमी उठ खड़ा हुआ, अपने चोग़े को समेटा और सिंहासन की तरफ़ भागने लगा...और तब उसे अहसास हुआ, कि वह आदमी उतना ही बड़ा था, जितना पाँच-छह बरस के बच्चे होते हैं—एक सूखा हुआ ठूँठ, दो फ़ुट लम्बा बौना।

उसने बिट्टी का हाथ पकड़ लिया, लेकिन बिट्टी खड़ी थी। उसकी आँखें सिंहासन पर टिकी थीं। बुढ़िया सिर झुकाकर बौने के कानों में कुछ कह रही थी और वह धीरे-धीरे अपना सिर हिला रहा था। फिर अचानक वह चुप हो गई, बौना तेज़ी से सीढ़ियाँ उतरता हुआ नीचे चला आया। एक क्षण ठहरा, उन दोनों को देखा, फिर अपने चोग़े को थोड़ा-सा ऊपर उठाकर आगे बढ़ा और उनके सामने आकर खड़ा हो गया।

इतने बरसों बाद आज भी उसका चेहरा स्मृति पर टँगा रह गया है—एक पुराने फ़ोटो-सा गंजा सिर, मोटे लाल होंठ और गोल-मटोल-सी गर्दन—जैसे किसी ने दुनिया का ग्लोब दो लकड़ी-नुमा टाँगों पर टिका दिया हो। किन्तु जो चीज़ आज भी दिल को खोदती है—वह उसकी आँखें थीं—दो छोटी-छोटी दीवों-सी टिमटिमाती हुईं, भीतर के अँधेरे को अपने पीले आलोक में टोहती, पिघलाती हुईं। उसने कभी इतनी उदास आँखें नहीं देखी थीं।

वह एक क़दम आगे आया—दोनों को बारी-बारी से देखा।

"क्या बहुत दूर से आए हो?"

उसने मुँह खोला और तब उसने देखा कि उसका ऊपरी होंठ बीच में कटा था—और कटाव के बीच एक सफ़ेद दाँत बाहर झाँक रहा था।

"कहाँ से आए हो?" उसकी ग़मगीन आवाज़ दुबारा बाहर आई।

"यहीं रहते हैं," बिट्टी ने कहा।

"और यह बच्चा?"

"यह भी..."

बौने ने एक नज़र उस पर डाली।

"बाहर बोर्ड देखा था?...एक सवाल की एक चवन्नी।" वह मुस्कराया और इस बार दाँतों की पूरी एक पाँत बाहर निकल आई। "पूछो, क्या पूछना है?"

बिट्टी चुप खड़ी थी। चेहरा सफ़ेद पड़ गया था, जो तम्बू की रोशनी में और भी फीका जान पड़ता था। लेकिन आँखें बौने पर जमी थीं, जैसे उसके बाहर कुछ भी नहीं बचा था।

"डरो नहीं—जो मन चाहे, सो पूछो।"

वे दोनों चौंक गए। वह आवाज़ ऊपर से आई थी—बुढ़िया की बीहड़, बेधड़क, आवाज़ सन्नाटे को भेदती हुई—लेकिन कर्कश नहीं—उसमें एक अजीब-सा अपनापा था, जैसे इतनी दूर से भी उसने उन दोनों की धड़कनों को सुन लिया था।

"क्या बात है?" बौना अचानक बिट्टी के सामने आ खड़ा हुआ, "तुम बहुत दुखी दिखाई देती हो?"

बिट्टी इस बार न पीछे हटी, न हिली—बौने की आँखों को देखा, जो अन्तहीन उदासी में डूबी थीं...फिर वह धीरे से मुस्कराई, "सुख क्या होता है?"

"सुख!" बौने ने मुड़कर सिंहासन की तरफ़ देखा, बुढ़िया खिलखिलाते हुए हँस रही थी।—"दिखाओ..." उसने लगभग चीख़ते हुए कहा, "मुन्नी को दिखाओ, सुख क्या होता है!"

बौना पीछे हट गया, जैसे किसी ने उसे घूँसा मारकर धकेल दिया हो। तम्बू के कनात में रोशनदान सहसा खुल गया। बाहर की हवा भीतर आ रही थी—जनवरी की हवा—जिसमें रोशनदान के पल्ले फड़फड़ा रहे थे। बौना भागता हुआ स्टॉल के बीचोबीच आ खड़ा हुआ। वह

काँप रहा था—बालिश्त-भर की देह में एक अजीब कँपकँपी छूट रही थी, जैसे हवा कहीं उसके शरीर को भेदकर आत्मा को झिंझोड़ रही हो। वह बिलकुल झुक गया था। दुहरा-सा हो गया था, जैसे अंधड़ में पेड़ सिकुड़ जाते हैं। उसने अपने उड़ते जोगिया चोग़े को कसकर पकड़ रखा, लेकिन फ़ायदा कुछ भी न था। हवा के थपेड़ों से वह बार-बार खुल जाता था—जब खुलता था—उसकी ताँबे-सी पीली, मुरझाई टाँगें दिखाई दे जाती थीं।

उसे याद आता है—अपना दिल—जो उसकी छाती की दीवार से टकरा रहा था। उसे कुछ समझ में नहीं आ रहा था कि क्या हो रहा है। और जो हो रहा है, वह अगर भयानक है तो वे अलग क्यों खड़े हैं, चुपचाप यह तमाशा क्यों देख रहे हैं। तमाशा? उसे विश्वास न हो सका कि बौना उनके फ़ायदे के लिए यह 'तमाशा' कर रहा है जबकि उसकी देह का रोंया-रोंया काँप रहा था। वह छटपटा रहा था। वह अपने उड़ते चोग़े से अपने ठिठुरते अंगों को ढकने की कोशिश कर रहा था, जैसे चढ़ते बुख़ार की सर्दी में मरीज़ रज़ाई-कम्बल लपेट लेते हैं। वह कभी एक कोना पकड़ता था, कभी दूसरा, लेकिन हवा के भँवर में कभी एक हिस्सा हाथ लगता, तो दूसरा फिसल जाता, देह दुबारा नंगी हो जाती। आख़िर हताश होकर वह खड़ा हो गया, चोग़े को खुला छोड़ दिया—और तब उसने देखा, चोग़े का भीतरी अस्तर धीरे-धीरे फट रहा है, तार-तार हो रहा है, उघड़ी हुई थिगलियाँ बाहर आती थीं, नीचे दरी पर बिखर जाती थीं; चारों तरफ़ उड़ने लगती थीं। बौना एक क्षण अवाक् उन्हें देखता रहा—जैसे यह कोई स्वप्न हो—फिर वह उनके पीछे भागने लगा, निर्वस्त्र, अधनंगा, सिर्फ़ एक लँगोट से अपनी शर्म छिपाता हुआ। वह कभी एक थिगली को पकड़ने दौड़ता, कभी दूसरी को, चारों तरफ़ चक्कर काटता हुआ, हाँफता हुआ, बदहवास। अचानक वह ठिठक गया, बीच फ़र्श पर खड़ा हो गया। उसे शायद याद आया कि होश और पागलपन के

परे भी कोई चीज़ है, जिसे वह घबराहट में भूल गया था। अनदेखा कर गया था। उसने अपनी तरफ़ देखा, मानो इतनी लम्बी ज़िन्दगी के दौरान पहली बार अपनी ठूँठी देह को देख रहा हो। कुछ देर पहले जिस देह पर जोगिया चोगा था, वहाँ अब एक अधमरा चिथड़ा डोल रहा था। वह उसे सहलाने लगा, ऊपर से नीचे तक—फिर उसे उतार दिया, तहाकर समेट लिया, आगे बढ़ा, बिट्टी के पैरों पर उसे रख दिया।—"यह सुख है, मुन्नी, देखो, हाथ लगाकर देखो, सचमुच का सुख!"

वह सुख था, वह काँपता हुआ चिथड़ा...और ऊपर बुढ़िया हँस रही थी, न हाथ, न पैर, सिर्फ़ डोलता हुआ सिर, जैसे कोई नंगी खोपड़ी नशे में डोल रही हो...वे बाहर आने लगे, तो बौने की आवाज़ सुनाई दी—चिथड़ों के बीच एक चवन्नी के लिए हाँफती हुई, बिट्टी ने जल्दी से पैसे उसके हाथ पर रखे, देखा भी नहीं, वह मुस्करा रहा था, और वे बाहर चले आए, बाहर, जहाँ नुमाइश की रोशनियाँ हवा में अँधेरे को हिला रही थीं।

यह वही हवा थी, जो तम्बू के भीतर आई थी—ठंडी और विषण्ण, गंगा को छूती हुई इलाहाबाद की हवा...वे चुप थे। वे जल्दी-जल्दी चल रहे थे। वे नुमाइश के एक कोने में चले आए थे, जहाँ 'मेरी गो राउंड' के झूले घूम रहे थे। बिट्टी उन्हें देखती हुई अचानक रुक गई।

"बैठोगे?" उसने उसकी तरफ़ देखा। किन्तु इन्तज़ार करने से पहले ही वह टिकटघर की खिड़की से सामने गई और आँख झपकते ही वे जायंट-व्हील के निचले डिब्बे में बैठे थे। वे ऊपर जा रहे थे। उसका दिल डूब रहा था। वे हवा में उठ रहे थे।

वह आज भी देख सकता है...धुंध में धुँधुआती इलाहाबाद की रोशनियाँ, तारे, छतों पर छितराई चाँदनी। वे ऊपर उठते थे, तो रोशनियाँ नीचे चली जाती थीं, नीचे आते थे तो आकाश ऊपर उठ जाता था, ठंडे तारों में ठिठुरता हुआ। वे बौने को भूल गए, हँसती हुई बुढ़िया और तार-तार हो जानेवाले सुख को भी...वे अपने घरों को भी भूल गए, जो कहीं अँधेरे में छिपे थे। पहिए के ऊपर उठते ही कान सनसनाने लगते, आधी चीख़ें गले में फँस जातीं, रोशनियों का 'झिलमिला' आँखों को पकड़ लेता। लगता, यह इलाहाबाद नहीं है, यह कोई चमचमाती मछली है, जो हवा में साँस लेने ऊपर उठ आई है। वह हाथ आगे बढ़ाएगा और उसे पकड़ लेगा। उसने बिट्टी का हाथ पकड़ लिया। वह कुछ कहना चाहता था, अपने भीतर उमड़ते उछाह को बूँद-बूँद उँड़ेलना चाहता था—लेकिन बीच में झूला रुक गया। एक क्षण के लिए उसे विश्वास नहीं हो सका कि घूमती हुई दुनिया इस बेहूदा ढंग से ठहर जाएगी।

"क्या हम दूसरा राउंड नहीं ले सकते?"

"तुमने सुना नहीं, यह आख़िरी था," बिट्टी ने कहा।

वह सचमुच आख़िरी था। नीचे के बक्सों से लोग बाहर निकल रहे थे। वे ऊपर हवा में बैठे थे—अपनी बारी आने की बाट जोह रहे थे।

अब वह आदमी बाहर आया, जो कुछ देर पहले टिकट बाँट रहा था। वे दोनों एक-दूसरे से सटे दुबककर बैठे थे। आदमी कुछ देर तक ऊपर देखता रहा, फिर उसने ज़ोर से आवाज़ लगाई—कोई ऊपर है। वे दोनों चुप बैठे रहे।

हुआ कुछ नहीं। आदमी ने झूले के हैंडिल से अपना कोट उठाया, बीड़ी सुलगाई और सीटी बजाता हुआ गेट की तरफ़ चलने लगा।

वे साँस खींचकर चुप बैठे रहे, मानो वह आदमी अचानक पीछे मुड़ेगा, उनके धोखे को पकड़ लेगा, पहिया नीचे खींचेगा और उन दोनों को बाहर धकेल देगा।

"चला गया?" बिट्टी ने उत्सुकता से पूछा।

"लेकिन क्यों?" उसने हैरानी से बिट्टी को देखा।

"अब हमें कोई नहीं देख सकता," बिट्टी ने कहा। कोई नहीं देख सकता, यह ख़याल आते ही उसके भीतर एक ठंड-सी फैलने लगी। उसे लगा, उस आदमी ने उन्हें नहीं देखा, तो कोई उन्हें नहीं देख सकता, वे अदृश्य हैं। वे कहीं ऊपर हैं, हवा और अँधेरे में, एक-दूसरे के अँधेरे में जकड़े हुए, शहर की रोशनियों, घरों, और आदमियों के ऊपर जहाँ कभी वे रहते थे, बहुत पहले, किसी दूसरे जन्म में...उसकी समूची देह ठिठुरने लगी।

"सर्दी लग रही है?" बिट्टी ने उसे पास घसीट लिया, अपनी साँसों के गरम गदराए घेरे में, "क्या सोच रहे हो?"

"कुछ नहीं।"

वह कुछ नहीं सोच रहा था। वह बीच अँधेरे में बैठा था—न ऊपर, न नीचे, समूची दुनिया से कटा हुआ।

"बिट्टी, क्या तुम पिछले जन्म में विश्वास करती हो?" उसने अचानक पूछा।

कुछ देर तक वह ख़ामोश रही, फिर अँधेरे में उसका धीमा स्वर सुनाई दिया, "मैं नहीं करती...तुम करते हो?"

"मुझे पता नहीं..." उसने कहा, "लेकिन ऐसा समय ज़रूर रहा होगा, जब हमें कोई नहीं जानता होगा...मेरा मतलब है..."

"तुम्हारा मतलब है..." बिट्टी ने कुछ सोचते हुए कहा, "अगर मैं सड़क पर चल रही हूँ और तुमने मुझे देखा है, तब भी तुम मुझे नहीं पहचान सकोगे। तुम सोचोगे, यह बिट्टी नहीं, कोई और है।"

"क्या ऐसा हो सकता है?"

"क्यों नहीं होता? लोग अपना घर छोड़कर चले जाते हैं और जब बरसों बाद लौटते हैं तो कोई उन्हें पहचान भी नहीं पाता।"

"क्यों?"

"क्योंकि..." बिट्टी ने सिर उठाया और उसकी ऐनक के शीशे चाँदनी में एकाएक चमचमा उठे, "क्योंकि वे एक ही जन्म में दूसरा जन्म ले लेते हैं।"

"बेवक़ूफ़ होंगे..." उसने कहा, "क्या एक ज़िन्दगी काफ़ी नहीं है?"

"नहीं, बेवक़ूफ़ नहीं।" वह एक लम्बे क्षण तक उसे निहारती रही, "ऐसे लोग अपने से बहुत नफ़रत करते हैं, इसलिए वे अपने को छोड़ देते हैं। वे कुछ और बन जाते हैं..."

आदमी कैसे अपने को छोड़कर कुछ और बन जाता है, उसे कुछ समझ में नहीं आया, किन्तु उस रात बीच हवा में बैठे हुए उसे सबकुछ सच लगा था, असम्भव लेकिन सच, चाँदनी रात में पेड़ों के नीचे एक खेल जैसा, जिसमें जो दिखाई देता है, वह नहीं है, जो सचमुच में है, वह दिखाई नहीं देता...

"बिट्टी, तुम कुछ और बनना चाहोगी?"

वह चौंक गई, नीचे देखने लगी, जहाँ नुमाइश का मैदान एक पीले पाताल की तरह फैला था—ख़ाली, उजाड़, चकाचौंध।

"तुमने उस बौने को देखा था?" बिट्टी ने धीरे से कहा।

"हाँ, क्यों?"

"मैं वही बनना चाहती हूँ।"

वह भयभीत-सा होकर हँसने लगा। "तुम चिथड़े पहनोगी?"

बिट्टी उसके पास सरक आई, "वे चिथड़े नहीं थे..." उसने कहा, "वह सुख था।"

उसका स्वर इतना हल्का था कि अँधेरे में जान पड़ा, जैसे वह किसी स्वप्न का छिलका है, जो उसके हाथ में रह गया है, तारों की पीली छाँह में काँपता हुआ—उसे नीचे की तरफ़ खींचता हुआ, जहाँ इलाहाबाद के इतने वर्ष बेकार टुकड़ों की तरह हवा में उड़ रहे थे...

बिट्टी ने उसका हाथ पकड़ा और वे नीचे कूद गए। नीचे कोई न था। दुकानें बन्द हो गई थीं। हवा में पुराने अख़बार और जूठी पत्तलें उड़ रही थीं। मेरी गो राउंड के हाथी-घोड़े धीरे-धीरे घूम रहे थे—मानो हवा में नहीं—अपनी नींद के झोंकों में चक्कर लगा रहे हों। वे भागने लगे...नुमाइश के चमकीले अँधेरे में, लाल बजरी पर, मुर्दा और मरियल ढाबों के आगे जहाँ बौने की गुफ़ा किसी प्रागैतिहासिक अँधेरे में डूबी थी। वे भाग रहे थे, बैंड के पवेलियन के साथ-साथ, पेड़ों पर झूलती रंग-बिरंगी रोशनियों के नीचे, अँधेरे और अँधेरे के बीच, हवा को सुनते हुए, जनवरी की जानलेवा रात के नीचे, जो उसकी हड्डियों में बर्फ़ की तरह जम गई थी।

अप्रैल में बिट्टी के इम्तहान आए और चले गए। गर्मी की छुट्टियों में वह बीमार पड़ा और बिट्टी इंटरव्यू के लिए दिल्ली चली गई। लू में लदी, साँय-साँय करती दुपहरी में वह मिशनरी हंटर के साथ जंगलों में भटकने लगा, जहाँ झाड़ियों के पीछे पैन्थर की उदास, भूखी आँखें दिन-रात चमकती थीं। फिर एक दिन चमत्कार हुआ था। बिट्टी की माँ हाथ में चिट्ठी लेकर उसके पास आई थीं, बिट्टी ने उसे बुलाया था क्योंकि 'बीमार लड़के, जो स्कूल नहीं जाते, कहीं भी रह सकते हैं' और वह चला आया था। अब पुराने क़िले के सामने खड़ा था, बस की प्रतीक्षा में, खँडहरों पर कव्वों को उड़ता देख रहा था।

8

उस शाम जब वह घर लौटा, दरवाज़ा खुला था। कमरे में रोशनी जल रही थी। वह ठिठक गया। ऐसा बहुत कम होता था कि वह घर लौटे और कमरा खुला हो।

उन दिनों बिट्टी बहुत देर से घर लौटती थी। वह सो जाता था। कभी बीच में आँख खुलती तो देखता, किचन की बत्ती जली है। वह उसे आवाज़ देता और वह भागती हुई उसके कमरे में आ जाती, अँधेरे में ही उसके बिस्तर के पास बैठ जाती।

"हमने तुम्हें जगा दिया?" वह उसके माथे पर हाथ रख देती—यह उसकी पुरानी आदत थी, जब से उसे बुख़ार आना शुरू हुआ था।

"कब आईं?"

"एक घंटा पहले—तुम सो रहे थे।"

"अकेली?"

"नहीं, डैरी छोड़ने आए थे। मैंने उन्हें कॉफ़ी के लिए ऊपर बुला लिया—किचन में बैठे हैं। तुम थोड़ी-सी ओवल्टीन लोगे?"

ऐसी रातें बहुत सुखद होती थीं। बिट्टी रसोई में चली जाती। डैरी उठकर उसके पास आ जाते। बैठ जाते। वह ज़्यादा नहीं बोलते थे। उन दिनों सिर्फ़ उनकी शक्ल याद रहती थी। स्टूडियो के कोने में बैठे हुए, एक्टरों से बातें करते हुए—काली छितरी हुई दाढ़ी, बहुत घनी पलकों में ढकी आँखें, जो आधी मुँदी रहतीं, जैसे पूरी खोलने पर जो दुनिया दिखाई देगी, उसे झेल पाना असम्भव हो!

बिट्टी ओवल्टीन का गिलास लाकर बीच में बैठ जाती। कोई उन तीनों को खुली बरसाती में देखता, तो सोचता, शरणार्थियों का कोई परिवार है, वेटिंग-रूम के आगे बैठा है, ट्रेन की प्रतीक्षा में— और वह उसे अद्भुत एडवेंचर-सा जान पड़ता, इतनी रात-गए बातें सुनना, ओवल्टीन पीना, जागते रहना—कोई मना करनेवाला नहीं। इलाहाबाद में था, तो दस बजे ही बत्ती बुझानी पड़ती थी।

वे कितनी पास बैठे थे! छत की मुँडेर से सटी बिट्टी और उसके सामने बैठे डैरी...वह कम्बल में लिपटा हुआ उन्हें देख रहा था। एक फाँस-सी भीतर गड़ने लगती। वे इतने धीमे बोलते जैसे उन्हें कोई डर हो—यह कोई प्रेम है? उसने कभी ऐसा नहीं देखा! अकेले हैं, तो डर किसका? फिर वह पागल लड़की चाकू चमकाती हुई दिखाई दे जाती, वह जैसे कोई बड़ा विराट् भेद उसके कानों में कहना चाहती—लेकिन वह पीछे हट जाता। मुझे माफ़ करो—मुझे किसी सत्य की लालसा नहीं; तुम जाओ—प्लीज़ गो, गो अवे! वह खड़ी रहती, फीकी चाँदनी में काजल का टोटका-सी—डैरी की बहिन, छत पर मँडराती हुई—और तब उसे हैरानी होती, कि दिल्ली कैसा शहर है, कोई भी झाड़ियों से निकलकर छत पर आ सकता है, घूम सकता है, दरवाज़ा खटखटा सकता है...

उसने दरवाज़े की तरफ़ देखा—कोई नहीं था—वह फिर निश्चिन्त होकर किताब पढ़ने लगता। यह सबसे सुन्दर समय होता। वह ओवल्टीन पीता हुआ देर रात तक पढ़ता रहता। रानीखेत और चौबटिया के जंगल,

सरसराती लम्बी घास, अँधेरे में रिरियाते गीदड़। नहीं, ये गीदड़ नहीं, मिसेज़ पन्त के कुत्ते थे जो चाँदनी रात में बावलों की तरह चीख़ते थे। मिसेज़ पन्त अपना लहँगा फैलाकर ट्रांज़िस्टर सुनतीं—अकेली बूढ़ी औरत, झाड़ियों में चमकती पैन्थर की आँखें। उसकी आँखें मुँदने लगतीं...कुछ देर में सबकुछ शान्त हो जाता।

सबकुछ नहीं। छत की आवाज़ें बराबर सुनाई देती रहती थीं। पता नहीं, इतनी गई-रात वे क्या बातें करते होंगे? कभी-कभी उनकी आवाज़ें इतनी तेज़ हो जातीं कि उसे शर्म-सी आने लगती। नीचे कोई सुनेगा, तो क्या सोचेगा? वह मन-ही-मन प्रार्थना करने लगता कि वे झगड़ा न करें और कभी-कभी ऐसा होता कि ईश्वर सचमुच उसकी प्रार्थना सुन लेता। छत में सन्नाटा हो जाता। बिट्टी कमरे में आती और बिना अपने कपड़े बदले बिस्तर में घुस जाती। वह दबे-पैरों बाहर आता, देखता, छत पर डैरी चुपचाप सिगरेट पी रहे हैं। अकेले। दूसरी छतों को ताक़ते हुए—और तब उसके भीतर कोई चीज़ हिलने लगती, पिघलने लगती; याद आता, शायद वह दूसरे डैरी हैं, असली डैरी बन्दूक़ लेकर बिहार के गाँवों में घूम रहे हैं—भागते हुए, भटकते हुए, पुलिस से बचते हुए...

लेकिन कोई आदमी दो जगहों में कैसे जी सकता है?

वह लौट आता। अपने बिस्तर पर लेट जाता। देह में कँपकँपी-सी छूटने लगती। पता नहीं, बुख़ार की ठंड, या सिर्फ़ ठंड, सिर्फ़ डर, सिर्फ़... वह चौंक जाता। नीचे मोटरसाइकिल की गड़गड़ाहट सुनाई देती—अँधेरे को झिंझोड़ती आवाज़—और उसे सुनते ही बिट्टी उठ जाती, भागते हुए छत पर जाती, मुँडेर के नीचे झाँकने लगती, पता नहीं, कितनी देर छत पर खड़ी रहती और जब सुबह उसकी आँख खुलती तो देखता, बिट्टी गुड़गुड़ी-सी बनकर सो रही है—पीली, थकी और क्लान्त।

किन्तु अगली रात डैरी फिर आते, मानो पिछली रात कुछ हुआ ही न हो। वह यह भी न पूछते कि बिट्टी घर में है या बाहर; सीधे छत

पर चले आते और नंगी ज़मीन पर बैठ जाते; अपना डफल बैग उसके सामने रख देते मानो कहीं छापा मारकर पूरा ख़ज़ाना लूट लाए हों—चीज़ के क्यूब्स, सार्डीन और सलामी के टीन, ब्राउन डबलरोटी—किन्तु जो चीज़ें उसे हमेशा हैरानी में डाल देतीं, वे होतीं बियर की बोतलें, पीली सोंधी घास में लिपटी हुई। यह उनके लॉन की ताज़ा कटी घास होती। घास क्यों, तो हँसते हुए कहते, इससे अप्रैल के मौसम की गन्ध आती है; पागल, सनकी, बिलकुल अपनी बहिन की तरह...

अप्रैल का मौसम! फाटक पर सेमल का पेड़ फरफराता था। न गर्मी, न सर्दी, सिर्फ़ एक गुनगुनी-सी हवा छतों को लाँघती थी और जब शाम होती तो मक़बरे का गुम्बद गुलाबी हो जाता था, धीरे-धीरे अँधेरे में डूब जाता था, किन्तु कुछ देर में वह फिर दिखाई देता, आकाश के गुम्बद-तले, तारों में झिलमिलाता हुआ।

बियर खोली जाती।

पेड़ की पत्तियों को छत के कोने में समेट दिया जाता।

डैरी रिकॉर्ड-प्लेयर की तार खींचकर बाहर ले आते, छत पर, जहाँ अँधेरे में पता नहीं चलता था कि रिकॉर्ड का संगीत कहाँ से उठ रहा है, कहाँ जाकर गिर रहा है, पहाड़ी धुंध की तरह, जिसके पीछे टेलीविज़न के पोल दिखाई देते और निज़ामुद्दीन का स्टेशन और मक़बरे की छाँह और उसके नीचे डैरी बैठे रहते थे, बार-बार बरसाती की तरफ़ देख लेते थे...

"बिट्टी कहाँ है?" उन्होंने पूछा।

"रसोई में—आज पानी आ रहा है।"

उन दिनों सिर्फ़ रात को नल खुलता था। एकसाथ सब मकानों की पाइप्स बुड़बुड़ाने लगतीं। वह और बिट्टी जल्दी-जल्दी सब बर्तनों-बाल्टियों को भरने लगते। किन्तु उस रात वह बैठा रहा। बहुत दिनों बाद उसे अपनी देह तपती-सी जान पड़ी। आँखों के आसपास आग-सी सुलग रही थी।

सहसा लगा, पैरों के नीचे पानी आ रहा है। चटाई भीग रही थी। वह भागता हुआ ग़ुसलख़ाने में आया तो देखा, बिट्टी नल बन्द करना भूल गई थी। बाल्टी में भरा हुआ पानी बाहर बह रहा था। बिस्तर पर बिट्टी औंधे मुँह लेटी थी।

बत्ती नहीं जली थी, पर कमरे में अँधेरा नहीं था। तारों का आलोक चमकीला रेत-सा चारों तरफ़ सरक आया था, हर चीज़ मुँह उठाए उसे ताक रही थी, दो बिस्तर और बीच में मूढ़ों का पार्टीशन, किताबों की जिल्दें, चौकी पर रखी सुराही, दीवार पर चिपकी मदर टैरेसा की तसवीर। अचानक उसे ख़याल आया, बिट्टी की गृहस्थी कितनी अस्थायी है, कितनी छोटी—उसे किसी भी लमहे छोड़कर निकला जा सकता है।

"क्या डैरी आ गए?" उसने पूछा।

"बाहर बैठे हैं।" वह एक क्षण झिझका, "तुम यहाँ क्या कर रही हो?"

"तुम जाओ—मैं अभी आती हूँ।"

वह वैसे ही लेटी रही, तकिये पर बाल बिखराए, मुँह मोड़कर, मूढ़ों के पीछे।

वह बाहर आया, तो चाँद छतों पर डोल रहा था। डैरी अपने गिलास के आगे बैठे थे। वह बहुत देर तक बिना हिले-डुले बैठे रहे, न उससे कुछ कहा, न बियर का गिलास छुआ। जब एक रिकॉर्ड ख़त्म हो जाता, तो दूसरा लगा देते, फिर मुंडेर का सिरहाना लगाकर बैठ जाते। तुम सिर्फ़ चेहरा देख सकते हो—पूरा वह भी नहीं—पता नहीं, पूरा चेहरा बनने में कितना समय लगता है, जिसे हम अन्तिम और सम्पूर्ण कह सकें? डैरी को देखकर लगता था, जैसे उनके कई चेहरे रास्ते में छूट गए हैं, सेंट स्टीफेंस कॉलेज में, बिहार के गाँवों में, स्टूडियो के स्टेज पर या अब, जैसे वह अब हैं, छत की धुँधली रोशनी में बैठे हुए?

हल्की-सी खटखटाहट हुई और दरवाज़ा खुल गया। बिट्टी बाहर आई थी, वह मुँह धोकर आई थी; बाल खुले थे, जो खोले नहीं गए थे, सिर्फ़ ढीले होकर जूड़े से बाहर निकल आए थे। कानों पर झूलती लटें अब भी पानी में भीगी थीं। वह अपने साथ गिलास लाई थी—डैरी के कन्धे को छूकर कहा, "थोड़ी-सी मुझे दोगे?"

डैरी ने चौंककर उसकी ओर देखा—और तब उसे लगा, एक चेहरा और है जो आईना है, बिट्टी के अक्स से जुड़ा हुआ, जो अपने में कुछ नहीं है किन्तु जिस पर बिट्टी की हर साँस भाप की तरह जम जाती है।

बिट्टी ने हाथ आगे बढ़ाया और धीरे-धीरे डैरी के हाथ को सहलाने लगी, जो अब भी बियर के गिलास से चिपका था। एक सुन्न-सी छुअन, जब उँगलियों के पोरों पर अनकहे शब्दों की पीर दूसरे की उँगलियों में पथराने लगती है। डैरी ने सिर उठाया, एक हल्की-सी मुस्कराहट में बिट्टी को देखा और तब बिट्टी के सहलाते हाथ ठिठक गए...जैसे किसी आनेवाले ख़तरे की आहट उसे मिली हो...

कैसा ख़तरा? न जंगल, न पहाड़, न झाड़ियों में चलता पैन्थर। वह थककर लेट जाता। वह भूल जाता जीवित प्राणियों में रिश्ते कौन-से काँटों के बीच घिसटते हुए अपनी ख़ून की बूँदें छोड़ जाते हैं। वह अपना बिस्तर देहरी पर सरका लेता। आधा भीतर, आधा बाहर। वहाँ वह हवा से बच सकता था। दोनों को देख सकता था। लेट सकता था। लेटकर अपने बुख़ार में अकेला रह सकता था।

वे चुप बैठे थे, लेकिन लगता नहीं था कि वे चुप हैं और उसे यह बहुत विचित्र लगा कि वह उन्हें सुन रहा था, जबकि वे कुछ भी नहीं बोल रहे थे और तब उसने सोचा, शायद यह प्रेम है, एक-दूसरे को सुन पाना, चाहे उसमें कितना ही सन्देह और निराशा क्यों न भरी हो। उन्हें शायद इसका पता भी नहीं था—किन्तु वह सूँघ सकता था, उस

मेहमान की तरह जो पराये घर की गन्ध एकदम सूँघ लेता है, जबकि घर के निवासियों को उसका गुमान भी नहीं होता।

उसने करवट ली; आधी नींद के अँधेरे में बिट्टी की आवाज़ सुनाई दी, "तुम उनसे मिले थे?"

"हाँ...एक बार उनके घर गया था।"

"कौन-से घर?"

"माल रोडवाले घर में...वह कई दिनों से अपने ऑफ़िस में नहीं आ रहे।"

"इरा को मालूम है, तुम गए थे?"

"उसने ही मुझसे जाने के लिए कहा था..." डैरी ने गिलास उठाया, तो गिलास पर चिपकी बियर की फ़ेन चमकने लगी। स्टूडियो का हॉल दिखाई दिया, पीली बत्तियों में भीगा मंच, पिछली बेंच पर बैठे हुए नित्ती भाई, बोतल से व्हिस्की पीते हुए, स्टेज को ताकते हुए। वह चले जाते हैं और पेड़ के तने पर झुक जाते हैं, इरा के हॉस्टल से बाहर निकलती हुई सँकरी गली, और अँधेरे में फड़फड़ाता पेड़ और तब वह होश में आया, बुख़ार की खन्दक से बाहर निकला, तो अपनी छत का पेड़ दिखाई दिया, अप्रैल की हवा में गदराया हुआ, अपनी छाया पर इतराता, सेमल का सेमी-सर्किल, सी-गल, हवा में उड़ता हुआ, उसकी आँखें खुल गईं, ध्यान बीच में अटक गया...।

"सी-गल?" बिट्टी ने आँखें ऊपर उठाईं।

"हाँ—सुनो, हम उसे अगली गर्मियों में कर सकते हैं। नित्ती भाई बहुत ख़ुश होंगे...उन्होंने सारे सैट डिज़ाइन किये हैं।"

बिट्टी ने अजीब जिज्ञासा से डैरी को देखा, किन्तु वह कहीं और थे—उनका स्वर एक छलछलाते उत्साह में उमड़ आया था।

"बिट्टी, अगर हम स्ट्रिनबर्ग के नाटक में सफल हो जाते हैं, तो दूसरे शहरों में भी जा सकते हैं; तुम हिन्दुस्तान घूमना चाहती थीं..."

"हिन्दुस्तान?" बिट्टी चाँदनी में हिलती सेमल की फुनगियों को देखने लगी, जैसे हिन्दुस्तान कहीं उनके बीच उलझा है।

"इरा इंग्लैंड लौट रही है," उसने कहा।

डैरी ने प्रश्न-भरी दृष्टि से बिट्टी को देखा, फिर नीचे झुककर धीरे से कहा, "यह ग़लत है।"

"क्या ग़लत है, डैरी?"

"पता नहीं, हिन्दुस्तान के बाहर उसे क्या मिलेगा?"

"और यहाँ?" बिट्टी ने डैरी को देखा, "यहाँ उसे क्या मिल सकता है?"

"मिलता कुछ नहीं," डैरी ने कहा, "लेकिन जब वह यहाँ आई थी, थिएटर में उसका मन लगता था...मैं सोचता था, वह अपने काम में इतना उलझ जाएगी, कि दूसरी चीज़ों के बारे में भूल जाएगी, जिनका कोई हल नहीं है।"

"दूसरी चीज़ें!" बिट्टी छतों के आरपार देखने लगी, "जिनका हल नहीं डैरी, क्या वे चीज़ें ख़त्म हो जाती हैं?"

"ख़त्म नहीं होतीं।" डैरी के स्वर में एक अजीब-सी कटुता भर आई] "लेकिन वे छोटी हो जाती हैं...अगर तुम्हें अपने काम में विश्वास हो, तो एक न एक दिन उन्हें भुलाया जा सकता है।"

बिट्टी धीरे से हँस दी।

"तुम भुलाने की कोशिश करते हो?"

डैरी ने बिट्टी को देखा। एक क्षण तनी हुई ख़ामोशी दोनों के बीच खिंची रही।

"मैं बहुत दिनों से तुमसे कुछ पूछना चाहती थी," बिट्टी का स्वर बहुत धीमा था। "तुम क्या सचमुच थिएटर में विश्वास करते हो?"

"तुम क्या सोचती हो?"

"नहीं—मैं सचमुच जानना चाहती हूँ।"

"यह विश्वास की बात नहीं है..." डैरी ने कुछ थके हुए स्वर में कहा, जैसे किसी बरसों पहले चली हुई ज़मीन पर वह दुबारा चल रहे हों। "मेरे लिए यही सबकुछ है।"

"उसके बाद भी, जो कुछ तुमने देखा है?"

"मैंने जो देखा है बिट्टी, उसे तुम जानती हो..." डैरी की ठंडी, विरक्त-सी आवाज़ को सुनकर वह भयभीत-सा हो गया, मानो वह किसी ख़तरे के ज़ोन में आ फँसे थे, चारों तरफ़ कँटीली तारें लगी थीं, लेकिन अपनी ज़िद की रौ में वह पीछे नहीं हटना चाहते थे...

"जानते हो, जब मैं दिल्ली आई थी, लोग क्या कहते थे?"

"किसके बारे में?" डैरी ने विस्मय से बिट्टी को देखा।

"तुम्हारे बारे में...तुम बिना किसी से कुछ कहे-सुने यूनिवर्सिटी छोड़कर चले गए थे।"

"कोई फ़ायदा नहीं, बिट्टी," डैरी ने ख़ाली निगाहों से बियर की बोतल को देखा, जो ख़ुद ख़ाली थी। "वह अलग समय था—और हम दूसरे लोग थे। हम सोचते थे, एक दिन में सबकुछ बदला जा सकता है—वह पागलपन था।"

"अच्छा?" बिट्टी धीरे से हँस पड़ी, "यह नॉर्मल ज़िन्दगी क्या होती है डैरी? ब्रेख़्त के नाटक?" बिट्टी के होंठ एक अजीब मुस्कान में खुल गए थे। "रिकॉर्ड...किताबें...शाम को बियर पीना?"

डैरी के हाथ गिलास पर थमे रहे।

"बिट्टी, तुमने क्या सोचकर घर छोड़ा था?"

डैरी का स्वर इतना ठंडा, इतना भावभीन था, कि बिट्टी की मुस्कराहट होंठों पर जमी रही।

"मैं सोचती नहीं...सिर्फ़ तुमसे जानना चाहती हूँ।"

"तुम मुझे जानती हो—जैसा मैं हूँ?"

"क्या मतलब?"

एक क्षण डैरी हवा में हिलती कपड़े टाँगनेवाली तार को देखते रहे।

"तुमने कभी किसी को मरते हुए देखा है?" डैरी ने एक साँस ली और उसमें किसी बहुत पुरानी दुपहर की तितीरी आत्मा झलक आई, "मरना नहीं, किसी को मारकर मरते हुए देखना...देखोगी, तो मालूम होगा..." वह रुक गए, बिट्टी की आँखें उन पर जमी थीं।

"क्या मालूम होगा, डैरी?"

"कुछ भी नहीं," डैरी ने बहुत धीरे से कहा। "जब तक तुम आँखों से नहीं देखतीं, कुछ भी मालूम नहीं होता।"

कुछ देर तक सन्नाटा छाया रहा। एक बार इच्छा हुई, करवट बदलकर डैरी को देखे, क्या यह वही लड़के हैं, जो ऐनक के पीछे आँखें झिपझिपाते हुए स्टेज पर बैठे रहा करते थे, स्ट्रिनबर्ग का रहस्य समझाते थे? लेकिन वह लेटा रहा, उठते हुए बुख़ार में सब चीज़ें डूबती-सी जान पड़ीं—छत, स्टेज, स्ट्रिनबर्ग, खेत, मरी हुई आँखें—सब।

रिकॉर्ड अचानक ठहर गया था; घूमता हुआ डिस्क घुर्र-घुर्र कर रहा था, ख़ाली हवा को खाता हुआ; बिट्टी ने उठकर रिकॉर्ड-प्लेयर बन्द कर दिया। अपनी सिगरेट सुलगाई, तो तीली की रोशनी सहसा भभक उठी—डैरी का गिलास ज्यों-का-त्यों पड़ा था। अब वह नहीं पी रहे थे।

"डैरी, तुम क्या अब भी सोचते हो?" बिट्टी का स्वर बहुत कोमल हो आया था।

"किसके बारे में?"

"तुमने जो दिन वहाँ बिताए थे?"

"वे दिन नहीं थे...वह मेरी उम्र थी," डैरी ने कहा। "उम्र बीत भी जाती है, तो भी उसे ढोना पड़ता है!" वह कुछ देर ठहरे, उन्होंने बिट्टी को देखा, "जब तुमने घर छोड़ा था, तो कभी थिएटर के बारे में सोचा था?"

"थिएटर के बारे में नहीं...लेकिन एक्टरों को देखकर मुझे बहुत हैरानी होती थी—जैसे बौनों को देखकर या बहुत बूढ़ी औरतों को

देखकर—मुझे लगता था, जैसे उनके पास कोई सत्य है, जो हमारे पास नहीं है।"

"कैसा सत्य?"

"मुझे लगता था, हम उन्हें जैसा देखते हैं, वैसे वे नहीं हैं—वे कोई दूसरी ज़िन्दगी बिताते हैं, जिसके बारे में हमें कुछ पता नहीं है। मैं उनमें नहीं हूँ।"

"यह तुम्हें कब पता चला?" अँधेरे में मालूम नहीं हुआ, क्या डैरी मुस्करा रहे हैं?

"दिल्ली आने पर..." बिट्टी ने गिलास में बची बियर पी डाली, "इन दो सालों में मैंने कितने पार्ट खेले हैं...मैं दूसरों की ज़िन्दगी जीती हूँ, लेकिन ख़ुद वहीं हूँ जहाँ पहले थी...पहले से भी बदतर। इलाहाबाद में थी, तो कम-से-कम बहाना तो नहीं करती थी कि मैं कुछ हूँ।"

"तुम बिट्टी...तुम इस सबको बहाना समझती हो?"

"मैं तुम्हारे लिए नहीं कह रही...तुम सबकुछ देखकर थिएटर में आए हो; मैं घर छोड़कर यहाँ आई थी।"

"इससे क्या फ़र्क़ पड़ता है?"

"बहुत फ़र्क़ पड़ता है...अपने को देखो, तुम्हें कभी अपने-आप पर सन्देह नहीं होता...तुम हमेशा ठीक बात कहते हो।"

"तुम सोचती हो, दिल्ली लौटकर मैंने कोई जुर्म किया है?"

"मैंने तुमसे कभी कुछ नहीं कहा।"

"तुम कहतीं नहीं; सिर्फ़ जज करती हो।"

बिट्टी पीछे हट गई, मुंडेर से सटकर बैठ गई।

"ठीक है, अगर तुम ऐसा सोचते हो, तो मैं कभी कुछ नहीं कहूँगी।"

डैरी ने अपना हाथ उसके घुटनों पर रख दिया, किन्तु वह न हिली, न डुली, मूर्ति-सी अँधेरे में बैठी रही।

"बिट्टी, तुम चाहती क्या हो?"

वह चुप रही, फिर सिर उठाया—डैरी की तरफ़ नहीं—बल्कि उससे परे, जैसे कहीं छतों पर छिटके तारों के बीच अपनी चाहना ढूँढ़ रही हो, लेकिन वहाँ कुछ भी नहीं था, निज़ामुद्दीन का स्टेशन, धुँधुआती बत्तियाँ, अप्रैल का आकाश—दिल्ली पर फैला हुआ।

बिट्टी ने एक साँस ली और आँखें मोड़ लीं।

"तुम जानते हो; मैंने तुमसे कितनी बार कहा है।"

"मुझे नहीं मालूम; तुम बात-बात पर लड़ने लगती हो।"

"बात-बात पर नहीं—सिर्फ़ एक बात पर। तुम मुझसे तंग नहीं आ जाते?"

"सुनो..." इस बार डैरी के स्वर में ग़ुस्सा नहीं, सिर्फ़ सन्तप्त-सी जिज्ञासा थी, "तुम थिएटर छोड़ दोगी, तो करोगी क्या?"

बिट्टी हल्के-से हिली, जैसे कोई चीज़ देह में सिहरती हुई झुरझुरा जाती है, "मुझे नहीं मालूम डैरी, मैं सिर्फ़ दिल्ली छोड़ना चाहती हूँ।"

वह वाक्य कुछ देर अँधेरे में जमा रहा।

"मैं दिल्ली छोड़ना चाहती हूँ," उसने दुबारा कहा, जैसे दूसरी बार की गरमाई पहली बार के नंगे, ठिठुरते वाक्य को अपने में ओढ़ रही हो।

"क्या इलाहाबाद लौट जाओगी?"

"नहीं...वहाँ नहीं।"

"कहाँ जाओगी?"

"मुझे नहीं मालूम...और कहीं गई तो तुम्हें नहीं बताऊँगी।"

"क्यों? मुझसे छिपकर भागने में शर्म आएगी?"

बिट्टी ने आँखें ऊपर उठाईं।

"शर्म—तुमसे?" वह हँसने लगी, "नहीं, शर्म नहीं...मुझे तुमसे पूछने की ज़रूरत नहीं। तुमने सबकुछ देख लिया...बिहार, मरते हुए लोग, थिएटर...तुम सबकुछ जानते हो...तुम शायद नहीं जानते, मैं तुमसे कितनी छोटी हूँ...मैं ख़ुद देखूँगी।"

"देखोगी?"

"कुछ भी..जो कुछ मेरे पल्ले पड़ेगा—सबको।"

"इससे तुम्हारी तकलीफ़ दूर हो जाएगी?" डैरी ने अजीब ठंडी आवाज़ में कहा।

"क्या मतलब?"

"तुम दूसरों की तकलीफ़ दूर करोगी?"

"मैं समझी नहीं..." उसका स्वर थरथरा रहा था।

"तुम भिखारियों के साथ बैठोगी...मदर टैरेसा की तरह...तुम सोचती हो बिट्टी कि तुम..."

किन्तु इसके आगे वह कुछ नहीं सुन सका; गिलास गिरने की आवाज़...और दूसरे क्षण उसे बिट्टी की लपट-सी फूत्कारती आवाज़ सुनाई दी, पागल-सी बेतहाशा एक ही वाक्य को दुहराती हुई, "get out of here, get out of my house, get out, get out, get out..." और वह झटाक-से उठ बैठा—डैरी बार-बार अपने को बचाने के लिए उसका हाथ पकड़ने की कोशिश करते थे किन्तु हर बार बिट्टी हाँफती हुई पीछे हट जाती थी, जैसे कोई कोढ़ी उसे छू रहा हो, "don't touch me, don't you ever dare to touch me..." और डैरी डरकर सचमुच पीछे हट जाते और उनके पीछे हटते ही बिट्टी दुबारा उन पर झपट पड़ती, उसके बाल खुलकर डैरी पर गिरने लगते, उनके चेहरे, आँखों को छिपा लेते और बिट्टी की दबी भर्राई आवाज़ हवा में उठकर फिर थरथराने लगती..."get out, get out of this place, get out..."

रेत उड़ रही थी, उसके भीतर, और वह काँप रहा था। पागल-सी इच्छा हुई, वह बिस्तर से उठ खड़ा हो, सोने का बहाना छोड़कर उनके बीच जा खड़ा हो, बिट्टी को खींचकर डैरी से अलग धकेल दे, किन्तु वह बैठा रहा, अँधेरे और बुख़ार और चाँदनी में, उन दोनों की साँसें और सिसकियाँ सुनता हुआ...डैरी का रुँधा स्वर किसी भुतैली खोह से बाहर

आ रहा था, "क्या कर रही हो, बिट्टी, सुनो, वह उठ जाएगा, जानती हो, वह यहीं छत पर सो रहा है, बिट्टी, बिट्टी..."

और तब बिट्टी सचमुच रुक गई, हाँफती हुई साँसों के बीच चेतना की एक लकीर कौंध गई और तब डैरी ने काले अंधड़ से बाहर निकलकर, उसके झपटते, झिंझोड़ते हाथों को थाम लिया, उसे अपने पास खींच लिया, उसके फड़फड़ाते होंठों पर अपना मुँह रख दिया मानो ऐसा करने से ऊपर उफनते हुए शब्द भिंच जाएँगे, दब जाएँगे, किन्तु बिट्टी रुकी नहीं, जैसे रेस में दौड़ता हुआ घोड़ा दौड़ ख़त्म होने के बाद भी कुछ दूर भागता रहता है, वैसे ही बिट्टी के शब्द चुक जाने के बाद भी होंठों के बाहर फिसलते जा रहे थे, कमज़ोर, शिथिल, बेमानी, लेकिन एक लीक में बँधे हुए, अपने बवंडर में घूमते हुए, दुहराते हुए—"don't touch me, don't you dare touch me..."

किन्तु अब वह स्वयं डैरी को छू रही थी, अपनी तरफ़ समेट रही थी...उसके भिंचे होंठ खुल रहे थे, डैरी के होंठों को अपने मुँह के अँधेरे में घेरते हुए, उनकी साँस को अपनी साँस में समोते हुए, एक चमकीली गरमाई के घेरे में, जहाँ न कोई उम्मीद होती है, न निराशा, न तसल्ली, न कोई भविष्य, न सुख, सिर्फ़ एक पाट खुल जाता है, झाड़ियों में अटका हुआ नाला फिर बहने लगता है—उस समय तक बहता रहता है जब तक कोई दूसरा पत्थर, कोई झाड़-चट्टान, कोई सन्देह, बीच राह में औंधा-पड़ा कटे सत्य का कोई पेड़ उसे दुबारा नहीं रोक लेता।

वे कुछ देर इसी तरह बैठे रहे। नाला बहता रहा। ऐसी ही रातों में पैन्थर आता होगा, लम्बी घास में लम्बे डग बढ़ाता हुआ—भूखा और बौखलाया-सा। नाले के पास आकर ठिठक जाता होगा, गर्दन झुकाकर गट-गट पानी पीता होगा—वहाँ प्यास प्यास है, पानी पानी—बीच में कोई मरीचिका नहीं, माया नहीं, दूसरे दिन उसके पैरों के निशान बन जाते होंगे—एक गवाही की तरह कि पिछली रात वह यहाँ आया था,

सुस्ताया था, पानी पिया था...लास्ट नाइट द पैन्थर केम एंड माई डॉग व्हाइन्ड द होल नाइट...

मिसेज़ पन्त के कुत्ते सचमुच चीख़ रहे थे, शायद डैरी की छाया को देखा होगा, नीचे की दीवार पर चाँदनी में हिलती हुई—वह नीचे झुककर बियर की ख़ाली बोतलों और गिलासों को समेट रहे थे।

"इन्हें रहने दो—मैं उठा लूँगी।" बिट्टी ने उनका कन्धा पकड़कर उठा दिया और जब डैरी ने सिर उठाया, तो दोनों एक-दूसरे को भौंचक निगाहों से देखने लगे—मानो वे किसी स्वप्न से जाग गए हों, एक-दूसरे को पहली बार देख रहे हों—हालाँकि बदला कुछ नहीं था, वही डैरी की छितरी दाढ़ी, ऐनक, झिपझिपाती आँखें, वही बिट्टी—सिर्फ़ एक क्षण के लिए यह विस्मय रहा होगा—फिर बिट्टी ने डैरी का हाथ अपने गालों पर रख दिया, उनके हाथ से ख़ुद अपने चेहरे को सहलाने लगी, जैसे वह किसी खोई हुई पहचान को दुबारा अपने पास बुला रही हो!

"डैरी!"

"क्या बिट्टी?"

"कुछ नहीं—मैं सिर्फ़ तुम्हारी आवाज़ सुनना चाहती थी।"

आँसुओं के बीच एक पीली-सी मुस्कराहट निकल आई, मानो यह उनके बीच कोई पुराना खेल हो—अच्छे दिनों के तिनके, जिन्हें पकड़कर वे डूबते दिनों में ऊपर आ जाते थे।

डैरी सीढ़ियाँ उतरने लगे, अपनी मोटरसाइकिल स्टार्ट की, किन्तु उस रात बिट्टी और दिनों की तरह भागते हुए मुँडेर तक नहीं गई, वहीं छत पर बैठी रही—गिलास और बोतलों और गमलों के बीच, कुछ सोचती हुई, और तब बिट्टी को देखते हुए उसे पहली बार ख़याल आया, लोगों के बारे में हम इतना कुछ जानते हैं—सिर्फ़ यह नहीं जानते कि वे क्या सोच रहे हैं।

9

टप, टप, टप—कोई ज़मीन पर पैरों को थपथपाता हुआ भागे जा रहा था, लम्बी घास और पेड़ों की छाँह में, अपने पंजों के सुराग़ उसकी पलकों पर गड़ाता हुआ। वह खुली दुपहर में जाग जाता, ज्वर के पीले ज्वार में ऊपर-नीचे डोलता हुआ। वह रास्ते से हट जाता, कोने में दुबक जाता। प्लीज़ डोंट टच मी, प्लीज़ डोंट, काँपता रहता—उस समय तक काँपता रहता, जब तक भागते हुए जन्तु की साँस उसके ऊपर से न गुज़र जाती और तब वह अचानक शान्त हो जाता, देह शिथिल पड़ जाती। दुपहर के घनघोर सन्नाटे में नल की बूँदें टप-टप करतीं और निज़ामुद्दीन के स्टेशन पर कोई ट्रेन धड़धड़ाते हुए गुज़र जाती। मिसेज़ पन्त के कुत्ते रिरियाने लगते और वह झपटकर उठ बैठता, पसीने में लथपथ। मैं कहाँ हूँ, वह सोचने लगता—यहाँ या वहाँ?

उस रात जो बुख़ार आया, वह तीन रोज़ चलता रहा। होश और बेहोशी के बीच चक्कर लगाता हुआ, पता नहीं, वह कहाँ-कहाँ चला

जाता! एक बार उसे लगा, जैसे वह अस्पताल पहुँच गया है। पूरी दुपहर वह उनके पास बैठा रहा है, उन्हें देखता रहा है। जब वह साँस लेतीं, पेट में धँसी रबड़ की नली हिलने लगती। वह अस्पताल की दुपहर थी। शाम को बिट्टी कॉलेज से लौट आती—तुम अब जाओ, मैं बैठूँगी और वह उठ जाता था, गफ़लत में डूबी माँ को बिस्तर पर छोड़कर लौट आता था।

फिर याद आता, वह अब नहीं हैं। वह मर गईं। वह गले के कैंसर से मरी थीं और आख़िरी दिनों में एक बूँद पानी की हलक़ में नहीं जाती थी। पेट में घुपी कुप्पी से पानी उँड़ेल दिया जाता और वह बूँद-बूँद टपकता हुआ भीतर जाता था और वह पथराई आँखों से यह तमाशा देखती थी। चेहरे पर यातना की एक लकीर खिंची रहती, जिस पर उनकी साँसें च्यूँटियों की लम्बी क़तार-सी रेंगती रहती। रात होते ही वह आँखें खोल देतीं, दिन-भर की बदहवासी डेलों के बाहर निकल आती...

"मुन्नू, मुझे एक सपना आया।"

"कैसा सपना?"

"मुझे लगा, मैं गटागट कोकाकोला पी रही हूँ...बड़ा ठंडा, बर्फ़ में लिपटा हुआ।"

बिट्टी मुँह फेर लेती और वह खिड़की के बाहर झाँकने लगता, जहाँ ख़ून और मवाद की लिपटी पट्टियाँ बिखरी रहतीं। वह आँखें मूँद लेतीं और बिट्टी धीरे-धीरे उनकी हथेलियों को सहलाने लगती, "चाची, कुछ कहो, देखो, मैं यहाँ हूँ।"

वह आँखें खोल देतीं, एकटक दरवाज़े की ओर देखती रहतीं, जैसे किसी की बाट जोह रही हों, "बिट्टी, मैं कोशिश करती हूँ, लेकिन हर बार पीछे हट जाती हूँ।"

कैसी कोशिश...वह कहाँ जाने की कोशिश करती थीं, कहाँ जाकर लौट आती थीं? दिन और रात के बीच ज़रूर कोई ऐसा लमहा आता होगा, जहाँ वह निढाल होकर रुक जाती होंगी, पीछे देखती होंगी, कोई

आ तो नहीं रहा? वह बाट जोह रही थीं। वह आँखें मूँदे लेटी रहतीं और हम सोचते, वह सो रही हैं।

लोग सोते हुए कैसे मर जाते हैं? वे कोई सपना देख रहे होते हैं और बीच में अचानक रील टूट जाती है, और उन्हें लगता है, यह भी कोई सपना है, अस्पताल की खिड़कियाँ, खिड़कियों से आती धूप, कुर्सी पर ऊँघते बाबू, बरामदे में बैठी बिट्टी और मैं, उनका लड़का, फ़र्श पर चलती कीड़ियाँ, ये सब और सारी दुनिया, अपना बचपन और पुराने घरों के कोने और अपने मरे हुए माँ-बाप, ये सब और अपना बिस्तर और बाहर फैली दुपहर, ये सपनों के बीच सपने हैं और जब वे ख़त्म हो जाते हैं, छितरा जाते हैं, धुंध में धुंध हो जाते हैं, तब लोग कहते हैं, वह मर गईं, वह दुपहर को मरी थीं और उन्हें कोई कष्ट नहीं हुआ, वह बड़ी सौभाग्यवान थीं, क्योंकि आख़िरी घड़ी में सब लोग उनके पास बैठे थे...सिर्फ़ बिट्टी उन्हें झिंझोड़ रही थी, हिला रही थी, "चाची, तुम्हें कुछ चाहिए, देखो, मैं यहाँ हूँ!"

वह आँखें खोल देता—छत पर रात दिखाई देती। उसे हैरानी होती, दुपहर कहाँ चली गई? क्या वह सोते हुए अस्पताल की दुपहर को लाँघकर दिल्ली के अँधेरे में चला आया था? हो सकता है, वह भी कहीं लाँघकर चली गई हों, सिर्फ़ बिट्टी को मालूम हो, क्योंकि उनके मरने के बाद बिट्टी ने घर छोड़ा था और जब कभी वह दीवार पर मदर टैरेसा का फ़ोटो देखता—एक बूढ़ी क्लान्त औरत, कँगली लड़कियों के साथ बैठी हुई तो उसे चाची की बात याद हो आती, फ़कीरों जैसे कपड़े पहनती है, ईश्वर जाने इसका क्या होगा?

वह उठकर बैठ गया—अचानक हल्का-सा महसूस हुआ, जैसे बुख़ार की मैल पसीने के परनालों में बह गई है।

"बिट्टी!"

वह छत से भीतर आई तो कुर्ते की आस्तीनें चढ़ी थीं, जूड़े को तौलिए से बाँध रखा था, हाथों पर नीली नसें पानी में चमक रही थीं।

"कहाँ थीं तुम?"

"बाहर कपड़े सुखा रही थी—कुछ चाहिए?"

वह हाथ पोंछते हुए भीतर आई, उसके सिरहाने आकर बैठ गई।

"बिट्टी," उसने कहा। "मैं एक सपना देख रहा था।"

"कैसा सपना?"

"हम अस्पताल के गलियारे में बैठे थे। वह सो रही थीं।"

बिट्टी के हाथ उसके माथे पर ठिठक गए। पसीने में भीगे बाल हवा में सूख रहे थे।

"तुम्हारी चिट्ठी आई है," उसने धीरे से कहा।

"कब?"

"दुपहर को...तुम सो रहे थे। सुनोगे?"

उसने सिर हिलाया।

"तुम्हें इलाहाबाद बुलाया है।"

"मुझे मालूम है," उसने कहा।

घर लौटने के दिन पास आ रहे थे। वे चुप रहते थे। वे उसके बारे में कोई बात नहीं करते थे।

वह अप्रैल की रात थी, हल्की-सी गर्म, जैसे देह का बुख़ार कहीं हवा में है, और पेड़ निश्चल खड़े थे। ऐसी रातों में बिट्टी बरसाती के दरवाज़े, खिड़कियाँ खोल देती और उसे लगता, वह जहाज़ के किसी केबिन में लेटा है। बाहर का अँधेरा समुद्र-सा जान पड़ता और निज़ामुद्दीन का स्टेशन एक टिमटिमाता लाइट हाउस। वह लेटे-लेटे सोचने लगता, कहीं दूसरे केबिन होंगे, इरा का हॉस्टल और नित्ती भाई का दफ़्तर, जहाँ वह रात को सोते थे और तब उसे वह बँगला याद आता, एक टीला और झाड़ियाँ और पेड़ पर बैठी वह पागल लड़की डैरी की बहिन और डैरी, जो उस रात चले गए—और वापिस नहीं लौटे थे।

बुख़ार उतर रहा था। शायद इसीलिए उसे जहाज़ की याद आई थी क्योंकि उतरते बुख़ार में सब चीज़ें हिलती-सी जान पड़तीं और बिट्टी मूढ़ों का पार्टीशन हटा देती—ख़ुद अपना बिस्तर उसके बिस्तर से सटा देती और बोलती कुछ भी नहीं, कपड़े टाँगकर भीतर आ जाती और देर तक किचन का नल खुला रहता और उसे नींद आने लगती और फिर बत्ती बुझ जाती, लेकिन रोशनी की एक परत अँधेरे पर जमी रहती—एक हिस्सा तारों से आता और दूसरा ख़ुद भीतर की आँखों से, जो अँधेरे की पहचान को रोशनी में ढाल देता और उसमें पता चल जाता, कोई पास लेटा है, साँस ले रहा है, सोच रहा है और यही तीसरी परत होती, जिसमें न चमक होती, न अँधेरा, सिर्फ़ सोच की उदास और मूक महक, जो देर तक हवा में तिरती रहती। वह सोने से पहले का सोना होता, नींद के बीच नींद—नीचे से मोटरसाइकिल की आवाज़ सुनाई देती और वह चौंक जाता, प्रतीक्षा में आँखें खोले रहता किन्तु ज़ीने की सीढ़ियाँ सूनी पड़ी रहतीं और ऊपर कोई न आता।

"तुम सो रही हो?"

"नहीं," उसने करवट ली।

"सुनो, क्या उन्होंने बहुत दुख भोगा था?"

"पता नहीं, मुन्नू," उसने कहा।

"मरे हुए लोगों का दुख कहाँ जाता है?" उसने पूछा।

वह चुप लेटी रही और उसने सोचा, कहीं ज़रूर रहता होगा। पेड़ों पर। चलते हुए लोगों की छाया में। मकड़ी के जाले में झूलता हुआ।

बिट्टी ने साँस ली और फिर धीरे से कहा, "जानते हो, जब वह अस्पताल में थीं, तो मैं क्या सोचती थी? अगर कोई इतना कष्ट झेलकर दुनिया छोड़ता है, तो वे लोग जो दुनिया में रह जाते हैं, उन्हें कुछ करना चाहिए।"

"क्या बिट्टी?"

"हमें किसी दूसरी तरह जीना चाहिए।"

वे अँधेरे में लेटे रहे।

"क्या तुम डैरी से इसीलिए लड़ रही थीं?" उसने कुछ सोचते हुए पूछा।

"नहीं, इसलिए नहीं।"

"फिर?"

"मैं पाखंडी हूँ, इसलिए।"

"तुम कौन हो?"

"वे लोग, जो कहते कुछ हैं और करते कुछ और हैं।"

"बिट्टी, तुमने क्या इसीलिए घर छोड़ा था?"

"किसलिए?"

"तुम..." वह एक क्षण झिझका। "तुम तकलीफ़ में जीना चाहती हो।"

वह हँसने लगी। अँधेरे में साफ़ और क्रूर हँसी, जो सब परतों को छील जाती है।

"मुझे कोई तकलीफ़ नहीं है—बरसाती, किताबें, रिकॉर्ड-प्लेयर, मेरे पास सबकुछ है। मुन्नू, ग़रीबी का बहाना वही करते हैं, जो असल में ग़रीब नहीं हैं। मेरे पास सबकुछ है, सिर्फ़ शर्म नहीं है।"

"कैसी शर्म?"

"सबकुछ छोड़ने की। वे हर महीने मुझे पैसे भेजते हैं और मुझमें इतनी शर्म नहीं कि उन्हें लेने से इनकार कर सकूँ।"

"बिट्टी," उसने कहा। "तुम किसी से कुछ नहीं ले सकतीं?"

"मैं उसके क़ाबिल नहीं हूँ।"

"लेकिन तुम्हें नहीं मालूम, तुम दूसरों को कितना दुख देती हो?"

"मुझे मालूम है, लेकिन तुमने कभी सुख देखा है?"

वह एक क्षण चुप रही, फिर धीरे से कहा, "ऐसा सुख, जिसके बारे में कोई कह सके, वह उसके क़ाबिल है?"

कुछ देर केवल उसकी साँस सुनाई देती रही। फिर उसकी आवाज़ सुनाई दी, इतनी धीमी, मानो वह उसकी साँस का स्वर हो।

"तुम्हें कभी वह बौना याद आता है?"

"नुमाइश में जिसे देखा था?"

"और कहाँ?" वह धीरे से हँसी। "हमने एक चवन्नी में उसका सुख देखा था।"

"क्या वह असली था?"

"सुख या बौना?"

"नहीं," उसने कहा। "वह बुढ़िया, जो सिंहासन पर बैठी थी।"

"पता नहीं..." बिट्टी ने दरवाज़े की तरफ़ देखा, जैसे वहाँ कोई खड़ा हो। "वह सबकुछ जानती थी।"

"और बौना?"

"वह भोगता था। बुढ़िया देखती थी।"

बाहर कोई नहीं था...सिर्फ़ चाँदनी देहरी को लाँघकर उनके बिस्तरों पर चू रही थी। छतों पर टेलीविज़न के पोल हवा में हिल रहे थे।

वे लेट गए। हवा उठी थी। छत पर झुका सेमल का पेड़ खड़खड़ा जाता था। दो-चार पत्तियाँ अँधेरे में झिर-झिर करती झर जाती थीं।

कुछ देर बाद स्लीपिंग-बैग हिला, मुँह बाहर निकला, छोटी-सी आवाज़ बाहर आई, "मुन्नू?"

"हूँ!" उसने करवट ली।

"तुम क्या सोचते हो, अगर वह ज़िन्दा होतीं, तो मुझसे बहुत निराश हो जातीं?"

"बिट्टी," उसका स्वर न जाने क्यों बहुत रुँधा-सा हो आया। "वह तुम्हें बहुत मानती थीं।"

"मुझे नहीं...वह लड़की कोई और थी।"

"और तुम...तुम कौन हो?"

"मैं..." उसने बहुत धीमे-से कहा। "मैं उसे ही ढूँढ़ने दिल्ली आई थी।"

10

तुम आओगे? हाँ, मैं आऊँगा। तुम्हें मालूम है, कर्ज़न रोड? हाँ, मुझे मालूम है। मुझे कोई मुश्किल नहीं पड़ेगी। मैं वहाँ कई बार गया हूँ, प्रीमियर पास आ रहा था और बिट्टी सुबह से शाम बाहर रहती थी। वह अमरीकी लायब्रेरी में आकर बैठ जाता था। वहाँ ढेरों किताबें थीं—लेकिन उनमें उसे दिलचस्पी नहीं थी। वह रेफरेंस-बुक्स के एक कोने में बैठ जाता था—वहाँ लम्बे शीशे की खिड़की थी। पीछे एक पीपल का पेड़ था, जिसकी नंगी शाखाएँ हवा में झूलती थीं। किन्तु शीशे के पीछे न हवा सुनाई देती थी, न शाखाओं का शोर। वहाँ शान्ति थी। ठंडक, हल्का-सा अँधेरा, जिसके भीतर बैठकर वह जाने के दिन गिनता था।

मैं वहीं बैठूँगा। तुम आसानी से मुझे देख सकती हो!

मुन्नू, तुम अच्छे लड़के हो; मैं तुम पर विश्वास कर सकती हूँ?

हाँ, तुम मुझ पर विश्वास कर सकती हो, लेकिन मैं अच्छा नहीं हूँ। मैं लड़का भी नहीं हूँ। मैं बड़ा हो रहा हूँ। मैं आदमी-सा बन गया

हूँ। मैंने लम्बी बीमारी पार की है। मुझे नहीं मालूम था, बीमारी के भीतर कितनी आँखें खुल जाती हैं। लेकिन दुनिया सिकुड़ जाती है, एक चमकती नोक पर थिर हो जाती है, गले पर ठंडे चाकू-सी, जिसका सच उस अजीब लड़की ने डैरी के लॉन पर दिखाया था। बीमारी के लम्बे दिनों में वह अकसर उस लड़की के बारे में सोचा करता था। क्या वह अब भी पेड़ों पर चढ़ती है, परिन्दों को डराती है, डैरी के कमरे का पहरा देती है?

वह मुझे अब देखेगी तो बहुत हैरान हो जाएगी। वह ख़ुश भी होगी। मैंने उसकी बात मान ली है। वह चाहती थी, मैं घर लौट जाऊँ, यहाँ मेरी जगह नहीं है—न नाटक के भीतर, न ऑडिटोरियम में। वह ख़तरे को जानती थी, वह उसके भीतर रहती थी। वह मुझे चेतावनी-सी देना चाहती थी। उसने मुझे चूमा था, उसने मुझे धकेल दिया था—बाहर अँधेरे में—ताकि मैं उनके ख़तरे से छुटकारा पा सकूँ।

कैसा ख़तरा? अप्रैल की उस दुपहर में सबकुछ निष्कलंक, निर्दोष जान पड़ता था। वह लायब्रेरी के एक उजाड़ कोने में बैठा था, जहाँ बहुत कम लोग आते थे। बेरोज़गार क़िस्म के आदमी, जो ख़ाली सड़कों से ऊबकर यहाँ घड़ी-दो घड़ी सुस्ताने आ बैठते थे। वे अपनी मेज़ों पर एनसाइक्लोपीडिया या तसवीरों की कोई सुरक्षित और स्थूल किताब खोल लेते, जिसके भीतर-बाहर का जोखिम और शोर और बेकार की भटकन कुछ देर के लिए ओझल हो जाती। एक-दूसरे टेबल पर कुछ लड़कियाँ बैठी थीं—'टाइम' और 'न्यूज़ वीक' के पन्ने पलट रही थीं। फुसफुसाते हुए एक-दूसरे से कुछ कहती थीं, हँसने लगती थीं। भेद-भरी आँखों से कभी उसे देख लेती थीं, कभी खिड़की से बाहर—जहाँ पीपल का नंगा पेड़ खड़ा था।

शीशे का रंग कुछ ऐसा था कि बाहर की धूप भी स्याह दिखाई देती थी। लगता था, जैसे वह सर्दी की शाम हो। किन्तु यह भ्रम था।

बाहर धूप फैली थी। वह अप्रैल का महीना था। दिल्ली की एक दुपहर। वह आ रही थी।

उसे नहीं मालूम, वह उससे क्या चाहती थी? फ़ोन पर उसने कुछ नहीं बताया। सबकुछ अचानक हो गया था। बिट्टी बाहर थी और वह बरसाती में अपनी चीज़ों को इकट्ठा कर रहा था। सूटकेस में सर्दी के उन कपड़ों को रख रहा था, जिनकी अब कोई ज़रूरत नहीं थी। वह चाहता था, प्रीमियर के पहले ही अपनी चीज़ों को पैक कर डाले। उसे यह भी डर था, कि यदि दुबारा बुख़ार आना शुरू होगा, तो वह कुछ भी नहीं कर सकेगा। वह उससे पहले ही तैयार हो जाना चाहता था।

वे रिहर्सल के अन्तिम दिन थे। वे कुछ शुरू के दिनों-से लगते थे, जब वह इलाहाबाद से आया था। हरदम लोगों का आना-जाना बना रहता। थिएटर का बहुत-सा सामान बिट्टी की बरसाती में जमा होता गया था—उन्हें लेने के लिए कभी डैरी आते, कभी इरा, कभी दूसरे लड़के, जिन्हें केवल एक-दो बार स्टूडियो में देखा था। वे उसे बिस्तर पर लेटा देखते, वह उन्हें देखता, फिर वे चले जाते और कमरा ख़ाली रह जाता।

वह अकेला रह जाता। वह छत पर आरामकुर्सी पर बैठ जाता, धीरे-धीरे अँधेरे को आने देता। बहुत दिन पहले के दिन याद आते, जब वह एक बार बिट्टी के साथ नित्ती भाई के दफ़्तर में गया था। उसे हैरानी होती थी, सब लोग यहाँ बिट्टी से मिलने आते थे—सिर्फ़ नित्ती भाई नहीं। आख़िरी बार उन्हें स्टूडियो में देखा था, अँधेरे हॉल में अकेले बैठे हुए।

आख़िरी बार? नहीं, यह नहीं। इलाहाबाद लौटने से पहले वह सबसे एक बार मिलेगा। पहले वे सिर्फ़ उसे बिट्टी का कज़िन मानते थे, लेकिन पिछले दिनों बिट्टी के दोस्तों में उसकी एक अद्‌भुत जगह बन गई। वह सबकुछ देखता था, और उन्हें मालूम था कि वह उन्हें देख रहा है। वह न तो इतना छोटा था कि उसे टाला जा सके, न इतना बड़ा कि उनके बीच परेशानी बन सके। वह एक मूक गवाह-सा बन

गया था, तटस्थ नहीं, क्योंकि गवाह कभी तटस्थ नहीं होता। लेकिन ज़िम्मेवार भी नहीं; उसकी गवाही पूरी नहीं थी क्योंकि देखना कभी पूरा नहीं था। वह जब अर्से बाद बिट्टी के दोस्तों को देखता तो एक अजीब-सी दहशत उसे पकड़ लेती—उसे लगता, जैसे उनके साथ कुछ हो गया है, जिसे वह नहीं जानता। वह जहाँ से उन्हें देखना शुरू करता, वहाँ वे बहुत पहले ख़त्म हो चुके होते; वह जहाँ से उन्हें पकड़ता, वहाँ ख़ाली जगह होती; वे कहीं और होते। सिर्फ़ रिहर्सल देखते हुए उसे लगता था कि वे जीवित हैं—बिट्टी, इरा, डैरी...किन्तु ज्योंही वे स्टेज़ से उतरकर अपनी ज़िन्दगी में आते, वह उन्हें खो देता। वह समझ नहीं पाता था, कौन-सी ज़िन्दगी असली है—यहाँ दुनिया की रोशनी में या वहाँ, स्टूडियो के अँधेरे में?

फिर बीमारी के दिन आए—लम्बे अकेले दिन—जब उसे एक नई चीज़ पता चली। नई नहीं, एक बहुत पुरानी चीज़, जिसे वह चलते-फिरते कभी नहीं देख पाया था, लेकिन जो हमेशा उसके साथ थी—और वह यह कि देखने के लिए उसे कुछ नहीं देखना चाहिए। उसे अँधेरे में रहना चाहिए...फिर धीरे-धीरे वे चीज़ें तुम्हारे पास आएँगी, जो लोगों के साथ हुई हैं। वे तुम्हें सबकुछ बता देंगी, अगर तुम सचमुच अँधेरे में हो, सचमुच बीमार हो, सचमुच अकेले हो। ज़रा सुनो...

सुनते हो? कोई सीढ़ियाँ चढ़ रहा है। तुम्हारे पास आ रहा है।

"आपका फ़ोन है।"

मिसेज़ पन्त का पहाड़ी नौकर उसके सामने खड़ा था।

"मेरा?"

"जी, आपका।"

वह नीचे आया। मिसेज़ पन्त का फ़ोन गलियारे में रहता था और उसकी घंटी ऊपर तक सुनाई देती थी। घर ख़ाली था। वह अपने कुत्तों के साथ बाहर टहलने गई थीं। सिर्फ़ बरामदे की बत्ती जल रही थी।

रिसीवर उठाया तो कुछ देर तक कुछ सुनाई नहीं दिया। शायद लाइन कट गई थी। वह फ़ोन रखनेवाला ही था कि कहीं दूर से एक महीन आवाज़ सुनाई दी :

"मुन्नू?"

"कौन?"

"मैं इरा हूँ, तुम इतनी देर से कहाँ थे?"

कुछ देर चुप्पी रही। उसने सोचा, वह कुछ कहेगी, किन्तु उसकी जगह फ़ोन का सन्नाटा बोलता रहा। आख़िर उससे नहीं रहा गया।

"बिट्टी यहाँ नहीं है," उसने कहा।

"नहीं, बिट्टी नहीं...मैंने तुम्हें फ़ोन किया था।"

"मुझे?"

"हाँ, कल मुझसे मिल सकते हो?"

"तुमसे?" वह एक क्षण ठिठका रहा, "कहाँ?"

"अमरीकन लायब्रेरी में...मैं दुपहर को आऊँगी।"

वह पूछना चाहता था, किसलिए? लेकिन उसके मुँह से निकला, "मैं आऊँगा।"

"तुम्हें मालूम है, कस्तूरबा मार्ग? पहले उसका नाम कर्ज़न रोड था!"

"हाँ, मुझे मालूम है।"

उसने सोचा, अब वह रिसीवर रख देगी, किन्तु दुबारा उसकी आवाज़ सुनाई दी, "सुनो...बिट्टी से कुछ मत कहना।"

वह कुछ कह पाता, इससे पहले ही उसने कहा, "मुन्नू, तुम अच्छे लड़के हो!"

वह शायद हँसी थी, एक अजीब व्यंग्यात्मक-सी हँसी, जो फ़ोन के भीतर भयानक-सी सुनाई देती थी। उसने कुछ कहने की कोशिश की, लेकिन फ़ोन कट गया था। वह जा चुकी थी।

वह खड़ा रहा। कहीं कुछ ग़लत था। एक काले अपशगुन-सा, जो पंख फड़फड़ाता हुआ सिर पर बैठ जाता है। हाथ लगाओ, तो कुछ भी नहीं। क्या था वह? कौन-सी वह नियति थी, जिसने फ़ोन के भीतर से उसे निहारा था?

उस रात वह देर तक जागता रहा। बाहर बूँदाबाँदी हो रही थी, अप्रैल की बारिश, जिसमें बूँदें एकसाथ, चमकीली लाइन में गिरती रहती हैं। बहुत रात-गए बिट्टी आई थी, पानी में भीगी हुई। उसने एक बार उसे देखा, फिर चुपचाप बाथरूम में चली गई। यह भी नहीं पूछा, इतनी देर रात तक वह कैसे जाग रहा था। उस दुपहर के बाद वह कुछ नहीं पूछती थी, जब से बाबूजी की चिट्ठी आई थी। वह कभी-कभी उसके बँधे हुए सामान, सूटकेस, किताबों को देख लेती—उन चीज़ों को बटोर लाती, जिन्हें वह पैक करना भूल गया था—लेकिन कहती कुछ नहीं थी। उसने अभी तक उससे यह भी नहीं पूछा था, वह कब जा रहा है। न उसने बताने का साहस किया था। उनके बीच इलाहाबाद कुछ वैसा ही निषिद्ध विषय बन गया था, जैसे डैरी। उस रात के बाद न कभी वह डैरी की बात करती थी, न इलाहाबाद जाने की।

वह भी कुछ नहीं पूछता था। इतनी रात तक वह कहाँ रहती है, कहाँ से आती है।

उसको रह-रहकर बाबू की बात याद हो आती—बिट्टी की ज़िन्दगी में दख़ल मत देना; वहाँ ऐसे रहना, जैसे तुम हो ही नहीं। होकर भी नहीं होना, पिछले तीन महीनों में उसने यह सीखा है, कोशिश की है कि अपने को एक सिफ़र में बदल डाले, उस बन्द घड़ी की सुई की तरह, जो एक जगह ठहर जाती है; हिलाओ, तो भी नहीं हिलती।

लेकिन उस रात किसी ने मुझे हिलाया था। मैं दख़ल नहीं दे रहा था, सिर्फ़ एक नम्बर से उठकर दूसरे नम्बर पर आ बैठा था। इस क्षण यदि बाबू अचानक आ जाते तो मैं उनसे कहता, आपने बहुत

ग़लती की। आपको कहना चाहिए था, मुन्नू, वहाँ मत जाओ। कहीं मत जाओ। तुमने माँ को मरते हुए देखा था, सो समझ लो, तुमने सबकुछ देख लिया। अब तुम्हारी ज़िन्दगी सिर्फ़ अस्पताल की एक दुपहर को दुहराती जाएगी।

आपको मुझे दिल्ली नहीं भेजना चाहिए था। आपको कहना चाहिए था, कुछ मत देखो क्योंकि जो देखते हैं, वे दख़ल न भी दें, दूसरों की छाया बनकर एक जूठा और झूठा दुख उठाते रहते हैं। आप अगर इस समय आ जाते, तो देखते मैं बदला नहीं हूँ, सिर्फ़ मैं अस्पताल की दुपहर की दूसरी तरफ़ चला आया हूँ; यहाँ मैं अँधेरे में लेटा हूँ, बाहर बारिश हो रही है; शाम को जो इरा का फ़ोन आया था, वह मेरे भीतर दर्ज़ है, वह मेरे भीतर है और मैंने उसे नोटबुक पर दर्ज़ कर लिया है; हाँ, मैं अँधेरे में लिख लेता हूँ, यह डायरी उन्होंने मुझे इसीलिए दी थी; वह सोचती थी, जो लिखता है, वह अपने पर सोच सकता है, जो सोच सकता है, वह प्रायश्चित्त-सा कर लेता है।

यही एक नोटबुक है, जिसे मैंने अभी तक सामान में नहीं बाँधा। मैंने इसे आपके लिए सँभालकर रखा है। कभी-कभी मुझे एक सुखद आशा बँधती है कि मेरे मरने के बाद भी आप जीवित रहेंगे। यह कोई अनहोनी घटना नहीं होगी, अनेक बाप अपने लड़कों को घाट तक पहुँचा आते हैं। लौटकर आप यह डायरी देखेंगे, पहले पन्ने पर माँ का डेडीकेशन होगा, उसके परे अंग्रेज़ मिशनरी के संस्मरण, जिन्हें मैंने अनेक पन्नों पर टीपा है, फिर आप कुछ पन्ने पलटकर देखेंगे, मेरी दिल्ली की डायरी और आप सोचेंगे, कैसा लड़का था यह, कभी मिशनरी के साथ जाता था, कभी पैन्थर के साथ, लेकिन जल्दी ही आपको अपनी भूल पता चलेगी, इन पन्नों में न घूमता जानवर है, न बिहार में भटकते हुए डैरी, न मदर टैरेसा के भूखे-नंगे भिखारी—ये सिर्फ़ मैला परदा है, जिन पर मेरे दिल्ली के दिन बीते

थे, जब बरसों पहले आपने मुझे यहाँ भेजा था और तब आप एक-एक पन्ने को पार करते हुए इस क्षण पर आ ठिठके, जो आज है, अब है, यह बरसाती, यह रात, यह बारिश, और मैं आपकी उँगली पकड़कर कहूँगा, चलिए, मेरे साथ आइए, सिर्फ़ किचन की देहरी तक, देखिए—वहाँ कौन बैठा है?

डरिए नहीं, यह गुज़रा हुआ समय है और मैं बहुत पहले मर चुका हूँ और आप असली दुनिया में नहीं, मेरी डायरी पर चल रहे हैं; आप जहाँ चाहें, रुक सकते हैं, डायरी बन्द करके मुझसे छुटकारा पा सकते हैं, लेकिन मुझे मालूम है, अब आप मुड़ना नहीं चाहेंगे, आप उस लड़की को देख रहे हैं, जो रसोई में सन्नाटे में अकेली बैठी है, आप इलाहाबाद के स्टेशन पर उसे छोड़ने आए थे जब चाची खम्बे के पीछे मुँह छिपाकर रो रही थीं। आप देहरी पर खड़े हैं?...मैं तो हर रोज़ देखता हूँ, जब वह पी रही होती है और मैं सोचता हूँ, ये लोग जो अकेले में पीते होंगे, कुछ वैसे ही होते होंगे जो अपने से अकेले में बोलते हैं, लेकिन मैं भीतर नहीं जाता, मुझे बिट्टी की यह दुनिया बहुत पवित्र-सी जान पड़ती थी, रसोई की मेज़, मेज़ पर रखा उसका गिलास, जैसे कुछ लमहों के लिए उसने बाहर की दुनिया से बिलकुल किनारा कर लिया हो; उस क्षण मेरा 'मैं' भी मुझसे जुदा हो जाता है, नोटबुक के पन्नों में अपने को छिपा लेता है। देहरी पर खड़ा हुआ मैं भविष्य से लौट आता हूँ, पुनर्जीवित हो जाता हूँ, अब मैं 'वह' हूँ, जो मुन्नू है, बिट्टी का कज़िन और वह उसकी आहट सुनकर चौंक जाती है, उसकी तरफ़ देखकर मुस्कराने लगती है।

"तुम्हारे कमरे में अँधेरा था। मैंने सोचा, तुम सो गए हो," उसने कहा।

वह मुस्करा रही थी। उसकी आँखों में अजीब-सी चमक थी, जो पीने के बाद हमेशा उसके चेहरे पर सुलगने लगती थी।

मन में आया, उससे कहे, पीछे बाबू खड़े हैं। उसे देख रहे हैं। लेकिन फिर याद आया, वह उसकी डायरी में हैं, उसके बाहर उन्हें कोई नहीं देख सकता।

"पास आओ। इतनी दूर क्यों खड़े हो?"

वह एक क्षण दुविधा में खड़ा रहा। फिर वह मेज़ के पास आया। बीमारी के बाद यह पहला मौक़ा था, जब वे दोनों किचन में बैठे थे। बाहर सन्नाटा था, सिर्फ़ बारिश की टपटपाहट छत पर गूँज रही थी।

"क्या करते रहे दिन-भर?" बिट्टी ने अपना हाथ उसके कन्धे पर रख दिया।

"मैं कमरे में ही था," उसने कहा। "तुम बहुत देर से आईं?"

"आज हमारा आख़िरी रिहर्सल था," वह वैसे ही मुस्करा रही थी, ब्रांडी का एक घूँट लिया, फिर हँसने लगी, "मैं उसी की ख़ुशी मना रही हूँ।"

"अब कोई रिहर्सल नहीं होगा?"

"होगा, प्रीमियर के एक दिन पहले।" वह एक क्षण रुकी, फिर उसकी ओर देखा, "मेरा कोई फ़ोन तो नहीं आया?"

उसने आँखें ऊपर उठाईं—नहीं, वह कुछ भी नहीं जानती। उसके चेहरे पर अब भी बारिश के निशान थे—भीगे बाल, ढीला जूड़ा, पीली चमक में धुली-धुली-सी आँखें। वह खिड़की के बाहर देख रही थी, जहाँ अँधेरे में अप्रैल का आकाश एक टूटी स्लेट-सा लटका था।

"तुम बहुत भीग गई थीं?"

"हाँ...इसीलिए यह पी रही हूँ? तुम थोड़ी-सी लोगे?"

"डैरी के साथ आई हो?" उसने हिम्मत बटोरकर कहा।

"नहीं।" वह बाहर अँधेरे में देखती रही।

"जब तुम भीतर आईं, मैं सो नहीं रहा था," उसने कहा।

उसने सिर मोड़कर उसकी ओर देखा।

"क्या कर रहे थे?"

"बहुत पहले," उसने कहा, "बहुत पहले मैं नेकीराम के साथ क्यूबिकल में बैठा था। याद है, तुम बारिश में भीगती हुई आई थीं। इरा सिगरेट पी रही थी।"

वह हँसने लगी। "वह एक सीन था," उसने कहा।

"नित्ती भाई हॉल में बैठे थे," उसने कहा।

"नित्ती भाई?" बिट्टी ने उसे देखा।

"हाँ, वह सबसे पिछली सीट पर बैठे थे।"

वह कहना चाहता था, उनकी दाढ़ी बढ़ी थी, जैसे वह कई रातों से नहीं सोए...वह बोतल से व्हिस्की पी रहे थे। किन्तु वह बीच में ही रुक गया।

बिट्टी का चेहरा बिलकुल सफ़ेद हो गया था।

"तुमने इरा को बताया था?"

"नहीं, क्यों?"

कुछ देर तक वह हकबकी आँखों से उसे देखती रही।

"ऐसे ही...कोई फ़ायदा नहीं।"

वह फिर अपने में लौट आई थी, ब्रांडी के धुँधलके में, लेकिन इस बार उसके भीतर कुछ उबलने लगा। ग़ुस्से की एक लहर उसकी आत्मा में घुपने लगी।

"बिट्टी," उसने अपने को सँभालते हुए कहा, "तुम मुझे नहीं बताना चाहती हो, तो ठीक है, मत बताओ। लेकिन तुम झूठ बोलती हो।"

"झूठ?" वह हँसने लगी, "कैसा झूठ?"

"सबके बारे में।"

"और तुम्हें सच मालूम है?" उसने कहा।

वह चुप उसे देखता रहा। उसे नहीं मालूम, वह क्या है, लेकिन सच है कहीं ज़रूर, जिसे वे उससे छिपाते रहे हैं। तीन महीनों में पहली

बार उसके भीतर बरसों का दबा ग़ुस्सा, अकेलापन, अज्ञान, धोखा, लबलबाने लगे, फिर अचानक ध्यान आया, कुछ दिनों बाद वह यहाँ नहीं होगा, कुछ नहीं देखेगा और यह ख़याल आते ही सबकुछ बह गया, वह ख़ाली हो गया। आँखों में उमड़ते आँसू बीच रास्ते में वापिस लौट गए।

"क्या बात है मुन्नू?" बिट्टी ने विस्मय से उसे देखा।

"कुछ नहीं, मैं सोने जा रहा हूँ।" वह कुर्सी से उठ खड़ा हुआ और अपने अँधेरे कमरे में आ गया। बिस्तर पर लेट गया। मेरा भी एक भेद है, बिट्टी, जो तुम नहीं जानतीं। जब तुम जानोगी तो बहुत देर हो चुकी होगी।

तुम नहीं जानतीं, मैं इस घड़ी लायब्रेरी में बैठा हूँ। मैं अच्छा लड़का हूँ। अच्छा बनने के लिए सच का जानना ज़रूरी नहीं है। सच पूछो, तो मुझे सच जानने की कोई चिन्ता नहीं है। मैं वही करता हूँ, जो मुझसे कहा जाता है। मैं छोटी उम्र का दलाल हूँ, दो झूठों के बीच एक सच, जिसे अँगरेज़ी में पिम्प कहा जाता है। एक ऐसा लड़का, जिसे किसी भी समय फ़ोन करके बुलाया जा सकता है।

तुम इस दुपहर के बारे में कभी नहीं जानोगी। यह घड़ी एक भेद है। मेरे और भेदों में से एक, जिन्हें पोटली में बाँधकर मैं इलाहाबाद ले जाऊँगा। बरसों बाद खोलूँगा तो पीपल का बूढ़ा पेड़ दिखाई देगा, नंगा बीहड़, लायब्रेरी की खिड़की पर अपनी छाँह किताब पर फेंकता हुआ; यह तसवीरों की किताब है, जिसमें अरीज़ोना के रेगिस्तान हैं, कैलीफोर्निया का समुद्र, ग्रैंड कैन्यान और लोहे के लम्बे पुल...मैं इस

पुल पर चल रहा था, जब किसी हाथ ने मुझे रोक लिया। मैं मुड़ा तो वह सामने खड़ी थी।

उसके बाल खुले थे। होंठों पर हल्की-सी लिपस्टिक थी। माथा ख़ाली था। उसने सिर झुकाकर उस किताब को देखा, जहाँ मेक्सिको के जंगल थे और तब उसे भ्रम हुआ, वह कहीं बाहर से नहीं, जंगल से निकलकर बाहर आई है। उसके सामने खड़ी है। उसे देखकर हमेशा उसकी आँखें धुँधिया जाती थीं।

वह उठ खड़ा हुआ, लेकिन वह खड़ी रही। वह बड़े ध्यान से खुली तसवीर को देख रही थी। होंठ खुल गए थे। वह उसे हमेशा जींस में देखता आया था, किन्तु अब वह साड़ी पहने थी। कन्धे पर काली शॉल थी, हालाँकि वे अप्रैल के दिन थे और ठंड सिर्फ़ एक याद की तरह हवा में रहती थी।

"क्या बहुत देर से बैठे हो?"

वह उसकी ओर मुड़ी। पहली बार उसे सिर से पाँव तक देखा।

"मैं जल्दी आ गया था," उसने कहा।

वह थोड़ा-सा हिचकी, "घर में तो किसी से नहीं कहा?"

"किसके बारे में?" उसने पूछा।

"यहाँ आने के..." वह एक क्षण रुकी, फिर धीरे से कहा, "बिट्टी से कुछ कहा था?"

"नहीं," उसने सिर हिलाया। "वह सुबह ही चली गई थी।"

"मुझे मालूम है," उसने कहा। उसने कुर्सी को पकड़ रखा था। उसके सफ़ेद हाथ थे। उसका चेहरा ध्यान में डूबा था।

वह खुली किताब पर मेक्सिको के जंगल देख रही थी।

"क्या मैं तुम पर विश्वास कर सकती हूँ?" उसने कहा।

वह किसी अज्ञात विपत्ति के कोने से उसे निहार रही थी और तब उसे ख़याल आया, दूसरे का संकट भीतर कुछ भी नहीं जगाता—न

दया, न हमदर्दी; सिर्फ़ एक भूरी, गर्म, तपती रेत सामने से आती है और हम मुँह मोड़ लेते हैं।

"कैसा विश्वास?" उसने पूछा।

"मैंने तुमसे कुछ कहना है।"

लायब्रेरी में बैठे लोग बार-बार उन्हें देख लेते थे।

"मेरे साथ बाहर आओगे?" उसने कहा।

वह एक साफ़ दुपहर थी। इन दिनों दिल्ली का आकाश सर्दी की धुंध से निकलकर नीले काँच-सा चमकता था। पेड़ों पर पत्ते लाल हो जाते थे, जितने ऊपर दिखाई देते, उतने ही सड़कों पर; एक जादू-सा झरता था। पतझर नीचे दिखाई देता, जबकि शहर पर वसन्त की हवा चलती रहती। सिर्फ़ धूप से पता चल जाता कि गर्मियाँ आ रही हैं।

वे पेड़ों के नीचे चल रहे थे।

वह कुछ आगे थी, सिर्फ़ इतनी आगे कि वह बिना मुड़े उसे देख सकता था। हवा से बचने के लिए उसने साड़ी का पल्लू कसकर कमर में खोंस लिया था। शॉल को अपने थैले में भर लिया था, जिसका ऊपरी सिरा बार-बार फड़फड़ाने लगता था। चेहरे पर न कोई हड़बड़ी थी, न बेचैनी—सिर्फ़ एक रूखी वीरानी थी, जैसे पिछली रात उसने कुछ सोचा हो और अब चलते हुए वह 'सोच' ही उसकी आँखें बन गया था, जिसमें वह दुनिया को देख रही थी और वह देखना नहीं था, क्योंकि वह दुनिया नहीं थी, जिसमें वह चल रही थी।

सिन्धिया हाउस के सामने आकर वह रुक गई। दो खड़ी हुई टैक्सियों के बीच एक सिख ड्राइवर अपनी पगड़ी मुँह पर रखे सो रहा था।

"ख़ाली है?" उसने पूछा।

"कहाँ जाना है?"

"माल रोड," उसने कहा।

ड्राइवर ने पगड़ी हटाकर उन दोनों को देखा—जैसे शहर के बीचोबीच कोई सपना देख रहा हो!

वह एक सपना ही था—टैक्सी में बैठना, मिंटो रोड का पुल, धूप में चमकती रेल की पटरियाँ। उस दुपहर में कुछ ऐसा था कि सबकुछ अनिवार्य जान पड़ता था; संकल्प और सान्त्वना से परे मानो वे किसी पार्ट को दुहरा रहे थे।

"क्या आप रेडियो थोड़ा कम कर देंगे?" इरा ने आगे झुककर कहा।

ड्राइवर ने एक क्षण पीछे देखा, फिर कन्धे उचकाकर रेडियो खट से बन्द कर दिया।

"मैंने बन्द करने के लिए नहीं कहा था।" उसने कहा, किन्तु उसकी आवाज़ इतनी धीमी थी या ड्राइवर का ग़ुस्सा इतना ज़्यादा था कि रेडियो चुप पड़ा रहा।

अब कोई आवाज़ नहीं थी। टैक्सी की चुप्पी कितनी अलग थी, और चुप्पियों से बिलकुल अलग; वह चलती हुई चुप्पी थी, ठहरकर भी ठहरी नहीं थी, जैसे वे बैठकर भी बैठे नहीं थे, कहीं जा रहे थे; इंजन की गड़गड़ाहट, भागते हुए पेड़, कटता हुआ रास्ता। समय अब भी बीत रहा था, लेकिन उलटी तरफ़ से। वह उलटी तरफ़ से उनकी ओर आ रहा था, जैसे वे भविष्य में नहीं, कहीं पिछले समय में जा रहे हों, जहाँ सबकुछ पहले से ही घट चुका था, हो चुका था—और तब एक अजीब-से आतंक ने उसे पकड़ लिया। उसने मुँह मोड़कर उसे देखा। वह उसे निहार रही थी।

"तुमने पूछा नहीं, मैं तुम्हें कहाँ ले जा रही हूँ?"

वह उसे देखता रहा।

"डरो नहीं," उसने कहा, "तुम सब जान लोगे।"

उसके चेहरे पर वही ग़मगीन सोच था, जो उसने लायब्रेरी में देखा था। एक असीम ठहराव, जो किसी घातक फ़ैसले को छूकर अचानक

थिर हो जाता है, न हिलता है, न डुलता है, लेकिन फिर भी साबुत और सम्पूर्ण दिखाई देता है, उस छिपकली की तरह जो बिजली के नंगे करेंट को छूकर भी कुछ देर तक दीवार से चिपकी रहती है, मरकर भी जीवित-सी दिखाई देती है।

"इरा," उसने धीरे से कहा, "क्या मैं तुम्हारे लिए कुछ कर सकता हूँ?"

वह मुस्कराई, अपना हाथ उसके हाथ पर रख दिया, "तुम कर रहे हो," उसने कहा, "तुम मेरे साथ बैठे हो।"

हाथ पर रखी उसकी उँगलियाँ धीरे-धीरे काँप रही थीं, समूचे ठहराव के बावजूद जैसे देह अपना बदला उँगलियों से निकाल रही थी।

रोशनी मन्द हो गई। कोई बादल सूरज पर जा अटका था, और पेड़ काले पड़ गए थे। वे दरियागंज को पार करके चौड़ी सड़क पर आ गए और फिर सूरज निकल आया, अपनी पीली रोशनी से जामा मस्ज़िद की मीनारों को धोता हुआ...और तब उसे सहसा वे दिन याद हो आए, जब वह दिल्ली आया था, बिट्टी के साथ पहली बार लालक़िला और जामा मस्ज़िद देखने गया था, कितना भोला था वह और कितना बेवक़ूफ़ जिसने सिर्फ़ माँ का मरना और बिट्टी का जाना देखा था और वह सोचता था कि सारी दुनिया इन दो घटनाओं में समा सकती है...क्या वह किसी ज्ञान की शुरुआत थी? ज्ञान, जिसका मतलब है जानना, लेकिन दूसरा मतलब है, जो जाना है, उसे छोड़ देना, और छोड़ देने में दिल्ली के वे सारे दिन शामिल हैं, जो उस सुबह से शुरू हुए थे, जब वह प्लेटफ़ार्म पर खड़ा था; और एक अजनबी लड़की ने उसका कन्धा पकड़कर कहा था, "तुम... तुम बिट्टी के कज़िन हो?"

तब वह हँस रही थी।

अब वह खिड़की से बाहर देख रही थी।

टैक्सी कश्मीरी गेट के भीतर से बाहर निकल रही थी। दुपहर की अवसन्न धूप में कुदसिया गार्डन लेटा था, धूप में सने ताड़ के पेड़ खड़े थे; पता नहीं क्यों, दिल्ली के इस हिस्से में आते ही उसे ग़दर की कहानियाँ याद आने लगती थीं, जैसे मरे हुए सिपाहियों की प्रेतात्माएँ अब भी सूखे ताड़ों से चिपकी खड़ी हैं। तब सहसा झटका-सा लगा। टैक्सी ट्रैफ़िक-लाइट्स के आगे खड़ी हो गई। ड्राइवर ने पीछे मुड़कर देखा :

"माल रोड में किधर जाना है?"

"आप चलिए, मैं बता दूँगी।"

वह अपना हैंड-बैग खोल रही थी। एक काग़ज़ बाहर निकाला, उसे पढ़ा, फिर लपेट दिया, इतना छोटा, जैसे वह कोई पुड़िया हो, फिर कुछ याद आया और वह उसे दुबारा खोलने लगी; लेकिन इस बार पढ़ने के बजाय उसने उसे बैग पर ही पड़े रहने दिया।

"मुन्नू," उसने कहा। "तुम इसे उन्हें दे देना—सिर्फ़ देना होगा, और कुछ नहीं।"

उसने काग़ज़ को लपेटकर उसके हाथ में रख दिया—उसकी गीली हथेलियों के बीच, और वह उसे पकड़े रहा। उसने पूछा नहीं, कौन, किसे देना होगा।

"तुम मेरे साथ नहीं आओगी?"

"तुम्हें यूनिवर्सिटी का कॉफ़ी हाउस मालूम है?" उसने खिड़की से बाहर देखा, "मैं वहीं रहूँगी।"

पागल-सा ख़याल आया, वह काग़ज़ को फाड़ दे, उसकी चिन्दियाँ बनाकर टैक्सी की खिड़की से बाहर फेंक दे, किन्तु वह बैठा रहा। वह अगर यहाँ तक आ गया है तो आख़िर तक जा सकता है। पहले शायद वह डर जाता, बीच में मुड़ जाता। पर बीमारी के लम्बे, अकेले दिनों

में वह डर को भूल गया था। वह सिर्फ़ आतंक के अन्तहीन खुलेपन में आ गया था, जहाँ कोई ऐसा चोर-दरवाज़ा नहीं था, जिसे खोलकर कोई पुराना डर भीतर आ सके। वह तैयार होकर आया था।

अचानक उसे अपने हाथ पर उसका स्पर्श महसूस हुआ, उसने सिर उठाया, तो उसकी आँखें दिखाई दीं।

"क्या सोच रहे हो?" उसने कहा।

"कुछ नहीं," उसने आँखें मोड़ लीं।

"कुछ भी नहीं होगा, मुन्नू," उसने उसका हाथ मसलते हुए कहा। "तुम सिर्फ़ यह चिट्‌ठी देकर आ जाना, बस।"

"तुम मेरे साथ नहीं आ सकतीं?" उसने कहा।

एक क्षण सन्नाटा रहा। सिर्फ़ टैक्सी की धड़कन सुनाई देती रही।

"मैं नहीं आ सकती।" उसके स्वर में कुछ ऐसी भीगी-सी याचना थी, जो उसने पहले कभी नहीं सुनी थी...अस्पताल की दुपहरों में भी नहीं...यह भी एक दुपहर है, जिसके बीच कुछ सुलझ रहा है, स्टूडियो और बरसाती के बाहर—दिल्ली की खुली रोशनी में। वह चिट्‌ठी हाथ में पकड़े बैठा रहा। बहुत पहले की रात याद आने लगी—रात, डैरी का बँगला, पेड़ों के नीचे चलती हुई इरा, अपने से भीख माँगती हुई, प्रार्थना करती हुई और तब सहसा उसे लगा, छोड़ना आसान नहीं होता, न अपना घर, न दूसरे की चाहना...उसने आँखें मूँद लीं। वह सीट का सिरहाना लेकर बैठ गया।

"दाईं तरफ़ मोड़ लीजिए," इरा ने कहा।

ड्राइवर ने ब्रेक लगाई और वह झटके-से उठ बैठा।

वे एक चौराहे पर आकर रुक गए थे। टैक्सी एक सँकरी गली में मुड़ रही थी। जल्दी में वह रोड-साइन भी नहीं देख पाया। चारों तरफ़ ऊसर—मैदान फैला था, भूरी झाड़ियाँ, उड़ती हुई धूल, धूप में चमकते हुए मकान। बीच-बीच में कोई बँगला दिखाई दे जाता, अंग्रेज़ों के ज़माने

का, पीले पलस्तर में लिपटा हुआ; कुछ दूर जाने पर कोठियों की क़तार शुरू हो गई, दोमंज़िला फ़्लैट, जिनकी घुमावदार सीढ़ियाँ ऊपर जाकर जालीदार झरोखों में ग़ायब हो जाती थीं। सड़क के अन्तिम मोड़ पर इरा ने ड्राइवर से रोकने के लिए कहा और टैक्सी धीरे-धीरे सरकते हुए फ़ुटपाथ से सटकर खड़ी हो गई।

एक दुमंज़िला सफ़ेद इमारत सामने खड़ी थी। फाटक खुला था। बीच दालान में तीन पहियों की एक साइकिल अपनी पीठ पर लुढ़क गई थी, आगे का पहिया हवा में घूम रहा था।

'यह घर है,' उसने सोचा। इरा को देखा, वह एकटक साइकिल को देख रही थी।

वह उतरने लगा। दरवाज़े के हैंडिल पर हाथ रखा तो सहसा इरा ने उसका हाथ पकड़ लिया।

आज बरसों बाद भी वे दो आँखें दिखाई देती हैं—दो ठहरी हुई बुँदकियाँ, राख में चमकती हुई।

"कुछ कहना है?"

उसने सिर हिलाया। धीरे से अपना हाथ उसके हाथ से हटा लिया, "वह दूसरी मंज़िल में रहते हैं। कुछ पूछें तो कहना, तुम अकेले आए हो।"

उसने झटके से मुँह फेर लिया। "यूनिवर्सिटी," उसने ड्राइवर से कहा और वह टैक्सी से बाहर निकलकर फ़ुटपाथ पर खड़ा हो गया। किन्तु टैक्सी कुछ दूर जाकर ठहर गई। वह खिड़की से सिर बाहर निकालकर उसे बुला रही थी। वह भागता हुआ उसके पास चला आया। उसने खिड़की से हाथ बाहर निकाला और जल्दी से उसके हाथ में कुछ ठूँस दिया।

"स्कूटर ले लेना और देखो..." वह एक क्षण रुकी, "सिर्फ़ चिट्ठी दे देना, कुछ कहना नहीं।"

टैक्सी के जाने के बाद वह उड़ती धूल के बीच खड़ा रहा। उसने मुट्ठी खोली, उसमें मुसा हुआ एक दस का नोट था, जिसमें अब भी उसके पसीने की गरमाई चिपकी थी।

फाटक आधा खुला था। भीतर एक चौड़ा आँगन था, जिसके कोनों में धूल, कंकड़ और पत्ते जमा हो गए थे। पत्तों को देखकर उसे हैरानी हुई, आसपास कोई पेड़ नज़र नहीं आता था।

सिर्फ़ दुपहर की ढलती धूप थी, और बीच आँगन में तीन पहियों की साइकिल उलटी पड़ी थी। कहीं बहुत दूर कोई कुत्ता भौंक रहा था।

वह चलता गया और किसी ने उसे नहीं रोका। नीचे की मंज़िल सूनी पड़ी थी। बरामदे पर चिकें झूल रही थीं। वह कुछ आगे जाकर घर के पिछवाड़े चला आया। बाईं तरफ़ एक ज़ीना दिखाई दिया। न कोई नम्बर, न कोई नेमप्लेट। सिर्फ़ सीढ़ियाँ अँधेरे में ऊपर जा रही थीं।

वह मुड़ जाना चाहता था। वह इरा से नहीं डरा था। टैक्सी में उसके हाथ से चिट्ठी लेते हुए भी उसने अपने को सँभाल लिया था। लेकिन अब इस ख़ाली ज़ीने के आगे सहसा उसकी हिम्मत छूट गई थी। दिल्ली में यह पहला मौक़ा था, जब वह अकेला, बिना बिट्टी के साथ कहीं गया था, वह भी अपने घर से इतना दूर; मैं यहाँ क्या कर रहा हूँ? पराये घर के आगे, दुपहर की तितीरी धूप में पागलों की तरह चक्कर काट रहा हूँ।

पीछे पैरों की आहट हुई; एक बूढ़ा भिश्ती पानी की मशक उठाए ले जा रहा था। उसने अर्से से कोई भिश्ती नहीं देखा था, और वह भी इतना जर्जरित; मशक के लटके मुँह से बूँद-बूँद पानी नीचे टपक रहा था।

और तब न जाने क्यों—भिश्ती के धैर्यशील चेहरे या नीचे टपकती पानी की बूँदों को देखकर सहसा उसके भीतर सब शान्त हो गया। उसे लगा, इसमें डर का कोई कारण नहीं है। इसमें दयनीय कुछ भी नहीं है कि वह एक पराये घर के आगे खड़ा है। यह बहुत आसान है। वह चिट्ठी देगा और वापिस लौट जाएगा।

"किसे ढूँढ़ रहे हो?" भिश्ती ने कन्धा सीधा करके उसकी ओर देखा।

उसने नाम बताया तो उसकी गहरी धँसी आँखें ऊपर उठ गईं, "ऊपर रहते हैं। ज़ीने से चढ़ जाओ।"

दो बूढ़ी भीगी आँखों ने उसे निहारा था। उनमें अजीब-सी हमदर्दी थी। मैं शायद ख़ुद बंहुत अजीब दिखाई दे रहा हूँ; उसने सोचा; किन्तु इस बार वह नहीं रुका और ज़ीने का बैनिस्टर पकड़कर सीढ़ियाँ चढ़ने लगा। वह एक साँस में सारी सीढ़ियाँ पार कर गया।

ऊपर धूप का एक टुकड़ा दिखाई दिया। दो दरवाज़ों के बीच एक नन्हा रोशनी का तालाब! वह साँस लेने को रुक गया। आँखें चुँधिया-सी गईं। वह डर नीचे छोड़ आया था लेकिन दिल की धड़कन एक ख़राब पंखे-सी उसके भीतर घुर्र-घुर्र करते हुए घूम रही थी।

समझ में नहीं आया, कौन-सा दरवाज़ा खटखटाए; दोनों एक से ही दिखाई देते थे। न कोई घंटी, न नाम की तख्ती, न कोई भीतर से आती आवाज़। सिर्फ़ ख़ाली ज़ीने की साँय-साँय...और तब उसकी आँखें रोशनदान पर पड़ीं, एक काली बिल्ली वहाँ बैठी हुई उसे घूर रही थी। क्या यह कोई अपशगुन है? अपशगुन कैसा, दिल्ली के ख़ाली ज़ीनों में न जाने कितनी बिल्लियाँ अकेली बैठी रहती हैं। वह उसे देख रहा था कि अचानक उसे लगा, बिल्ली थोड़ा-सा अपने भीतर सिकुड़ गई, जैसे उसने कुछ भाँपा हो और तब उसे अपने कन्धे पर एक बोझ-सा महसूस हुआ।

"मैंने तुम्हें खिड़की से देख लिया था।"

नित्ती भाई अपनी आँखों से उसे टोह रहे थे। वह देहरी पर खड़े थे। उनका हाथ अब भी उसके कन्धे पर था लेकिन बिल्ली बहुत पहले जा चुकी थी।

वह देहरी से हटकर दरवाज़े की ओट में खड़े हो गए। धूप अब उनके चेहरे पर गिर रही थी। वह काले रंग का कुर्ता पहने थे। दाढ़ी काट डाली थी...जिसके साथ उम्र भी झर गई थी। वह साफ़ और हल्के-से दिखाई दे रहे थे—लेकिन कमज़ोर—बिना दाढ़ी के उनका चेहरा अजीब-सा नंगा और सात्त्विक दिखाई दे रहा था।

"क्या अकेले आए हो?"

"हाँ," उसने कहा। वह प्रार्थना करने लगा, वह आगे कुछ न पूछें। आगे इतनी सँकरी जगह थी कि वहाँ से न सच गुज़र सकता था, न झूठ।

सिर्फ़ कमरे से गुज़रा जा सकता था। जल्दी में वह ठीक से देख भी नहीं पाया, वहाँ क्या है। सिर्फ़ एक लम्बा-सा काउच दिखाई दिया था, दीवार से टिके हुए तीन कुशन। शीशे की अलमारी—ऊपर एक लम्बी पेंटिंग का पैनल। वह एक नज़र में सबको देख गया, किन्तु कमरे में धुँधलका था, परदे गिरे थे, इसलिए दर्ज़ कुछ भी नहीं किया था, सिर्फ़ आँखें फेरी थीं, किन्तु इस एक धुँधले क्षण में भी कमरे की चीज़ें एक सुख-आराम का आभास देती थीं। वह पहली बार दिल्ली में भरा-पूरा ड्राइंगरूम देख रहा था। अब तक वह सिर्फ़ बरसाती, स्टूडियो या हॉस्टल के कमरों को देखता आया था, जहाँ चीज़ें सिर्फ़ अपनी जगह टटोलती जान पड़ती थीं। यहाँ वे रहती थीं। वह घर था। नित्ती भाई घर में रहते थे।

वह बीच में ठिठक गया। दूसरे कमरे का परदा हिला था। एक महिला बाहर आईं, वह भी उसे देखकर ठिठक गईं।

उसने सोचा, वह कुछ पूछेंगी। लेकिन वह खड़ी रहीं। एक छोटी-सी स्त्री, जो घरेलू उतनी नहीं, सिर्फ़ घरवाली जान पड़ती थीं। शायद सोते

हुए उन्होंने खटका सुना था। साँवला गोल चेहरा, माथे पर चौड़ी बिन्दी, बड़ी-बड़ी आँखें...जिनमें एक अजीब-सा कौतूहल बाहर झाँक रहा था।

"भीतर चले आओ," उन्होंने कहा। वह उनके साथ-साथ दूसरे कमरे के सामने चला आया। घर के अन्दरूनी हिस्से में, जहाँ एक छोटा-सा बरामदा था। वहाँ आकर वह रुक गईं। बरामदे की दाईं तरफ़ एक दूसरा कमरा था और उसके दरवाज़े खुले थे।

एक छोटी-सी मुस्कराहट उनके चेहरे पर आई।

"भीतर नहीं जाओगे?"

और तब उसे ध्यान आया, नित्ती भाई अपने कमरे में हैं; किन्तु जब तक वह सामने खड़ी थीं, उसे भीतर जाना असम्भव जान पड़ा और वह शायद यह भाँप गईं, मुड़ गईं, और वह अकेला देहरी के बाहर खड़ा रहा।

भीतर चुप्पी थी। सारा घर एक घनी चुप्पी में डूबा था, लेकिन वह ख़ाली नहीं थी। घर के सन्नाटे में हमेशा कुछ भरा रहता है—एक पुराने ऐटिक की तरह—पुरानी गन्ध, टूटी आवाज़ों के चिथड़े, बन्द घड़ियाँ! वे सब दरवाज़ों के पीछे थे, कोनों में दुबके हुए, चुप्पी के कोनों को कुतरते हुए।

वह उन अदृश्य आवाज़ों को सुनता रहा। फिर दरवाज़ा खटखटाया। वह देहरी के पास ही खड़े थे, जैसे उसकी प्रतीक्षा कर रहे हों।

"बैठोगे?" उन्होंने अनिश्चित निगाहों से उसे देखा।

दीवार से सटा एक पलंग था, जिस पर लाल खादी की चादर बिछी थी, सामने एक कुर्सी, मेज़ के सामने रखी हुई। खिड़की के नीचे एक स्टूल। वह कहीं भी बैठ सकता था, किन्तु पहले क्षण वह सिर्फ़ खड़े रहने का ही निश्चय कर सका।

वह ख़ुद बैठ गए। उसे देखते रहे।

"कब तक खड़े रहोगे?"

"मुझे जाना है," उसने कहा।

"जब तक नहीं जाते, तब तक बैठो।"

वह पलंग के छोर पर बैठ गया। वह उठे और धीरे से दरवाज़ा उढ़का दिया।

पहली बार वह नित्ती भाई के साथ अकेले में बैठा था। उनके बीच बहुत-सी चीज़ें थीं, लेकिन वे अलग थीं और एक-दूसरे को छूती नहीं थीं। उनकी उम्र भी बहुत दूर-दूर थी—नित्ती भाई चालीस पार कर रहे थे और वह चौदह-पन्द्रह के बीच लटक रहा था। उम्र का सन्नाटा सबसे दूभर होता है। सिर्फ़ एक सहारा था—दूसरे लोग। वे दोनों उन्हें लेकर बातें कर सकते थे।

"तुम बहुत बीमार रहे?" उन्होंने उसकी ओर देखा।

"हाँ, लेकिन अब मैं ठीक हूँ," उसने कहा।

"क्या बात थी?"

"कुछ नहीं—बुख़ार आता था।"

"कैसा बुख़ार?"

"मालूम नहीं। रात को चढ़ता था, दिन के समय उतर जाता था।"

वह चुपचाप उसकी ओर देखते रहे। फिर उन्हें कुछ याद आया, वह धीरे से मुस्कराए, "मुझे भी यही होता था। मैं तुमसे छोटा था। मुश्किल से दस बरस का रहा हूँगा, उतना ही जितना टुन्नू है।"

"टुन्नू कौन?"

"वह स्कूल गया है। अभी आता होगा।"

वह चुप हो गए। वह भूल गए कि वह कुछ कह रहे थे। वह नहीं चाहता था कि वे चुप बैठे रहें। वह जिस काम से आया था, उसे अन्तिम क्षण तक टाल देना चाहता था।

"आप कुछ कह रहे थे?" उसने कहा।

उन्हें ध्यान आया। चौंक-से गए।

"कुछ नहीं," उन्होंने चेहरे पर हाथ फेरा, एक थकी-सी मुस्कान चली आई, "मेरी एक मौसी थीं। जब रात को मुझे बुख़ार आता, वह मेरे सिरहाने आकर बैठ जाती थीं। पता नहीं, बुख़ार में तुम्हें क्या होता है? मुझे बड़ी बेचैनी होती थी। सिर फटने लगता था। वह मेरे पास आकर बैठ जाती थीं, मेरे सिर को सहलाते हुए कहती थीं, 'अब तुम ठीक हो। अब तुम्हें कोई तकलीफ़ नहीं।' वह इस बात को उस समय तक दुहराती रहतीं, जब तक मुझे नींद नहीं आ जाती थी।"

बोलते हुए उनका कृशकाय चेहरा बहुत उजला-सा हो आया था। पीछे खिड़की थी; अप्रैल की साफ़, धुली हुई रोशनी उनके बालों पर गिर रही थी।

और तब उन्हें देखते हुए अचानक उसे ख़याल आया था कि कोई भी लड़की उन्हें चाह सकती है। सिर्फ़ एक क्षण के लिए यह विचार आया था, लेकिन यह क्षण जैसे उनकी सारी ज़िन्दगी को अपने में समेट गया था। उन दिनों वह इतना छोटा था कि उसे चाहने की भूल-भूलैया नहीं मालूम थी, लेकिन उसका चमकीला और भेद-भरा निशान उनके चेहरे पर था, जिसे देखकर वह हमेशा चकित हो जाता था।

"तुम घर से आ रहे हो?" उन्होंने पूछा।

"हाँ," उसने कहा।

"यह जगह काफ़ी दूर है...तुम्हें मकान खोजने में तो मुश्किल नहीं पड़ी?"

"नहीं...मैं सीधा आ गया था।"

उन्होंने आँखें ऊपर उठाईं...

"किसने पता दिया था?"

"इरा ने," इस बार वह झूठ नहीं बोल सका।

"वह ठीक है?"

"जी," उसने कहा। उसका हाथ जेब में गया; दस रुपये का नोट, कुछ रेज़गारी, बरसाती की डुप्लीकेट चाभी, सबके बीच टटोलते हुए उसकी उँगलियाँ काग़ज़ पर थिर हो गईं। वह रुका रहा। कोई चीज़ उसे रोके रही।

वे दोनों एक-दूसरे को देख रहे थे।

"बिट्टी कैसी है?" उन्होंने पूछा।

"ठीक है," उसने कहा, फिर कुछ याद आया, "आप बहुत दिनों से स्टूडियो में नहीं आए?"

"किसलिए?"

"आप पहले आते थे," उसने कहा।

"बहुत दिन पहले!" उन्होंने कहा। एक रूखी-सी मुस्कराहट होंठों पर चली आई, "तुमने एक बार मुझसे स्ट्रिनबर्ग के बारे में पूछा था—याद है?"

उसने सिर हिलाया। उसे ख़ुशी हुई कि उन्हें अभी तक वह बात याद है।

"मैं उस दिन आपके घर गया था..." वह कुछ झिझका।

वह भी मुस्कराने लगे। वे अचानक उस शाम के पास आ गए थे। वह उन दोनों के बीच सुरक्षित थी—वे मार्च के दिन थे और वह बिट्टी और डैरी के साथ उनके घर गया था। बाथरूम की खिड़की से बारहखम्बा की रोशनियाँ देखी थीं—वहीं पर इरा के कपड़े भी देखे थे। टब के ऊपर हैंगर पर लटके हुए; कुछ चीज़ें हमेशा के लिए जीवित रह जाती हैं। समय उन्हें नहीं सोखता—वे ख़ुद समय को सोखती रहती हैं।

"आप अब उस घर में नहीं जाते?"

नित्ती भाई कुछ सोच रहे थे, सहसा चौंक-से गए।

"बहुत कम," उन्होंने कहा। फिर धीरे से हँस पड़े, "जब नींद नहीं आती, तो वहाँ सोने चला जाता हूँ।"

"सिर्फ़ सोने के लिए?" उसने नित्ती भाई को देखा। वह निश्चल थे—आँखें मेज़ पर रखे काग़ज़ों पर झुकी थीं। वह हँसते भी थे, तो भी समूचा चेहरा एक ठहरी, ठंडी सतह पर जमा रहता था। बिट्टी के दोस्तों में सिर्फ़ वही एक थे, जिन्हें देखकर न दुख समझ में आता था, न सुख। उन्हें देखकर यह नहीं लगता था कि वे कुछ ढूँढ़ रहे हैं; उलटे लगता था, उन्हें कोई ढूँढ़ रहा है—और वह अभी तक बचे हैं। कुछ लोगों को अकेले ही छोड़ देना चाहिए। अगर वे उन्हें पूरी तरह अकेला छोड़ दें, तो वे आख़िर तक बचे रहते हैं। पहली बार इच्छा हुई, नित्ती भाई से कुछ पूछे। कोई सवाल। कोई ऐसा सवाल, जिसका उत्तर वह अपनी डायरी में लिखकर इलाहाबाद ले जा सके...

"नित्ती भाई!" उसने कहा।

"क्या?" वह उसे देखने लगे।

अचानक वह शर्म में गड़-सा गया। वह उनके अकेलेपन के लिए प्रार्थना कर रहा था, जबकि उनकी आँखें कुछ खोजने के लिए उसे देख रही थीं, मानो पूछ रही हों, 'क्यों आए हो, तुम्हें किसने यहाँ भेजा है?' वह उनसे नहीं, नित्ती भाई उससे सवाल पूछ रहे थे और उसके पास देने के लिए एक काग़ज़ का टुकड़ा था।...

"क्या बात है मुन्नू?" नित्ती भाई आगे की ओर झुक आए, उसके माथे पर हाथ रखा, "तुम ठीक तो हो?"

क्या वह भाग सकता है? घर नहीं, स्टेशन की तरफ़...वहाँ से इलाहाबाद और फिर, उसके बाद?

वह आगे नहीं सोच सका। जेब में हाथ डालकर चिट्ठी बाहर निकाली। यह समय है, उसने सोचा। अब नहीं दूँगा, तो कभी नहीं दे सकूँगा।

उसने मुड़े हुए काग़ज़ को मेज़ पर रख दिया।

"यह इरा ने आपके लिए दी थी," उसने कहा।

नित्ती भाई ने उसे देखा, फिर मेज़ से चिट्ठी को उठा लिया, खोला नहीं, कुछ देर हाथ में लिये हुए बैठे रहे, दुबारा उसकी ओर देखा और फिर पूछा, "क्या वह तुमसे मिली थी?"

"जी," उसने कहा।

"कुछ कहा था?"

"नहीं, कहा कुछ नहीं। सिर्फ़ यह चिट्ठी दी थी।"

कितना आसान था, उसने सोचा। मैं इतनी देर से यूँ ही डर रहा था। डर कुछ भी नहीं है, मेरा वहम, काग़ज़ का एक टुकड़ा, दिल्ली की दुपहर; उसके परे मैं ख़ाली हूँ। मैं हल्का हो गया हूँ। मैंने अपनी ज़िम्मेदारी से हाथ धो लिया है।

वह सचमुच बहुत छोटी चिट्ठी रही होगी। उसे कब पढ़ लिया, कब मेज़ पर रख दिया, कब वह खिड़की के सामने आ खड़े हुए, उसे कुछ भी पता नहीं चला। जब वह बहुत देर तक कुछ नहीं बोले तो वह उठ खड़ा हुआ।

"नित्ती भाई?" उसने कहा, "मैं अब चलता हूँ।"

वह शायद समझे नहीं। उसकी ओर देखा और तब एक अजीब-से विस्मय ने उसे पकड़ लिया। नित्ती भाई की आँखों में कोई पहचान नहीं थी। वह उसे ऐसे देख रहे थे, जैसे वह एक ख़ाली कुर्सी हो, ख़ाली हवा, ख़ाली जगह। लेकिन यह ग़लत है। यह मेरा भ्रम है। वह जानते हैं, मैं उनके सामने हूँ, लेकिन मैं अब अलग नहीं हूँ, मैं मुन्नू नहीं हूँ। मैं उस चिट्ठी का हिस्सा बन गया हूँ, जो उन्होंने पढ़ी है। मैं चिट्ठी हूँ। मैं वह ख़बर हूँ, जो काग़ज़ की तहों में बन्द थी। अब वह बाहर आ गई है और वह उसे वैसे ही देख रहे हैं, जैसे दुर्घटना के बाद आदमी सुन्न आँखों से आसपास की दुनिया को देखता है, ख़ून में लिथड़ी मिट्टी, मिट्टी में लिसलिसा ज़ख़्म, भीड़ के चेहरे, मैं उनसे छिटककर दुनिया का हिस्सा बन गया था...

फिर ध्यान टूटा। वह जैसे होश में आए, जल्दी से उन्होंने चिट्ठी को मेज़ के काग़ज़ों के नीचे दबा दिया। दरवाज़े पर हल्की-सी आहट हुई। परदा हिला और कमरे में एक छाँह-सी घिर आई।

वह दरवाज़े पर खड़ी थीं, एक नीरव क्षण तक दोनों को देखती रहीं। "इनसे पूछो, चाय या शर्बत लेंगे?" उन्होंने नित्ती भाई से पूछा।

"मुझे जाना है।"

वह जल्दी में उठ खड़ा हुआ। किन्तु उनकी आँखों में कोई जल्दी नहीं थी। साड़ी का पल्लू ऊपर खिंच आया था, बाँह पर चूड़ियाँ झूल रही थीं। चेहरे पर एक दबा-सा कौतूहल था। कमरे की दुपहर छह आँखों में सिमट आई थी, एक-दूसरे पर टिकी हुई।

"आप कुछ लेंगे?" उन्होंने नित्ती भाई से दुबारा पूछा।

"नहीं, अभी कुछ नहीं," उन्होंने कुछ इतने धीमे-से कहा, जैसे कमरे में सिर्फ़ उनकी पत्नी हों, जिसे सिर्फ़ वह समझ सकती हैं। घर की एक आवाज़ में कितनी तहें जमी होती हैं, जिन्हें बाहर का आदमी सुनकर भी कभी नहीं समझ पाता...बरसों से जमी परतें, जो सिर्फ़ उनके लिए ही खुलती हैं, जो उनके भीतर जीते हैं।

हाँ, यह उनकी पत्नी थीं। वह उसे देख रही थीं, और तब उसे लगा, जैसे वह सब जानती थीं, वह एक क्षण के लिए मुस्कराई थीं, जिसमें वह शामिल था। इरा और बिट्टी से अलग, वह घर की औरत थीं, जिन्हें बाहर नहीं आना होता, जो घर की खिड़की से सब ऊँच-नीच देख लेती हैं, और तब न जाने क्यों, उसे वह बिल्ली याद आई, जिसे ज़ीने के अँधेरे में देखा था—न घरेलू, न बनैली, दोनों के बीच अपनी उत्तप्त और उत्सुक आँखों से घूरती हुई...

वह लौट गईं। लेकिन वह खड़ा रहा। दुबारा बैठने की हिम्मत नहीं हुई। वह घर, वह कमरा, वह दुपहर, मानो सब उस औरत के साथ

थे। वह सबको अपने साथ समेटकर चली गई थीं। अब कुछ नहीं था। उसने चिट्ठी दे दी थी, अब कुछ भी करने को नहीं बचा था।

"मैं अब जाऊँगा," उसने कहा।

नित्ती भाई कुर्सी से हिले, "ठहरो, मैं तुम्हारे साथ आता हूँ।"

वह उठ खड़े हुए। अब सबकुछ पहले जैसा हो आया था। उनकी कुर्सी, मेज़ पर रखे काग़ज़, काग़ज़ों के नीचे दबा काग़ज़; वे दुर्घटना की हकबकाई दुनिया से निकल आए थे। अप्रैल की एक शान्त दुपहर, सफ़ेद फीकी-सी रोशनी, सूरज पड़ोस की छतों पर ढुलक आया था।

वह दरवाज़े की तरफ़ बढ़ा, फिर पाँव रुक गए। एक हल्की धीमी-सी आवाज़ सुनाई दी। कोई दूसरे कमरे में माउथ-आर्गन बजा रहा था, इतनी मन्द और धीमी ट्यून, जिसे अगर ध्यान से न सुनो, तो लगता था, जैसे वह सन्नाटे का ही स्वर है; चुप्पी के हाशिए पर चलता हुआ।

"यह टुन्नू है," नित्ती भाई ने उसकी ओर झेंपती निगाहों से देखा, "हर रोज़ स्कूल से लौटने के बाद बजाता है।"

उसने नित्ती भाई को देखा; एक क्षण के लिए विश्वास नहीं हो सका, वह बाप हैं। यह उनका घर है। एक सूनी, सुघड़ गृहस्थी, जिसका उस आदमी से कोई रिश्ता नहीं, जो एक दुपहर स्टूडियो के अँधेरे में बैठे थे।

"आप बैठिए, मैं अब चला जाऊँगा," उसने कहा।

नित्ती भाई उसके पीछे खड़े थे, दरवाज़ा खुला था, उसके पीछे एक और छाया थी—अपनी मूक आँखों से उसे निहारती हुई।

"ठहरो, मैं बत्ती जला देता हूँ। यहाँ सीढ़ियों पर अँधेरा रहता है।"

नित्ती भाई ज़ीने की सीढ़ियों तक चले आए, बत्ती जलाई, उसने सिर उठाया, वहाँ संन्यासियों-सी उत्तप्त, निश्चल आँखें उस पर टिकी थीं।

"आपको कुछ कहना हो, तो मैं बता दूँगा," उसने धीमे स्वर में कहा।

उन्होंने उसके कन्धे पर हाथ रखा।

"नहीं, कुछ नहीं," उन्होंने कहा। फिर एक क्षण ठिठके, "प्रीमियर के दिन तो आओगे?"

"हाँ...और आप?"

"मैं तुम्हारे साथ बैठूँगा..." वह धीमे-से हँसे। "हम एकसाथ स्ट्रिनबर्ग देखेंगे।"

उनकी हँसी अब भी याद आती है। क्यों कहा था उन्होंने, जब उन्हें नहीं आना था—या शायद उस समय उन्हें कुछ मालूम नहीं था। उस समय उन्होंने कोई फ़ैसला नहीं लिया था।

वह सीढ़ियाँ उतरने लगा, फिर ठहर गया, बीच ज़ीने के सिलाबी उजाले में उसकी आँखें मुड़ गईं, कोई नहीं था, सीढ़ियाँ ख़ाली पड़ी थीं, सिर्फ़ एक हल्की, धीमी-सी धुन नीचे उतर रही थी—माउथ-आर्गन की आवाज़, ज़ीने के अँधेरे कोनों में रिसती, रेंगती हुई एक फ़िल्मी ट्यून, जो आख़िरी सीढ़ी तक उसके साथ चलती रही, जब तक वह बाहर उजाले में नहीं आ गया।

11

बरसों बाद भी जब आधी रात के समय फ़ोन की घंटी सुनता है तो उचककर बैठ जाता है। दिल्ली की गई-बीती रात लौट आती है। दीवार पर टॉर्च का एक धब्बा दिखाई देता है, जिसमें मदर टैरेसा की तसवीर उभर आती है, जिसमें वह दो कोढ़ी, भिखारी लड़कियों के साथ बैठी हैं। लड़कियाँ मुस्करा रही हैं, मदर टैरेसा हवा में दोनों हाथ उठाए ऊपर देख रही हैं। पता नहीं, कहाँ देख रही हैं!

उसे लगता है, वह मिसेज़ पन्त को देख रही हैं! वह टॉर्च लेकर छत पर आई थीं। उनके पीछे पहाड़ी नौकर आया था, नौकर के पीछे कुत्ते; कुत्ते पहली बार छत पर आए थे। वे बहुत ख़ुश और उत्तेजित थे। एक ने टाँग उठाकर गमले के पौधे को सींचा, दूसरा टैंक के नीचे पड़ी बियर की ख़ाली बोतलों को सूँघ रहा था।

मिसेज़ पन्त के एक हाथ में छड़ी थी जिसके सहारे वह सीढ़ियाँ चढ़कर आई थीं। दूसरे हाथ में टॉर्च, जिसे वह बरसाती के भीतर घुमा

रही थीं और रोशनी का धब्बा दीवार पर सरकता हुआ अख़बार के फ़ोटो पर अटक गया था।

लेकिन वह सो नहीं रहा था। वह सबकुछ देख रहा था। पिछली तीन रातों में एक अद्भुत चीज़ हुई थी, बुख़ार चला गया था। लेकिन जाते-जाते उसकी नींद को भी ले गया था। वह जागता रहता। आँखें मूँदे लेटा रहता। मूढ़ों के पीछे बिट्टी की साँस सुनाई देती। वह थकी-माँदी स्टूडियो से घर लौटती, खाना बनाती और बिस्तर पर पसर जाती। डैरी अब भी मोटरसाइकिल पर उसे छोड़ने आते थे, लेकिन अब वह ऊपर नहीं आते थे। वह अपने कमरे में लेटा रहता और मोटरसाइकिल की घुरघुराती आवाज़ धीरे-धीरे अँधेरे में खो जाती।

रातें चमकीली हो रही थीं। चाँदनी में कमरे की चीज़ें साफ़-साफ़ दिखाई देतीं—उसका सूटकेस, होल्डाल, थैला। उसकी नोटबुक। उसके मैले कपड़े एक तरफ़, धुले हुए कपड़े दूसरी तरफ़। मूढ़े के पीछे बिट्टी की चीज़ें, किताबें, रिकॉर्ड-प्लेयर। मूढ़ों का पार्टीशन। बाहर सेमल का पेड़ अप्रैल की हवा में फरफराता और जब पत्ते छत पर गिरते तो हल्की-सी आवाज़ होती; दूसरी आवाज़ होती; फिर आवाज़ें चुप हो जातीं और पत्ते हवा को सूँघते हुए बरसाती के पायदान पर चले जाते।

वह आधी नींद के परे रेल की सीटी सुनता। फिर सन्नाटा हो जाता। लेकिन हर रात, आधी रात की घड़ी में, कोई चिमगादड़ मक़बरे के गुम्बद से बाहर निकल आता, छत पर शराबी-सा डोलता, चाँदनी के किसी काले स्वप्न-सा मँडराता रहता और फिर किसी दीवार से चिपक जाता। ऐसा हर रात होता था। वह चिमगादड़ों को पहचानने लगा था। वे सब मिशनरी हंटर की किताब के पन्नों से बाहर आते—चिमगादड़, रेल की सीटी, बिट्टी की साँसें, मोटरसाइकिल की गुर्राहट...और बूढ़े पैन्थर के पीछे-पीछे पत्तों को रौंदते हुए उसके बिस्तर के आसपास खड़े हो जाते।

नींद फिर भी नहीं आती थी।

ऐसी ही एक जागती घड़ी में उसने फ़ोन की घंटी सुनी थी।

मिसेज़ पन्त के बरामदे से उसकी आवाज़ ऊपर बरसाती तक आ रही थी। एक चीख़ती, रिरियाती-सी आवाज़। फिर वह बन्द हो गई, बरामदे की बत्ती जली और कुछ देर बाद ज़ीने पर पैरों की आहट सुनाई दी। मिसेज़ पन्त अपनी टॉर्च चारों ओर घुमा रही थीं, कुत्ते उनके आगे-पीछे दौड़ रहे थे।

यह पहला मौक़ा था, जब वह ऊपर आई थीं—एक बड़ी बूढ़ी औरत, पीला, झुर्रियों भरा चेहरा, सिर्फ़ एक लहँगा और ब्लाउज़ पहने, सिर के सफ़ेद बाल हवा में उड़ते हुए; वह मकान-मालकिन नहीं, एक जादूगरनी-सी दिखाई दे रही थीं, आधी रात की घड़ी में अपनी लाठी खटखटाती हुई, वह बरसाती के खुले दरवाज़े के आगे आ खड़ी हुई थीं।

"कहाँ है तुम्हारी कज़िन?" उन्होंने टॉर्च की रोशनी उसके चेहरे पर गड़ा दी।

उनकी आवाज़ सुनकर बिट्टी हड़बड़ाकर उठ बैठी। कमरे की बत्ती जलाना भी भूल गई। उसे दरवाज़े से धकेलकर वह मिसेज़ पन्त के सामने आ खड़ी हुई।

"मैं यहाँ हूँ, मिसेज़ पन्त! क्या बात है?"

"तुम्हारा फ़ोन है...मैं कब से दरवाज़ा पीट रही हूँ।"

"कैसा फ़ोन?"

"मुझे क्या मालूम, कैसा फ़ोन...आधी रात को तुम्हें कौन बुलाता है, यह मैं जानूँगी?"

टॉर्च की रोशनी में बिट्टी का चेहरा, छत पर घूमते कुत्ते, देहरी पर खड़ी मिसेज़ पन्त—यह स्वप्न नहीं था। लेकिन सच भी नहीं था। वह दरवाज़े से अलग, छत पर खड़ा था। बिट्टी भीतर गई; चप्पल घसीटते हुए बाहर आई, सीढ़ियाँ उतरने लगी; उसके पीछे मिसेज़ पन्त

जा रही थीं, मिसेज़ पन्त के पीछे कुत्ते; कुछ देर में छत ख़ाली हो गई। वहाँ अब कोई नहीं था।

कोई नहीं था। सिर्फ़ वह था जो अब 'मैं' हूँ; बिट्टी को नीचे जाता देखता हुआ जीव; ख़ाली छत के सन्नाटे में खड़ा हुआ। दुर्घटना की भी एक आत्मा होती है, यह मैंने उस रात देखा था। देखा था, यह मैं ठीक कहता हूँ, क्योंकि उसकी गन्ध आसपास की चीज़ों को भी पता चल जाती है और वे अपनी-अपनी जगह से उठकर तुम्हें घेर लेती हैं...और तुम उन्हें हक्की-बक्की निगाहों से ऐसे देखते हो, जैसे उन्हें पहले कभी नहीं देखा, जैसे उन्हें पहली बार देख रहे हो—दुर्घटना की ख़बर बाद में पता चलती है, उसके गवाह पहले जुट जाते हैं, मैं आज भी उन्हें याद कर सकता हूँ, क्योंकि वह रात, जब फ़ोन आया था, अन्य रातों से अचानक अलग छिटक गई है, उस रात की अपनी छत है, अपना आकाश, अपना सन्नाटा; ये सब गवाह हैं, जो मेरे साथ थे; मैं उन्हें याद कर सकता हूँ, क्योंकि ऐन दुर्घटना के वक़्त बाक़ी दुनिया बुझ जाती है, जैसे बाढ़ के पानी में सबकुछ डूब जाता है, पता भी नहीं चलता, यहाँ कोई रहता था, जीता था, कोई बस्ती थी, कोई घर—सब नीचे गुम हो जाते हैं; गुम हो जाते हैं, दिखते नहीं, लेकिन रहते हैं, पानी के नीचे एक दूसरी ज़िन्दगी चलती है, जिसमें मैं भी था। मैं ऊपर भी था, नीचे भी। मैं पानी के नीचे दूसरी ज़मीन पर चलता हुआ अपने को पाताल के अँधेरे तल से ऊपर देख रहा था, जहाँ वह छत पर खड़ा था, वह लड़का, हवा में ठिठुरता हुआ, प्रतीक्षा करता हुआ...

ऊपर, छत पर, सेमल के पेड़-तले, मुँडेर से सटी वह खड़ी थी—निश्चल। "बिट्टी, किसका फ़ोन था? किसने तुम्हें बुलाया था?"

वह मुड़ी नहीं, सिर्फ़ उसका हाथ पकड़ लिया, कसकर, एक कसी हुई ठंडी पकड़, जो ख़ून को बर्फ़ कर देती है, एक सफ़ेद जमे हुए मौन पर गूँगी आँखें अँधेरे को लीलते हुए ऊपर उठती हैं, होंठ फड़फड़ाते

हैं, किन्तु शब्द एक भी बाहर नहीं निकलता; उसके सिर के पीछे सेमल का पेड़ हिलता है, पीली शाखाओं के बीच दो आँखें नीचे झाँकती हैं, गुलेल का काला रबड़ साँप-सा झूलता है, हवा में सरसराता हुआ, धीरे से फुसफुसाता हुआ...मैंने तुमसे क्या कहा था?

पागल लड़की; देखती नहीं, वे खेल रहे हैं। वे बहुत ऊपर घास के टापू पर हैं; वे स्ट्रिनबर्ग का ड्रामा नहीं कर रहे, वे एक पिछली जिन्दगी दुहरा रहे हैं, झाड़ियों के पीछे, चाँदनी के घेरों में चलते हुए, सरसराते पत्तों के बीच, जहाँ उस शाम इरा ने अपने से बोलते हुए एक सत्य बाहर निकाला था, तुम्हारे चाकू की नोक से ज़्यादा सच, ज़्यादा तेज़, ज़्यादा असली, उसे काग़ज़ के एक टुकड़े पर लिखा था और तब एक चमत्कार हुआ था...

चमत्कार; मैंने उसे देखा था; नित्ती भाई को उसे दिया था और नित्ती भाई, जो बरसों से अपना रोल भूल गए थे, उन्हें उस पुरज़े को पढ़कर अचानक अपना पार्ट याद हो आया था। उन्हें मालूम था, उन्हें क्या करना है। उन्होंने कुछ ऐसा किया, जो बिट्टी और उसके दोस्त कभी नहीं कर सके।

वह बाहर आ गए थे। वह टब के पानी में लेटे थे।

ऐसी ही एक रात मैं टैक्सी लूँगा। वह रात भी नहीं होगी, सुबह होने से पहले का अँधेरा, जब आकाश में तारों की जगह सिर्फ़ शीतला देवी के दाग़ टिमकते हैं। मैं बिट्टी के साथ सीढ़ियाँ उतरूँगा, मिसेज़ पन्त और उनके कुत्ते चुपचाप हमें बाहर निकलता हुआ देखेंगे; मैं उन्हीं सड़कों से गुज़रूँगा, जिन पर बरसों पहले बिट्टी के साथ

गुज़रा था। निज़ामुद्दीन का पुलिस स्टेशन, पुराने मक़बरों के खँडहर, डॉ. ज़ाकिर हुसैन रोड की लम्बी, अन्तहीन सड़क, इंडिया गेट, अँधेरे में सुलगती अज्ञात सैनिक की लौ...

वह टैक्सी में चुप बैठी थी, पत्थर-सी बेजान, चेहरा खिड़की के शीशे से चिपका था—न बाहर देख रही थी, न भीतर। उसने आख़िर तक मुझे कुछ नहीं बताया। उसने सबकुछ मुझ पर छोड़ दिया था।

यह ठीक था। मैं अपनी आँखों से देख रहा था; हम टैक्सी से नीचे उतरे थे, प्लाज़ा के पीछे अँधेरी गली में। नित्ती भाई के फ़्लैट के आगे एक छोटी-सी भीड़ जमा थी। पता नहीं, आधी रात की इस घड़ी में वे कौन-से बिलों से निकलकर वहाँ आ गए थे। वे एक कोने में खड़े ऊपर देख रहे थे। किसी ने उन्हें नहीं रोका। सिर्फ़ सीढ़ियों पर किसी अजनबी आदमी ने उन्हें टोका था, "देखकर चढ़िएगा। पानी बह रहा है।"

सीढ़ियों पर पानी, सुर्ख़ गुलाबी रंग का मैला परनाला; धूल और मिट्टी से भरे चहबच्चों से बचते हुए वे ऊपर आए थे और तब उसे उस रात पहली बार झटका-सा लगा; नित्ती भाई के फ़्लैट का दरवाज़ा किसी पब्लिक दफ़्तर की तरह खुला था, कोई भी भीतर जा सकता था, हर कमरे की बत्ती जल रही थी; कमरे में पड़ी चीज़ें वही थीं, जिन्हें उसने बहुत दिन पहले एक शाम देखा था, नित्ती भाई का ड्राइंग बोर्ड, खिड़की के पास खड़ा ऊँचा डेस्क, किताबों की अलमारी—लेकिन अब वे नंगी, उघड़ी पड़ी थीं और वे चोरों की तरह उनके बीच खड़े थे, ख़ाली रोशनी में चमचमाता समूचा फ़्लैट—न कोई आवाज़, न शोर, सिर्फ़ एक बासी, तीखी गन्ध हवा में ठहरी थी, पानी में भीगी दरियों और कालीनों से ऊपर उठती हुई...

वह रात बार-बार लौट आती है। वह अमिट है। वह एक फ्रेम है, जिसके भीतर दिल्ली में बिताए तीन महीने एक तसवीर की तरह जड़ गए हैं; मैं जब चाहूँ, उस फ्रेम को उठा सकता हूँ, हर कोने से

उसे देख सकता हूँ, वहाँ समय ठहर गया है; वहाँ वे ठहर गए हैं, बिट्टी के दोस्त; वहाँ सब चलती सुइयाँ एक-दूसरे से बिंध गई हैं, बिंधा हुआ बूढ़ा समय एक ठौर और ठिकाना पा गया है; चौराहे पर खड़े सिपाही ने दोनों हाथ उठाकर हम सबको रोक लिया है ताकि दुर्घटना की घड़ी को हू-ब-हू दर्ज़ किया जा सके, पता चल सके, कौन ग़लत था, कौन ठीक।...और तब मुझे लगा, जैसे दुनिया में असली जगह... सिर्फ़ दुर्घटना की जगह है, वहाँ सब बत्तियाँ जली रहती हैं, वहाँ पुराने फ़ैसलों के पंख बिखरे रहते हैं, उस कबूतर की तरह, जिसे बिल्ली नोंच-नोंचकर फेंक देती है—पंख अलग, पंजे अलग, सिलाबी-सा ख़ून जहाँ पर बहता है, बूँद-बूँद सीढ़ियों पर उतरता है, बाहर जाता है; कोई उसे रोकता नहीं।...

हल्की-सी आवाज़ हुई। घर के सन्नाटे में पहली आवाज़; बिट्टी ठिठकी खड़ी रही; पहले घर की चुप्पी असाधारण जान पड़ी थी, अब यह आवाज़। कुछ देर तक वे नित्ती भाई की चीज़ों को घूरते रहे; वे स्थिर थीं। लेकिन उसके पीछे कोई चल रहा था। अगर घर की कोई आत्मा होती, तो शायद इसी तरह चलती, अदृश्य और सर्वव्यापी, सब चीज़ों से जुड़ी हुई, लेकिन अपने में अकेली; मैं वहाँ से चला जाना चाहता था। पहली बार आँखें मूँदकर मुड़ जाना चाहता था, लेकिन उस क्षण बाथरूम का दरवाज़ा खुला और डैरी बाहर आए। उन्होंने बिट्टी को देखा, फिर मुझे; वह आगे बढ़ आए। उनकी कमीज़ की आस्तीनें झूल रही थीं, पैर नंगे थे, पानी और कीचड़ में लिथड़े हुए, पैंट के पायँचे ऊपर मुड़े हुए थे...बिट्टी ने शायद यह कुछ नहीं देखा, उसने सिर्फ़ डैरी को देखा था; उनके बदहवास चेहरे को, और वह उनके पास चली आई थी, उनकी बाँहों को हिला रही थी, उनकी आँखों को टटोल रही थी, जैसे वह अभी तक इसी क्षण की प्रतीक्षा कर रही हो; वह शायद उसे कुछ कहना चाहते थे, लेकिन बिट्टी ने अपना सिर उनके कन्धों में

दबोच लिया था—बीच के दुखों, झगड़ों, आँसुओं के परे, जहाँ वे इस क्षण खड़े थे और उनके पास कहने को कुछ नहीं बचा था।

बिट्टी ने सिर उठाया, कुछ देर तक सूनी आँखों से डैरी को देखती रही।

"इरा को ख़बर दी थी?"

"वह आती होगी," डैरी ने सिर उठाया तो सुबह का मैला उजाला उनके चेहरे पर सिमट आया। लगता था, वह रात-भर नहीं सोए।

बिट्टी अब भी उनकी आँखों में कुछ ढूँढ़ रही थी।

"तुम्हें कैसे मालूम हुआ?"

"चौकीदार ने फ़ोन किया था।"

"चौकीदार ने?"

"वह कल रात यहाँ आए थे। चौकीदार ने उनका कमरा साफ़ किया...कहने लगे, कुछ दिन यहाँ रहेंगे। दिन-भर काम करते रहे, रात को खाना भी मँगवाया था।"

"तुम्हें कब पता चला?"

"दो घंटे पहले, जब तुम्हें फ़ोन किया था...चौकीदार ने देखा, पानी सीढ़ियों पर बह रहा है; उसने सोचा, शायद वह बाथरूम का नल बन्द करना भूल गए हैं; वह ऊपर गया। देर तक दरवाज़ा खटखटाता रहा, लेकिन भीतर से कोई आवाज़ सुनाई नहीं दी; उसे सिर्फ़ मेरा नम्बर मालूम था।"

"उन्हें ख़बर दे दी थी?"

"किन्हें?"

"उनकी पत्नी को।"

डैरी चुप रहे; फिर सँभलकर बिट्टी को देखा...

"अभी नहीं...उन्हें इस तरह देखना ठीक नहीं होगा।"

"वह..."

"हाँ, वह अभी वहाँ हैं।"

"तुमने उठाया नहीं?"

"पुलिस के आने से पहले नहीं...उन्होंने कुछ भी करने से मना किया है।"

उस क्षण दोनों ने मुझे देखा; मैं बिट्टी के पीछे खड़ा था...डैरी कुछ देर असमंजस में खड़े रहे; नहीं, अब वे मुझे अलग नहीं रख सकते थे। मैं उनके साथ था; मैं आख़िर तक उनके साथ घिसटता गया।

बाथरूम का खुला दरवाज़ा और वहाँ नित्ती भाई की जानी-पहचानी चीज़ें दिखाई दीं...मैं वहाँ एक शाम आया था; उस दिन वहाँ इरा के कपड़े रखे थे, उसके क्लिप, सिगरेट की डिब्बी, सूखते हुए अंडरवियर, कोने में साड़ियों का ढेर; अब वहाँ कुछ नहीं; अब वहाँ सिर्फ़ टब में भरा पानी था, जो टब के बाहर बहता हुआ फ़र्श पर जमा हो गया था।

वह टब में लेटे थे। वह खुली आँखों से हमें निहार रहे थे, एक हल्का-सा विस्मय उनमें था मानो उन्हें किसी बात पर घोर अनिर्वचनीय आश्चर्य हो और वह उसे हमें बताना चाहते हों; उनका एक हाथ पानी में था, दूसरा टब के किनारे पर, जहाँ शेव करने का ब्लेड रखा था—साफ़, चमकता हुआ, जिसकी धार पर ख़ून का एक धब्बा जमा रह गया था; उन्होंने बहुत सफ़ाई से सब काम किया था, कहीं कोई गन्दगी नहीं, हड़बड़ाहट नहीं। अगर वह नल बन्द करना न भूलते तो शायद किसी को पता भी नहीं चलता, भ्रम होता, जैसे वह नहा रहे हों। अगर उनकी आँखें इस तरह अपलक न खुली होतीं, पाँव और घुटने पेट की तरफ़ न सिकुड़े होते; पानी के नीचे वह उस तसवीर की तरह दिखाई देते थे जिसमें बच्चे अपनी माँ के गर्भ में लेटे रहते हैं—हाथ की मुट्ठियाँ बन्द, बाल सिर पर गुँथे हुए, टाँगें ऊपर की ओर सिकुड़ी हुई, पेट और छाती एक सफ़ेद लोथ में लिपटे हुए; वह मुकम्मिल जान पड़ रहे थे, सम्पूर्ण और साफ़, जैसे पानी में बहते हुए

ख़ून से उनका कोई रिश्ता न हो—सब रिश्तों से मुक्त, भीगी आँखों से हमें निहारते हुए, एकटक।

मैं बाहर निकल आया। उसके बाद बिट्टी के चेहरे को देखना असहनीय जान पड़ा, किसी भी जीते हुए मनुष्य के चेहरे को देखना असम्भव था। मैं उनका अन्तिम गवाह था, जब वह अपने कमरे में बैठे थे...क्या उस क्षण उन्होंने फ़ैसला लिया था? नहीं, मैं अकेला नहीं था; मेज़ पर गिरती दुपहर की मलिन धूप, दालान में खड़ी तीन पहियों की साइकिल, मशकवाले की डूबी आँखें, मेज़ पर रखी इरा की चिट्ठी, दरवाज़े की ओट में खड़ी छाया—सब उनके गवाह थे। सब वहाँ मौजूद थे। वे जानते थे। वे एक तरफ़ थे, नित्ती भाई दूसरी तरफ़। वह बिना किसी से कुछ कहे-सुने दूसरी तरफ़ चले गए थे।

मैं कमरे में चला आया। दीवार के सहारे वह सोफ़ा था, पुरानी किताबों के ढेर, डिज़ाइन के बड़े ड्राइंग-पेपर, पेंसिलें और स्याही की बोतलें...मुझे याद आया, वह आर्किटैक्ट थे; घर बनाते थे। यह उनका घर था, उनके कमरे की खिड़की, जहाँ से कनॉट प्लेस की ऊँची इमारतें दिखाई देती थीं। बारहखम्बे के पेड़ सुबह की पीली रोशनी में निकल रहे थे—हवा में धीरे-धीरे हिलते हुए; मुझे लगा, गर्मियाँ आ रही हैं; फिर याद आया, वह इन गर्मियों में 'सी-गल' करना चाहते थे, डैरी के टैरेस पर।

पता नहीं, उस क्षण वह कहाँ थे!

12

वह दिन; और आज का दिन। बीच में कई दिन गुज़र गए। बदला कुछ भी नहीं। सबकुछ धीरे-धीरे पहले जैसा हो गया। धूप घनी हो गई और आकाश पीला पड़ने लगा और जब कभी रात को आँख खुलती, तो लगता, जैसे तारों की संख्या दुगुनी हो गई है। वे हर कोने में अटे रहते; वे अब ज़्यादा तेज़ नहीं चमकते थे। धूल की परत उन्हें ढाँपे रखती।

धूल दिन में भी उड़ती; गमलों पर राख-सी बैठ जाती। सेमल का पेड़ एक साधू-सा खड़ा रहता, सफ़ेद और शान्त। वह तभी हिलता, जब उस पर बैठी गिलहरी हिलती—लेकिन अब हिलने से एक पत्ता भी नहीं झरता था।

वह भीतर चला आता था। उन दिनों कमरों में धुँधला-सा कुहासा रहता, शहर पर एक तपती-सी आँच सुलगती रहती। बरसाती में रसोई ही एक जगह थी, जहाँ भीगी-सी ठंडक रहती। वह बेसिनी के आगे बैठ

जाता। चौकी पर किताब रखी रहती। वह उसे उठाता और तब अचानक उसे बीते हुए दिन याद आ जाते—लास्ट नाइट द पैन्थर केम, सर्दियों के चमकीले दिन...वह टब में कपड़े धो रही होती और वह पटरे पर बैठ जाता। गर्म पानी के धुएँ में काले अक्षर ऐसे जान पड़ते थे, जैसे पहाड़ी धुंध में पेड़ फिसल रहे हों, घास हिल रही हो, झाड़ियाँ सरसरा रही हों; दो चमकती आँखें उसे घूरने लगतीं, जंगल के बीच एक गर्म उच्छ्‌वास बाहर निकलती—क्या बिट्टी साँस ले रही है? नहीं, यहाँ कोई नहीं—न इरा, न बिट्टी, न डैरी; टब में लेटे नित्ती भाई भी नहीं; वह लड़का भी नहीं, जो उस दुपहर माउथ आर्गन बजा रहा था; यहाँ दुनिया ख़त्म-सी हो जाती है और उसकी सरहद पर सिर्फ़ उसके खुरदुरे पाँव सुनाई देते हैं—थप, थप, थप, धीरे-धीरे आगे बढ़ते हुए, पत्तों और पत्थरों को कुचलते हुए, जिसके बीच बिट्टी का चेहरा दिखाई देता, आधी कटी तसवीर-सा, उठा हुआ होंठ, एक गला, नीली तनी हुई नस, पसीने में झूलती बालों की लट।

एक सुबह वही चेहरा दिखाई दिया—उजला और धुला हुआ, उस पर झुका हुआ। वह हड़बड़ाकर उठ बैठा। सुबह हो गई थी और बिट्टी तैयार बैठी थी। उसका दिल डूबने लगा। उसने सोचा था, प्रीमियर के दिन वह सुबह जल्दी उठेगा, बिट्टी के लिए चाय बनाएगा, फिर उसे उठाएगा; सबकुछ वैसा करेगा, जैसे वह उन दिनों करता था, जब वह इलाहाबाद से आया था। लेकिन अब कोई फ़ायदा नहीं था। बिट्टी अपना बैग लेकर तैयार बैठी थी—उजली और साफ़, लेकिन रक्तहीन। नित्ती भाई की मृत्यु के बाद उसका चेहरा बराबर एक ठिठुरती हुई ठंड में जमा रहता। न कोई भाव, न भावहीन—सिर्फ़ सख़्त, सख़्ती, जो सूख जाती है, सूखकर एक चमक-सी बन जाती है।

बिट्टी उसके घेरे में थी। पहले उसे देखकर लगता था, वह यहाँ है, लेकिन कहीं और भी; अब 'कहीं और' उसके भीतर था, जैसे वह

चारों तरफ़ भटककर दुबारा अपनी देह में लौट आई हो; वह देह अपने में चमक थी—निष्फल, तटस्थ, अपने को अपने से जोड़ती हुई...

वह जाने को खड़ी थी। हाथ में एक बैग, पुरानी सलेटी पैंट, कुर्ते का खुला हुआ कॉलर, जिस पर पसीने की एक झाँईं गले पर सिमट आई थी। वह कमरे की देहरी पर खड़ी थी—तल्लीन और शान्त—जैसे बरसों पहले इलाहाबाद के स्टेशन पर उसे देखा था। वह आख़िरी दिन का दृश्य आज भी बार-बार लौट आता है—यदि मैं उसे 'दृश्य' कह सकूँ—रसोई का खुला दरवाज़ा, बाहर छत पर बिखरा बसन्ती आलोक, मेरी बँधी हुई पोटलियाँ, सूटकेस। मूढ़ों के पार्टीशन के पीछे छिपे हुए मेरे दिल्ली के दिन, रातें, ख़ाली दुपहरों को महीन धागे से सीते हुए डैरी के रिकॉर्ड; दीवार पर टँगी, सबकुछ मूक भाव से निहारती मदर टैरेसा की आँखें।

नीग्रो लड़की की आवाज़।

मक़बरे पर लेटी छिपकली की मूर्च्छित नींद।

मिसेज़ पन्त के ट्रांज़िस्टर पर रात का संगीत, कुत्ते, धूल की आँधी। बिट्टी के दोस्तों की हँसी, चाँदनी में चमकते बियर के गिलास; सीढ़ियों पर धीरे-धीरे उतरते डैरी, मुँडेर के नीचे झाँकती बिट्टी की आँखें।

कुमाऊ जंगलों में छप-छप करती पैन्थर की पदचाप।

यह सब उस सुबह के एक क्षण में सिमट गया था, जब बिट्टी दरवाज़े की देहरी पर जाने को तैयार खड़ी थी...

उसे मालूम था, मुझे मालूम है; मैं इस दिन, इस घड़ी, इस सुबह की अर्से से प्रतीक्षा कर रहा था।

यह छुटकारे की घड़ी थी। वह दरवाज़े से लौट आई। उसके सिरहाने बैठ गई।

"तुम्हें मालूम है?"

"हाँ!" उसने सिर हिलाया।

"तुम्हारा पास नेकीराम के पास है..." वह मुस्करा दी, "अब तुम्हें सूराख़ से नहीं देखना होगा।"

वह चुप छत की ओर ताकता रहा।

वह उठ खड़ी हुई, थैला कन्धे पर सँभाला, "साढ़े छह बजे... भूलना नहीं।"

"बिट्टी, मुझे तुमसे कुछ कहना है।"

वह रुक गई। दरवाज़े पर खड़े-खड़े उसे देखा। फिर उसके पास चली आई, "क्या बात है?"

"मैंने नित्ती भाई को एक चिट्ठी दी थी...मैंने तुम्हें नहीं बताया।"

"मुझे मालूम है," उसने बहुत धीमे स्वर में कहा। "तुम अब भी सोचते हो? उसे जाना ही था।"

"क्या चिट्ठी में यही लिखा था?"

"मुझे नहीं मालूम, मुन्नू! उसका अब कोई फ़ायदा नहीं।"

"क्या वह हिन्दुस्तान छोड़ देगी?"

"वहाँ उसके माँ-बाप हैं," उसने कहा।

"फिर?"

"फिर क्या?"

कुछ नहीं; उसके बाद कुछ भी पूछना नहीं था। उसके बाद कुछ भी नहीं था।

"अब मैं चलती हूँ," उसने कहा। वह एक क्षण ठिठकी, जैसे उससे कुछ कहना चाहती हो, कोई चीज़, कोई रहस्य, कोई जीने, जाने, मरने का भेद...लेकिन फिर वह जल्दी से मुड़ गई, सीढ़ियाँ उतरने लगी और वह छत पर आकर खड़ा हो गया...छतें, दूसरे घरों के ज़ीने, ऊपर उड़ती चीलें, मक़बरे का नीला गुम्बद, हवा में उड़ता धूल का गुब्बार... इस बीच अनेक बरस बीत चुके थे; वह ज़ीने से बाहर निकल आई थी, एक थकी-माँदी बूढ़ी-सी औरत, वह कन्धे पर थैला लटकाए धीमे

क़दमों से बस-स्टैंड की ओर जा रही थी, एक-एक क़दम घसीटते हुए; क्या यह वही लड़की थी, जिसके साथ बरसों पहले उसने दिल्ली में चार महीने गुज़ारे थे?

बीच में कितना समय गुज़र गया! अब वह लड़का नहीं रहा। वह एक-एक साल पार करता हुआ उस दुपहर तक आ गया, जहाँ एक लम्बी लाइन लगी थी। वह भी उसमें शामिल हो गया। उसकी मुट्‌ठी में रुपये थे, जो बाबू ने इलाहाबाद से भिजवाए थे। वह दिन और आज का दिन—वही धूप, वही भीड़, वही सीढ़ियों पर बहता पानी। वह अपने को उससे बचाता हुआ लाइन में आ खड़ा हुआ, धीरे-धीरे सरकता हुआ बुकिंग-ऑफ़िस की खिड़की के सामने खड़ा हो गया। वे सब जानते थे। वे सब-के-सब गवाह थे। दर्शक, देखनेवाले; वे लोग, जो ऑडिटोरियम में बैठते हैं, टिकट उनकी जेब में होता है; वे कभी भी उठकर बाहर जा सकते थे, जैसे वह। वह उनमें था। वह बाहर चला आया था। यह उसकी आख़िरी शाम थी। वह टिकट जेब में रखकर चारों तरफ़ घूम रहा था। वह कभी-कभी किसी चौराहे पर ठिठक जाता; उन तोतों को देखने लगता जो मिंटो रोड के पुल से उड़ते हुए पुराने शहर की तरफ़ जाते थे। वह स्टेट्‌समैन के मोड़ पर चला आया। वहाँ लोगों की भीड़ थी, किन्तु उसे सारा शहर ख़ाली दिखाई दे रहा था।

लोग अब भी दिखते हैं, ट्रैफ़िक-लाइट जलती है, दुकानों पर साइनबोर्ड चमकते हैं, पर दिखाई कुछ नहीं देता। सब आवाज़ें दब जाती हैं। धूल उड़ती है; अप्रैल की धूप एक रक्तहीन निचुड़ी हुई सफ़ेदी-सी फैल जाती है, जैसे वह कोई रेगिस्तान हो! हज़ार साल पहले की रोशनी, जहाँ

कुछ भी दिखाई नहीं देता—न स्ट्रिनबर्ग, न स्टूडियो, न डैरी का बँगला; और तब चलते हुए उसने जेब से टिकट निकाला, दिल्ली-इलाहाबाद, मानो वह अपने को विश्वास दिला रहा हो कि अब वह उस शहर को दुबारा नहीं देखेगा, उस सड़क पर फिर कभी नहीं चलेगा, जहाँ एक रात जनवरी के अँधेरे में बिट्टी भाग रही थी, उस रोड-साइन पर अपना सिर टिकाकर रो रही थी, जिसका नाम टॉल्स्टॉय मार्ग था; क्या वह सड़क सचमुच कहीं जाती थी जहाँ एक दिन डैरी गए थे—और लौट आए थे?

नहीं, सच, कहीं जाने के लिए टिकट का होना ज़रूरी है; वह एक तरह का सिग्नल है—जैसे घड़ी का होना, डायरी का होना, कैलेंडर का होना, वरना एक रात हमेशा के लिए एक रात रहेगी, एक शहर हमेशा के लिए एक शहर, एक मृत्यु हमेशा के लिए एक मृत्यु; उसके जाने के बाद भी बारहखम्बा रोड की सड़क चलती रहेगी, मंडी हाउस के आगे वह पेड़ खड़ा रहेगा जिसे पकड़कर एक रात अँधेरे में नित्ती भाई खड़े थे; सप्रू हाउस की झाड़ियाँ, सिगरेट की दुकान, हवा में लहराते पेड़ ज्यों-के-त्यों खड़े रहेंगे और बरसों बाद जब कोई इस सड़क से गुज़रेगा, उसे पता भी नहीं चलेगा कि यहाँ बहुत पहले एक लड़की एक छोटे-से लड़के के साथ जाती थी और वह लड़का इलाहाबाद से आया था और वह लड़की रोड-साइन के तख्ते पर सिर रखकर रोई थी...

क्या यह एक तरह की मृत्यु है?

वह अब चल नहीं रहा था। वह ठहरा भी न था। वह पानी के नीचे था, जब ऊपर सबकुछ बहता जान पड़ता है और वह उस 'बहने' को रोक नहीं सकता था। वह उसके सिर के ऊपर से गुज़र जाता था, और वह उसे पकड़कर चीख़ नहीं सकता था, देखो, यह मैं हूँ, मैं यहाँ हूँ; वह बूढ़ा होता जाएगा और वह उसके ऊपर बहता रहेगा; किन्तु उसे रोका जा सकता है, यह वह जानता था। यह उसने देखा था, असल में असली देखना वही था, बिट्टी और डैरी की किताबों में, उस रिकॉर्ड

में, जिसमें नीग्रो लड़की फटी-फटी आवाज़ में गाती थी, उस बच्ची के चाकू पर, जिसकी नोक पर एक-दूसरे डैरी बिहार के खेतों में भागते थे, वहाँ समय और मृत्यु को रोक दिया गया था, रोका जा सकता था, जब एक दुपहर क्यूबिकल के सूराख़ से उसने बिट्टी को देखा था, और वह सबकुछ खोकर उस बिन्दु की तरफ़ जा रही थी, जहाँ रोशनी का भ्रम था; स्टेज की दूसरी तरफ़, पता नहीं वहाँ कौन था, बौने की नंगी ठिठुरन या मदर टैरेसा की ग़मगीन-सी मुस्कराहट या वे दो लड़के और एक बच्ची जो सर्दी की उस रात ढाबे की भट्ठी से उसकी ओर निहार रहे थे?

वह बीच रास्ते में ठिठक गया। कहीं दूर से बहुत धीरे-धीरे साढ़े छह बजे का गज़र सुनाई दिया। अँधेरा हो चला था, लेकिन पेड़ों की फुनगियाँ आख़िरी रोशनी में सुलग रही थीं और तब पता नहीं कैसे, क्यों, किसलिए उसने आँखें मूँद लीं। वह बिट्टी और डैरी और इरा के लिए प्रार्थना करने लगा, वह स्ट्रिनबर्ग के लिए भी प्रार्थना करने लगा जो पागलख़ाने में मरे थे और नित्ती भाई के लिए भी जो टब में ख़ून के चहबच्चे में लेटे थे और उस बच्ची के लिए जो अकेली बाग़ में भटकती थी...और अपने लिए...

पता नहीं, वह अपने लिए क्या माँग रहा था? किससे माँग रहा था?

सहसा उसके फड़फड़ाते होंठ रुक गए। आँखें खुल गईं। गज़र की गूँज समूचे शहर पर तिर रही थी। फ़ुटलाइट्स जली होंगी, उसने सोचा। हॉल में अँधेरा हुआ होगा। परदा उठा होगा। बिट्टी स्टेज पर आई होगी। उसकी सीट को देखा होगा—और वह ख़ाली पड़ी होगी।